Michael Collins est né à Limerick, en Irlande, en 1964. Il a fait ses études en Irlande et aux États-Unis et a obtenu son doctorat à l'université de l'Illinois à Chicago. Son premier livre, *La Filière émeraude*, a été salué en 1993 par le *New York Times* comme l'un des plus remarquables de l'année. Son deuxième roman, *Les Gardiens de la vérité*, a été sélectionné pour le Booker Prize en 2000. Son œuvre a reçu un accueil enthousiaste de la critique internationale et a été traduite en plusieurs langues.

La Filière émeraude
Christian Bourgois, 2000
et « Points », n° P887

Les Gardiens de la vérité
Christian Bourgois, 2001
et « Points », n° P978

Les Profanateurs
Christian Bourgois, 2002
et « Points », n° P1086

Les Âmes perdues
Christian Bourgois, 2004
et « Points », n° P1314

La Vie secrète de E. Robert Pendleton
Christian Bourgois, 2007
et « Points », n° P1931

Michael Collins

MINUIT
DANS UNE VIE
PARFAITE

ROMAN

*Traduit de l'anglais
par Isabelle Chapman*

Christian Bourgois éditeur

TEXTE INTÉGRAL

TITRE ORIGINAL
Midnight in a Perfect Life
© Michael Collins, 2009

ISBN 978-2-7578-2814-4
(ISBN 978-2-267-02153-0, 1re publication)

© Christian Bourgois éditeur, 2011, pour la traduction française

À mes parents, ma femme et mes enfants,
Nora, Eoin, Tess et Mairead !

Mes plus sincères remerciements à :
Carol Kennedy
Kirsty Dunseath
Maggie McKernan
Dominique Bourgois
Emily Henry
Rich et Teri Frantz
William O'Rourke

1

Tout a commencé au bord du précipice de la quarantaine, au sein d'un mariage sans enfant, lorsque je me suis trouvé confronté aux statistiques : j'avais désormais moins d'années devant moi que derrière. Lori, ma femme, faisait face à la même échéance – la mort était notre avenir –, et de trois ans mon aînée, à l'âge navrant de quarante-trois ans, sa crise semblait plus sérieuse que la mienne. Son compte à rebours biologique était lancé, et comme elle n'avait pas réussi à tomber enceinte « à l'ancienne », elle s'était sentie obligée de nous livrer tous les deux corps et âme aux bons soins de la science, attifés de blouses ouvertes dans le dos, condamnés à être examinés, palpés, auscultés, dans une ultime tentative de donner la vie.

Inutile de dire que cette année a été la plus périlleuse de notre histoire. Il était fort probable que la fécondation aurait lieu non pas dans l'abandon d'une brûlante étreinte, mais au fond d'une boîte de Petri, où, comme un ado timide que l'on propulse sur une piste de danse, un spermatozoïde irait s'aventurer à l'intérieur d'un ovule.

Dès le départ, j'étais contre.

Je me rappelle encore ce dimanche matin d'automne où nous avons rempli les papiers de la clinique. Implicitement je savais que l'enjeu s'épelait *liberté*. Égoïsme oblige, il était entendu que le dimanche, nous traînions au lit, dans une indécision voluptueuse, responsable de rien ni de personne, hésitant entre un petit déjeuner tardif et un déjeuner style brunch, tout en effectuant des sondages dans les profondeurs abyssales de l'édition dominicale du *New York Times*.

Déjà, rien qu'en feuilletant les formulaires, et en laissant de côté la paperasse médicale et financière, j'étais tombé sur des bons de réduction pour une parure de lit *Elmo* à cent quatre-vingt-dix-neuf dollars, plus frais de port, et une enveloppe portant un cachet de cire rouge, un sceau royal. L'enveloppe contenait un coupon qui permettait éventuellement de gagner des billets pour l'enregistrement de l'émission *Bozo le Clown* – cinq ans d'attente en moyenne pour ceux qui s'inscrivaient sur la liste. Tout cela accusait la vanité qu'il y aurait à s'aventurer dans un royaume doré de l'enfance régi par la nécessité.

La décision se trouva en outre temporairement suspendue lorsque, en ouvrant le formulaire qu'elle devait compléter par des précisions sur son passé gynécologique, Lori fondit en larmes au souvenir d'un avortement datant de ses années de lycée, une époque où, à la croire, elle tombait enceinte en un battement de cils.

Dans mon esprit, cet incident de parcours ne portait pas ombrage à notre bonheur conjugal. C'était de l'histoire ancienne, quelque chose que j'avais entendu évoquer en passant, et pourtant, nous voilà bel et bien saisis de mélancolie abortive et embrayant sur la question de Dieu. Pour être exact, lorsque Lori aborda le sujet de la pénitence, je lui fis remarquer que Dieu était peut-être en mesure de tout voir, mais en avait-il vraiment envie ? Je citai à l'appui la Shoah et la famine en Afrique. « Crois-tu qu'Il ait quoi que ce soit à foutre du sexe avant le mariage ? » lui dis-je.

Cela se termina par une bonne petite dispute.

Apparemment, la culpabilité l'avait poursuivie toute sa vie d'adulte, et de manière irrationnelle, elle attribuait son infertilité à un châtiment divin.

L'affaire de l'avortement ne m'était donc pas inconnue. Un garçon nommé Donny Machin-*kowski* avait mis Lori en cloque. La première fois que j'en avais entendu parler, c'était peu après le début de notre vie commune, sur une route qui traversait un paysage aux allures de no man's land entre Milwaukee et Chicago au retour d'une visite à ses parents. La mère de Lori avait passé la soirée à chanter les louanges de feu le petit copain de sa fille, surnommé « le prince ukrainien », qui (l'hiver où un mémorable blizzard avait frappé Eau Claire) avait joué dans l'équipe de curling de l'État. Lori avait eu « un faible » pour lui pendant toutes ses années de lycée – c'est ainsi que sa mère présentait la chose avec cette ardeur déconcertante que provoquent les bouffées de nostalgie, me faisant comprendre que si le mauvais sort ne s'en était pas mêlé, il serait toujours de la famille. Le « prince », en effet, était mort un an plus tard, en 1971, alors que la guerre du Vietnam se terminait. Le chromo de cette vie courte et douce-amère aurait pu être convaincant si je n'avais su que, avant de se tirer au Vietnam, ledit « prince » avait engrossé Lori.

N'empêche, la véritable question, au-delà de toute considération philosophique et spirituelle, était la suivante : Lori devait-elle oui ou non confesser son avortement sur le formulaire ? Cela changerait-il quelque chose aux procédures de la clinique ? En petits caractères il était écrit que la clinique devait disposer de tous les détails de votre cas.

Lori se tourna vers moi : « Crois-tu que si j'avoue que je me suis fait avorter à l'époque où c'était illégal, je risque d'être poursuivie ?

— N'avoue rien ! Mens !

— Parfois j'ai l'impression que j'ai rêvé, dit-elle, soudain apaisée.

— C'est possible. »

Laissant Lori aux joies de la paperasserie, je me retirai dans notre chambre pour passer mon appel du dimanche matin à ma mère dans son établissement d'hébergement pour personnes âgées indépendantes, l'EHPAD Potawatomi.

La seule prétention à la célébrité de cette maison consistait en son emplacement, soit à moins d'un mile de l'endroit où en 1959 s'était écrasé l'avion transportant Buddy Holly, Ritchie Valens et le Big Bopper ; le jour où la musique est morte, pour reprendre les paroles de la chanson de Don McLean, « American Pie ».

Musique à part, c'était le lieu où ma mère était censée mourir, sauf que, pour compléter mon palmarès de promesses brisées, j'étais sur le point de ne plus pouvoir honorer les factures et, déposant le joug du devoir filial, de la livrer aux chiens de l'assistance sociale.

Le fait que je ne rajeunissais pas et que je galérais exacerbait, à mon avis, la dureté de cette décision, même si en me payant le luxe de rationaliser, au terme d'un raisonnement tiré par les cheveux, je me plaisais à penser que la relation parent-enfant relevait de la seule catégorie d'amour vouée à terme à la séparation. N'empêche, j'avais conscience de la portée de mon geste : l'abandon d'un être en vie en faveur d'un être encore à naître. J'avais vu un assez grand nombre d'adorables têtes blondes, de soi-disant petits génies, pour savoir que je m'apprêtais à sacrifier ma mère à la perspective médicalement assistée de perpétuer l'espèce en donnant le jour à des cons qui, un jour ou l'autre, cela ne faisait pas un pli, me laisseraient au bord de la route.

Cela en disait long sur ma fibre paternelle. Je me sentais aussi taillé pour la paternité que le roi Hérode !

Bien entendu, j'aurais pu supplier Lori de comprendre la situation de ma mère ou me montrer plus franc à propos de la mauvaise passe que je traversais, mais je reculais devant cette indignité et l'aveu que j'étais aux abois. D'emblée, dans notre relation, j'avais surcompensé d'une manière qui m'interdisait de m'essayer avec elle à la franchise, tant je m'étais répandu en mensonges éhontés sur mes succès d'écrivain et de script doctor à Hollywood.

La réalité était tout autre.

En dépit de deux romans publiés et du classement de l'un d'eux parmi les meilleurs livres de l'année du *New York Times*, je gagnais moins qu'une secrétaire à la fac, où j'enseignais parfois au titre de chargé de cours. Pire, et bien plus inquiétant, au moment où je rencontrais Lori, mon troisième manuscrit, qui m'avait tenu dans les chaînes pendant quatre ans, avait été refusé par toutes les maisons d'édition de New York.

À mesure que notre couple se consolidait, j'escamotais sous un habile baratin les paquets de pognon que je lui avais fait miroiter, évoquant l'art avec un grand A et la crise du livre, et ajoutant que je travaillais à une résurrection de mon roman que j'avais rebaptisé *L'Opus*.

Si j'ai quelque chose à reprocher à la Lori des premiers jours, c'est sa crédulité, à moins, ce qui serait plus grave, qu'elle n'ait choisi la facilité en préférant ne pas voir dans mon jeu. Toujours est-il qu'elle ne m'a jamais mis au pied du mur. Je mentais peut-être trop bien. Difficile de déchiffrer le passé.

Je me rappelle l'avoir, lors d'un de nos premiers rendez-vous « officiels », observée pendant qu'elle examinait sur leur rayonnage les nombreuses traductions de mes deux romans. Elle se prétendait intimidée à l'idée de se trouver en présence « d'un auteur vivant ». Eh bien, je me sentais fier d'inspirer un pareil respect compte tenu de ce qu'était la réalité de ma situation. Pour elle, ma carrière n'avait rien à voir avec « la routine écœurante d'une existence ordinaire ». À l'époque, elle voyait en moi quelque chose que je ne voyais pas moi-même.

Pour tout dire, c'est elle qui m'a couru après. Nous nous étions déjà vus pas une fois, mais deux, avant que je m'avise de la regarder vraiment. C'est elle qui m'a rappelé les circonstances de notre première rencontre, car pour ma part j'en conservais un souvenir plutôt vague. J'écrivais pour un magazine masculin un papier sur une opération humanitaire au profit d'une association de défense des animaux sur le thème « Adoptez un chien pour une journée », une bonne excuse pour draguer dans les parcs à chiens des jardins publics des jeunes cadres dynamiques et coincées. Soudain, le doberman de Lori, Brutus, leva sa gueule de cerbère en permission de l'Enfer de la paire de couilles aussi grosses que des couilles d'homme qu'il était en train de lécher voluptueusement, pour se jeter sur le bâtard de fox-terrier que j'avais adopté pour la journée.

Bref, je me souvenais seulement des couilles du clebs.

La deuxième fois, ce fut à un gala au profit d'une association de survivants du cancer. Une survivante, Denise Klein, avait suivi un de mes cours du soir d'autofiction. Denise était une amie personnelle de Lori. Me reconnaissant, Lori fit monter les enchères jusqu'à neuf cent cinquante dollars uniquement pour réserver sa place dans un cours d'écriture de six semaines animé et offert à la cause par votre serviteur.

L'atelier avait entamé sa troisième semaine quand je m'aperçus de son existence. Elle venait de se couper les cheveux et arborait la coiffure rendue célèbre par Mia Farrow dans *Rosemary's Baby*. La semaine d'après, lorsque je la complimentais sur la profondeur émotionnelle de son travail – un tissu d'inepties élégiaques à propos d'un certain Toby, un chat qu'elle avait eu quand elle était petite – dans une étreinte post-coïtale chez moi, dans mon appartement, elle m'avoua les détails peu glorieux, pour elle, de notre première rencontre au parc à chiens.

Je sais maintenant que c'est son attirance pour moi qui m'a séduit en elle. Elle me confortait dans la voie lamentable menant tout artiste à se laisser un jour ou l'autre guider par son public.

Lors d'une de ces premières rencontres amoureuses, alors qu'elle était lovée contre moi, elle me révéla son âge et la fragilité intrinsèque de son tempérament. À trente-sept ans, elle admettait ouvertement qu'elle souffrait de confusion personnelle et spirituelle, ainsi que de troubles émotionnels, sous-entendu, elle avait eu des histoires de cul peu reluisantes. Elle confessait aussi un égoïsme qui l'avait incitée à se focaliser sur sa carrière. Et se décrivait elle-même sous le terme de « marchandise endommagée » !

Elle correspondait presque à la perfection au profil que je recherchais.

Au cours de ces premières rencontres, dans l'espace de silence que deux adultes génèrent entre eux et dans lequel la Vérité peut émerger, j'eus la sensation qu'elle entretenait envers les hommes une certaine lassitude, d'autant plus intense après ce qui était arrivé à « une amie d'amie », une divorcée qu'un amant d'un soir avait ligotée sur son lit et sodomisée avant de se sauver sans la libérer. Elle avait été trouvée le lendemain matin par son enfant.

Devant la noirceur de la psyché masculine et le mal que les êtres humains sont capables de s'infliger les uns aux autres, elle avait peu ou prou renoncé à l'amour. De son propre aveu, les bons partis avaient les uns après les autres convolé avec d'autres, ou plutôt, comme elle me le confia non sans une pointe de dérision une fois que nous nous sommes connus un peu mieux, tout ce qui lui restait, c'étaient « les pédés et maintenant les écrivains ».

Portés par ces instants privilégiés de cocooning, après être sortis ensemble seulement trois mois, en vertu du principe que nul ne peut vivre dans un état d'isolement émotionnel, nous nous sommes, moi à l'âge de trente-cinq ans, et Lori à trente-huit, liés l'un à l'autre pour le meilleur et pour le pire au cours d'une tranquille escapade qui nous a menés devant le juge de paix et les fameuses écluses de Sault-Sainte-Marie.

Lori s'est bornée à prendre son lundi. Il n'y a pas eu de lune de miel.

Je pensais que ce que nous avions développé au cours des années qui suivirent était riche : nous nous comportions en adultes, nous nous suffisions à nous-mêmes, nous avions réduit nos besoins au minimum, nous étions immunisés contre les diktats de la mode et la pulsion de consommation.

Lori connut une panne dans sa vie active, une brève période de chômage causée par une OPA hostile qui m'incita à imiter sa signature pour obtenir un crédit souple gagé sur l'appartement afin de payer nos factures et la maison de santé de ma mère, bien que, au bout du compte, Lori fût réembauchée et promue au sein de la même société une fois celle-ci restructurée.

Bref, pendant ces quelques années, je pus écrire tranquille, coupé de la soi-disant vraie vie grâce aux revenus de Lori, libre de m'enfoncer gaiement dans le bourbier de *L'Opus*, voguant inexorablement vers un naufrage silencieux dont Lori avait l'élégance de ne jamais parler, ou qu'elle ne comprenait pas.

Toutefois, la providence s'en mêla dans la deuxième année de notre mariage, le jour où mon agent, grâce à des textes que je lui avais envoyés plusieurs années auparavant, me décrocha un contrat de nègre pour un vénérable auteur de polars : Perry Fennimore. Une aubaine qui redonna du pep à ma carrière, et à mon compte en banque.

*

Notre existence se serait sans doute maintenue sur la ligne de flottaison, ce qui nous aurait permis de voir la retraite arriver d'un œil serein, si notre amie commune,

Denise Klein – la survivante du cancer – n'avait eu une rechute. Son assurance santé lui ayant refusé un traitement expérimental de moelle osseuse, elle s'était mise dans la tête, alors qu'elle avait déjà trois filles adolescentes, d'avoir un autre enfant, un fils putatif, par l'intermédiaire d'une mère porteuse…

Ce fut une bien larmoyante histoire dont elle tint la chronique quotidienne dans le *Chicago Tribune* sur le thème de l'amour et du sens de la vie, un témoignage vibrant d'émotion, dont le clou était ses lettres à son enfant non né. Elle rendait gloire aux siens comme à l'Éternel, ses filles manifestant une foi aussi solide que la sienne. C'était le genre de famille où on se serait volontiers échangé des organes, tant était noble l'amour qui circulait entre ses membres.

En fin de compte, Denise ne pouvait empêcher l'inévitable. En octobre 1996, elle devint une note en bas de page dans les annales des revues médicales au titre de première femme à avoir eu après sa mort un ovocyte fertilisé implanté dans l'utérus d'une mère porteuse.

Après les funérailles, en rentrant chez nous en voiture, je fis observer que je m'attendais presque à ce qu'une des filles se révèle la mère gestationnelle. Que n'avais-je dit là ! Lori se cacha le visage dans les mains et éclata en sanglots. À l'époque, je n'avais pas encore pris la mesure de son désir de procréer.

Il avait été question d'un chat, jamais d'un enfant ! Je supposais qu'en tant qu'adultes, rationnels, modernes, nous avions passé un accord tacite sur cette question, d'autant plus que nous ne rajeunissions pas. Sur le plan philosophique, j'invoquais des considérations sociohistoriques sur la grossesse instrument de contrôle biologique sur les hommes aussi bien que sur les femmes.

N'avions-nous pas conquis la procréation ? *Essayer* de tomber enceinte me semblait aussi absurde que d'essayer d'attraper la polio.

Bref, j'étais persuadé que Lori prenait la pilule. Après tout, je connaissais son histoire d'avortement. N'empêche, l'année suivante, il commença à être question de changer de vie : nous descendrions de nos cimes somptueuses pour aller végéter dans un piètre pavillon de la grande banlieue comme n'importe quels parents, promenant une poussette dans les jardins publics, recevant des petits diables pour le goûter, suant aux fourneaux pour mijoter de bons petits plats… Jusqu'au jour où Lori me déclara tout à trac, avec un petit trémolo hystérique au fond de la gorge : « Si *L'Opus* est ton destin intellectuel, la seule chose qui te survivra, alors les enfants sont mon destin biologique. »

Elle était « propriétaire de son appart' ». C'était son mantra – l'atout dans sa manche. Lorsque mon faux en écriture auprès de l'établissement de crédit fut révélé au grand jour, je crus que mon mariage allait y rester. Je l'avais *trahie*, je lui avais *menti*, voilà les mots qu'elle déversa dans un torrent de douleur, de chagrin et d'indécision.

Je me suis démené pour m'amender, mais c'est mon contrat avec l'auteur de romans noirs Perry Fennimore qui m'a sauvé la mise. Contrairement à toute attente, alors que son succès en librairie n'avait jusqu'ici fait que se tarir, le bouquin auquel j'avais apporté une lourde contribution se trouva propulsé en tête des listes de best-sellers, et ce pas qu'un peu grâce à moi, du moins c'est ce que je faisais valoir. J'avais à point nommé déposé un chèque à la banque la semaine précédant la fatale découverte de Lori concernant le crédit, et je m'étais mis, un peu vite certes, à me réjouir de toucher bientôt le gros lot.

Toujours est-il que cet épisode avait assez fait pencher la balance en sa faveur pour que je consente à éjaculer dans le gobelet en carton du service de consultation externe d'une clinique.

*

C'est ainsi que la complexité de mes relations avec Lori colora ma conversation avec ma mère, et quand je dis conversation, c'est une façon de parler.

L'appel a duré en tout cinq minutes et vingt secondes : deux minutes pour rouler le fauteuil de ma mère jusqu'au téléphone, une autre que ma mère passa à me demander qui j'étais, et encore une autre à écouter l'infirmière qui le lui rappelait en lui montrant une photo de moi.

Sa démence, dans un sens, m'apportait réconfort et consolation. Au moins elle n'apprendrait jamais à quel point je l'avais trahie. Cet appel s'est déroulé comme n'importe quel autre. À la fin, je lui ai dit simplement : « Je t'embrasse, maman », et j'ai raccroché.

Lori m'attendait. Elle m'a dit : « Quelque chose te tracasse. » Elle voulait savoir si tout allait bien.

J'ai répondu par l'affirmative.

Lori s'est remise à regarder par la fenêtre.

J'ai vu qu'elle avait rempli le formulaire. Elle attendait un agent immobilier pour faire évaluer l'appartement. D'après les papiers préliminaires, le détail de la facture pouvait se monter jusqu'à soixante-dix mille dollars.

Elle se tourna de nouveau vers moi : « Tu n'as rien écrit depuis des jours et des jours. Je suis désolée. »

Je savais qu'elle me posait en réalité une question. « Ce sont les risques du métier d'écrivain… Quand on habite sur son lieu de travail. »

Lori hésita, puis : « Quand tu es descendu à New York la dernière fois, cet éditeur t'a dit quelque chose à propos de l'argent ? »

Elle faisait allusion à un hypothétique contrat dont je l'avais entretenue, suite à ma besogne pour Fennimore. Lori tablait sur cette manne providentielle pour financer notre projet d'enfant. Au point que nous ne pouvions virtuellement plus nous en passer dans notre vie future, et plus elle s'y référait, plus il me devenait difficile de lui dire la vérité.

J'avançai prudemment : « Un écrivain ne parle jamais argent avec son éditeur. C'est clairement un faux pas dans la profession. Il ne faut surtout pas leur montrer qu'on est aux abois. » Comme elle se crispait, j'ajoutai : « Écoute, c'est à l'étude. Ces choses-là ne se font pas en un jour. On joue au chat et à la souris, chacun essaie d'évaluer l'intangible et si ça marchera ou pas en librairie. »

Lori articula : « OK. »

Mais ce n'était pas OK du tout. Il n'y avait pas de contrat. J'avais magistralement merdé lors du dernier rendez-vous. Passant outre l'avis de mon agent, Sheldon Pinkerton, j'avais déjeuné avec l'éditeur de Fennimore, armé d'une coupure de presse : une critique du *L. A. Times* qui mentionnait le regain de vigueur de la prose du romancier. Le journaliste citait un passage, en le qualifiant d'« exemple parfait d'une narration ciselée au fil du temps… un écrivain qui a su rendre avec une vraisemblance dénuée de jugement la force rudimentaire de ses personnages et traduire la froideur inhérente à la condition humaine en cette fin du XXᵉ siècle ».

Ce passage, je l'avais extrait mot pour mot de mon *Opus*. Ces mots, c'étaient les miens ! Je l'avais donc souligné dans mon manuscrit. Et me voilà le montrant du doigt d'un air vindicatif à l'éditeur qui tendait le bras vers la bouteille de bordeaux à cent cinquante dollars.

Je voulais lui coller mon génie sous le nez.

Le lendemain, je recevais une lettre de l'avocat de la maison d'édition m'accusant de plagiat et d'exagérer l'importance de mon aide à l'écrivain, me rappelant dans son charabia juridique que tout travail de rédaction effectué pour l'auteur était la propriété exclusive de Fennimore.

Il y avait des chances pour que je ne prête plus jamais ma plume à ce type. Mon agent ne répondait déjà plus aux messages que je laissais sur son répondeur.

J'entendis Lori marmonner quelque chose et levai sur elle un œil froid, symptôme chez moi d'une dépression grandissante, puisque je m'enfonçais dans un mensonge de plus en plus grave, de plus en plus sombre, et plus je m'y enfonçais, moins je pouvais me résoudre à passer aux aveux.

Il n'y aurait pas de contrat.

Lori me suggéra tranquillement : « Tu devrais peut-être les rappeler demain, rien que pour voir ? » Puis elle mordit la chair pulpeuse de sa lèvre inférieure, toujours signe chez elle d'anxiété, un petit tic qui réussissait néanmoins encore à m'attendrir.

Je lui caressais doucement la joue en murmurant : « OK... »

Parfois l'issue n'est pas dans la fuite en avant, mais dans la fuite en profondeur.

Je voyais bien que Lori faisait de son mieux : elle haussait un peu la voix, son front se plissait, elle avait soudain un air résolu. « Tu vas y arriver. Je le sens ! » Et elle posa le plat de sa main sur son ventre comme si elle touchait un objet sacré.

Repoussant le moment de l'aveu, j'avançai d'un pas, et l'étreignis à la manière d'un boxeur dans les derniers rounds d'un match. Je songeais qu'en d'autres circonstances, si j'avais possédé un meilleur sens de la prévoyance, j'aurais peut-être correspondu au mari qu'elle m'estimait capable d'être. Ce n'est pas que je rejetais son amour, mais pour moi, l'amour de quelqu'un était quelque chose à conquérir, et en aucun cas ne devait m'être accordé comme une simple faveur. Sa foi tenace en *moi*, en *nous*, me semblait à double tranchant. D'un côté cela ressemblait à de l'amour, de l'autre, à un enfermement.

Lorsque Lori nous fit nous tourner tous les deux vers la baie vitrée avec le lac en contrebas, j'eus subitement la sensation d'être désincarné, à la fois à l'intérieur et à l'extérieur de tout. Un jogger solitaire accrocha nos regards. Lori rapprocha son visage du verre glacé. La vitre s'embua quand elle murmura : « C'est la deuxième plus grande ville d'Amérique, et je n'entends pas un bruit. Ce n'est pas une vie, ici, si près du ciel. C'est une cage de verre. »

Derrière le jogger, des vagues se brisaient sur la grève, et je compris tout à coup que c'était chez elle plus qu'un désir, quelque chose de profondément biologique, implanté en elle en des temps immémoriaux. Le même genre de nécessité qui est à l'origine des migrations, celle-là même qui pousse les saumons à remonter les rivières et à nous offrir sur les chaînes câblées le spectacle stupéfiant de leur frai, ou de l'ardeur de la veuve noire attirant dans ses rets son partenaire pour mieux le tuer après l'accouplement.

J'aurais tout aussi bien pu interviewer une bête sauvage sur le sens existentiel de la procréation : pour quelle raison n'épargnait-elle pas à sa progéniture la terreur des grands fauves dans la savane ? Bien entendu, on m'aurait répondu que le nihilisme est une maladie de l'âme mâle, pour la simple raison que nous ne donnons pas la vie. Les hommes ne portent pas en eux l'espoir de la même façon que les femmes.

Avec le recul, je me rends compte que pour atteindre ce niveau d'introspection, il fallait être vraiment déprimé, ce qui n'augurait rien de bon, car on ne peut pas plonger si longtemps à ces profondeurs en restant sain d'esprit, ni connecté à la vie soi-disant normale. Je le sais maintenant. Nous possédons tous un point de rupture.

2

En cette fin de dimanche après-midi, le soleil étirait des ombres immenses. Je tenais Lori dans le berceau de cette sérénité citadine nébuleuse que seule dispense la haute stratosphère d'une tour. Peut-être un peu trop d'ailleurs ; je regrettais la perte imminente de ce lieu dont nous avions fait notre foyer. Il figurait l'apogée d'une vie adulte et d'un amour tranquille dans un cadre contemporain. Il donnait la mesure du chemin parcouru par notre espèce depuis le coït brutal de nos ancêtres au fond des cavernes. À la pensée que nous vivions nos derniers jours d'habitat aérien, j'avais envie de me tenir debout, nu, suspendu dans le ciel bleu, et de les saluer à travers l'histoire afin de les informer qu'ici, tout baignait, que j'avais réussi, du moins pour le moment.

Ma rêverie fut interrompue par la sonnerie stridente du téléphone. Lori se réveilla en sursaut et tendit machinalement le bras par-dessus moi : il était entendu que personne ne m'appelait jamais. Elle me chuchota que c'était Deb, sa sœur, sa confidente, une emmerdeuse comme on en fait peu. Je reconnus en effet ses coassements. Lori me fit les gros yeux, comme si ça pouvait me calmer, puis se leva et disparut dans la salle de bains avec le combiné sans fil. Manifestement, il s'agissait d'une conversation privée.

Le seul fait que Deb ait téléphoné intensifia ma sensation de vulnérabilité et la crainte que des choses se trament à mon insu : mon avenir risquait de m'être présenté comme un *fait accompli*[1] malgré l'accord présumé entre Lori et moi de garder pour nous nos démarches préliminaires.

Deb était une des personnes au monde que j'aimais le moins. En apprenant ce que j'avais fait dans le dos de Lori au sujet du crédit, elle lui avait conseillé de demander le divorce, ajoutant avec délicatesse que la seule chose qu'un homme ait le droit de faire dans le dos d'une femme, c'était lui remonter la fermeture éclair de sa robe. Depuis lors, rien que pour m'énerver, elle persistait à m'appeler « l'escroc » !

Allongé dans le lit, je songeais de nouveau que la vie telle que je la connaissais était sur le point de s'achever et j'étais tenté, vu l'issue probable avec Fennimore et le problème de la garde de ma mère, de me tirer purement et simplement. Je m'imaginais griffonnant un billet laconique, un peu dans le style d'une lettre de suicide : « Je ne suis pas l'homme que tu crois… Je t'en prie, ne cherche pas à me retrouver. »

Évidemment, je ne me suis pas enfui. Je n'avais nulle part où aller. En vieillissant, ce sont des choses qu'on finit par comprendre. Des options qui m'auraient séduit dix ans auparavant ne présentaient plus aucun intérêt pour moi.

Nous ne restons pas les mêmes personnes toute notre vie. Nous changeons.

Dans les moments d'attente qui suivirent me vint la

1. En français dans le texte. (Toutes les notes en bas de page sont de la traductrice.)

noire vision d'un avenir sans Lori – vendeur dans un Wal-Mart –, car quels talents possédait vraiment un écrivain, quadragénaire de surcroît ?

Si je devais définir mon mariage dans la durée, je dirais qu'il était fondé sur un besoin économique sous-jacent, ce qui, à la réflexion, était conforme aux règles d'origine de l'institution où une alliance foncière s'effectuait pour la sécurité de tous.

Loin de moi l'idée de dénigrer la place de la séduction et du désir charnel, mais je pense que l'Amour, en tant que principe directeur du bonheur est, pour l'essentiel, un leurre de notre vie moderne.

Ce que je dis là n'enlève rien à ce qu'il y a entre Lori et moi

Je l'entendis s'exclamer : « Oh, mon Dieu, il n'a pas fait ça ! » Et moi de songer : ça y est, Lori s'est encore laissé baiser par cette toupie de Deb.

Deb était une vraie teigne, jamais aucune femme n'a détesté autant les hommes. Elle avait derrière elle l'enfer d'un premier mariage à une belle gueule enfarinée de Rital avec qui elle avait fugué à dix-huit ans, et qui l'avait ensuite plaquée, sans un rond avec trois gosses. Afin d'élargir le débat et s'élever au-dessus de sa tragédie personnelle, elle accusait ce qu'elle appelait « la domination patriarcale dans le christianisme », une expression qui sortait tout droit d'un ouvrage de développement personnel. À l'entendre, les douze apôtres avaient donné le mauvais exemple quand, en pères indignes, ils avaient planté là familles et filets de pêche au bord de la mer de Galilée, pour suivre Jésus.

À force de vilipendage présomptueux, elle avait été invitée sur le plateau de l'*Oprah Winfrey Show*, à l'époque où Oprah était encore grosse et inconnue du commun des mortels. Deb s'y vanta d'avoir découvert qui elle était vraiment : elle avait retrouvé le goût de vivre en devenant un chef d'entreprise en jupons à la tête d'une société de vente par correspondance de cartes de vœux fabriquées par des artistes handicapés. En majorité des victimes de la thalidomide qui peignaient avec leurs pieds ou leur bouche des scènes joyeuses débordantes d'optimisme. Deb aimait répéter cette petite phrase : « Dieu m'a donné des versets, pas des chapitres », et là-dessus elle s'envoyait des fleurs et se félicitait pour ses B.A., qu'elle appelait ses « versets » !

Fuyant la voix de Lori, je me postai à la fenêtre. Des nuages bas s'avançaient sur le lac ; les sommets des tours étaient noyés de brume. De cette altitude, parfois, je voyais tout, d'autres fois, rien.

*

Tourmenté par les griffes du remords, afin de m'obliger moi-même à prendre une décision, je rappelai l'EHPAD sur notre autre ligne. Une éternité s'écoula avant qu'ils ramènent ma mère. Ma gorge se serra en l'entendant articuler péniblement mon nom d'une voix pâteuse, comme si j'étais un étranger. Elle qui m'avait donné la vie.

L'infirmière lui prit le combiné pour me parler d'un ton sec et méfiant, comme si je ne la payais pas assez cher comme ça. « Elle a pris son cachet après le déjeuner et… C'est comme ça tous les jours… On ne peut pas…

— Merci infiniment de tout ce que vous faites et de votre compassion », énonçai-je en haussant un peu la voix. Je me doutais que je tombais mal, à cette heure de l'après-midi où elle avait à gérer sa bande de zombies. J'eus une vision fugace de l'horreur que je contribuais à financer. J'entendis de nouveau la voix de ma mère et je prononçai son nom tendrement.

Un des souvenirs indélébiles qu'elle m'a laissés, c'est la façon qu'elle avait de dire que tout le monde était « le meilleur » à quelque chose – il suffisait de trouver à quoi. C'est ainsi que très tôt dans la vie, rempli de cet incommensurable espoir, j'ai cherché à quoi j'étais le meilleur, quoique longtemps j'aie vécu dans la crainte d'être peut-être le meilleur à quelque chose comme poser de la moquette.

Mes craintes faisaient sourire ma mère. Un jour, je lui avais demandé à quoi elle était la meilleure. « À t'élever », m'avait-elle répondu.

Je jetai un regard vers la salle de bains, pressé de voir Lori en émerger, afin qu'elle surprenne ma détresse et me ménage un prétexte pour lui avouer que j'étais au bord du procès avec l'éditeur de Fennimore et que la situation de ma mère était très préoccupante. Après tout, Lori ne m'avait-elle pas révélé les détails de son avortement ?

Moi aussi j'avais une histoire ; un événement du passé m'avait changé tout autant que son avortement avait changé Lori.

Pendant des années, ma mère et moi avions suivi mon père dans sa vie itinérante de représentant de commerce : voyager avec lui était moins onéreux que la location d'un appartement. Par une nuit d'hiver, au début de l'enquête sénatoriale sur l'affaire du Watergate, alors que nous étions confinés dans un motel des environs de Muskegon[1], mon père a assassiné sa maîtresse, une

---

1. Muskegon, Minnesota, au nord de Chicago.

prof de musique d'une quarantaine d'années, avant de retourner l'arme contre lui et de se faire sauter la cervelle.

Quelque temps après, à la suite de son suicide, la rumeur courut que d'après des lettres que mon père avait écrites à sa maîtresse, et que cette dernière avait gardées, il projetait de se débarrasser de ma mère et de moi.

J'avais quinze ans à l'époque, et au cours des années qui suivirent, cette rumeur me hanta finalement plus que son suicide lui-même.

Je trouvais étouffant mon assujettissement à ma mère, très vif surtout dans les premiers temps, alors que nous squattions chez les uns et chez les autres et faisions ainsi la tournée des parents plus ou moins éloignés. Elle n'a jamais connu d'autre homme après mon père et elle m'a aimé comme on aime seulement dans les contes de fées. Soutenu par sa bonté et son amour, qui tranchaient sur la froideur de mon père, j'ai réussi à décrocher une bourse pour l'université Northwestern et à devenir écrivain. Dans mon dossier de candidature, j'avais glissé une dissertation sur *Mort d'un commis voyageur* d'Arthur Miller, intitulée « Réquisitoire contre le capitalisme – une analyse critique de Willy Loman », ajoutant à la complainte de Loman, « *Après toutes les routes, et les trains, et les années, on finit par valoir plus mort que vivant* », celle, sardonique, de mon père : « Chacun démarre dans la vie avec de si grandes espérances ! »

Je me rappelle quel regard il posait sur nous, sur ma mère et sur moi, en répétant ce qui était en définitive une sorte de mantra. Et le signe qu'il avait déjà trop bu. Il ne tardait pas à défaire sa ceinture : il me punissait pour m'être acquitté de corvées avec ce qu'il qualifiait de « manque d'égard pour l'autorité » et de « je-m'en-foutisme caractérisé envers tous les sacrifices qu'il faisait pour moi ». Ses chaussures devaient briller du même éclat que le blanc de ses chemises amidonnées. C'était la panoplie de survie du représentant : son apparence, « le pied dans la porte », la poignée de main et le sourire. Je comprends aujourd'hui qu'il faut du courage, quand on a si peu d'atouts, pour faire face aux portes fermées, à la myriade de refus, pour mettre en avant ses réussites, et ravaler ses échecs.

Au cœur de mon métier d'écrivain se tient tapie sous forme sublimée l'histoire jamais narrée de mon père. Toute ma vie j'ai été un nègre littéraire.

*

En fin de compte, je n'ai pas parlé à ma mère. Elle était trop nerveuse et désorientée pour que je puisse avoir avec elle quelque conversation que ce soit. J'avais mal choisi mon moment. J'ai remercié poliment l'infirmière et j'ai raccroché, coupant court à une connexion qui s'était étendue par-delà les kilomètres et par-delà les années. J'ai allumé la télé.

Les Bears de Chicago avaient de nouveau perdu. À la mi-saison, comme d'habitude, ça n'allait pas fort. Si je suivais le foot, ce n'était pas tant par intérêt pour le sport que pour les tragédies de ses héros déchus ; leurs vains efforts pour s'opposer à l'inexorable marche du temps. Le commentateur n'était autre que le célèbre Iron Mike Ditka. De le voir collé au placard avec un boulot ringard, cela me fit penser que nous vivons le plus clair de notre vie des reliefs d'une gloire fanée. Je me rappelais

Ditka avant sa retraite d'entraîneur, le jour où il avait pété les plombs et s'en était pris à un supporter sur les gradins ; cet ancien joueur de génie, comptant à son actif les plus belles victoires au Super Bowl des années quatre-vingt, qui en était réduit à ça, à se conduire comme un fou alors que son univers s'écroulait autour de lui.

En continuant à fixer le petit écran, je me disais : où va la grandeur ? Cet homme, je le voyais bien, avait envie, très très envie, de taper dans quelque chose. Seulement il ne savait plus dans quoi.

Au fond des yeux de Ditka luisait cette petite lueur que j'avais vue pour la première fois dans ceux de mon père. Sur les routes du nord, des années plus tôt, mon père cherchait le regard des femmes dans les autres voitures, et soutenait ensuite le mien dans le rétroviseur. Et son sourire me forçait à fermer les yeux.

C'était ainsi que cela se passait entre nous. Par la suite, je me suis souvent demandé s'il n'essayait pas de me dire quelque chose à propos de la vie en général, qu'il faut savoir s'arranger de petites indiscrétions, que tout le monde a besoin d'une certaine dose de liberté. Il en était d'ailleurs venu à me surnommer Captain Obvious[1].

Je me rappelle un incident survenu dans les toilettes de l'autoroute, à l'extrême nord du Michigan. Nous avions dormi dans la voiture jusqu'à l'aube. Le nœud coulant de la cravate de mon père pendouillait de sa poche alors qu'il se débarbouillait, ou plutôt se pomponnait en vue de ses visites aux établissements d'études

1. Le très sérieux « capitaine Évidence » énonce des banalités tout en étant persuadé de vous apprendre à vivre.

secondaires de la région. À un moment donné, il se tourna vers moi et me passa le nœud autour du cou.

Il me dit : « Il faut être responsable, la vie n'est pas une partie de plaisir, il faut être fort pour survivre sur cette terre. » Je ne me souviens pas des mots, seulement de la passion dans sa voix et du parfum épicé de sa lotion après-rasage Old Spice. Il s'exprimait avec une gravité recueillie, en me regardant droit dans les yeux, tout en resserrant doucement le nœud. Il ajouta qu'il voyait en moi une version plus jeune de lui-même. Je sentais une pression grandissante sur mon larynx. Il souhaitait que je prenne les choses moins au sérieux. Il voulait me voir rire. Tout ce que j'éprouvais, c'était une sensation de léger vertige, la tête dans du coton, un zeste d'euphorie, tandis que j'étouffais lentement. C'était cela, je crois, sa conception de la sagesse : il voulait me détourner de mes instincts primaires, me mener vers un ailleurs.

Une heure plus tard, nous nous arrêtions pour un café et quelque chose à manger. Mon père savait comment parler aux femmes, à qui il s'adressait sur un ton charmeur et familier. Il avait une grosse liasse de billets, des petites coupures tassées autour d'un seul billet de vingt dollars. Il tint sa main posée sur ma tête. Il dit à la femme que j'étais en formation. J'allais racheter les erreurs qu'il avait commises. Grâce à moi, il allait « reconquérir son innocence ».

Les femmes étaient séduites par sa fibre poétique, elles percevaient en nous, le père et le fils, une force cachée qui semblait leur souffler que nous aurions pu être meilleurs, si seulement nous nous étions donné plus de mal, si seulement nous avions su, si seulement quelqu'un nous avait indiqué le chemin. En prenant comme toujours de longs détours, il parla de la bonne foi qui siège en chacun de nous et nous rend complices des mensonges que les autres nous racontent, et que dans un sens nous réclamons, car « sinon nous devenons trop modernes, trop cyniques ». Ce fut là son commentaire, dans le jour naissant d'une matinée quelconque, il y a bien des années de cela. Mon père régissait le vide du manque comme seul un VRP peut le faire.

Par moments, il me semblait que c'était moi qui avais suscité chez mon père le désir de nous voir morts, ma mère et moi. J'ai eu tort de lui tenir tête. Je n'avais pas à le fixer comme ça. Quelque chose que j'avais entendu dire à ma mère une seule fois, un jour qu'elle parlait à sa tante, chuchotant dans le combiné, m'avait donné l'impression que notre bien le plus précieux est notre aptitude à garder le silence devant l'évidence ; la Vérité n'est pas toujours bonne à regarder en face.

Concentré de nouveau sur le commentaire en différé du match, je me suis glissé dans la douleur d'autrui. J'aurais pu rester planté éternellement devant les images de Ditka grimpant dans les gradins à la poursuite du supporter, Ditka aussi noble que Sisyphe, son sort non moins héroïque que celui d'un héros de l'Antiquité.

On a sonné à l'interphone. L'agent immobilier était en bas.

J'ai crié pour appeler Lori. Elle ne répondait pas. J'ai passé la tête dans la porte de la salle de bains. Elle pleurait et parlait de son avortement.

3

Dans les semaines qui précédèrent notre premier rendez-vous à la clinique, mon agent se décida à me reparler. Nous allions nous réconcilier avec Fennimore et son éditeur. Je lui accordais que je m'étais conduit comme un rustre et un ivrogne à New York, ajoutant pour faire bonne mesure que j'avais aussi avalé des médicaments. J'étais disposé à leur écrire une lettre, afin d'éviter toute forme de poursuites, ne voulant surtout pas mettre dans l'embarras les parties concernées ni rendre publique l'importance de ma contribution au dernier roman de Fennimore.

Au cours d'un de ces bla-bla téléphoniques, je répondis à un signal d'appel. C'était Lori. Elle était euphorique. La clinique de fertilité venait de lui confirmer la date de notre rendez-vous.

En reprenant mon agent, je lui appris la nouvelle. Je crus qu'il allait avoir un coup de sang. L'infertilité, voilà un sujet *brûlant* ! Il y avait là matière à un bouquin, ou au moins à une série d'articles dans un magazine à grand tirage, un premier pas vers un contrat de non-fiction. Je n'avais jamais entendu dans sa voix un enthousiasme pareil, même si quand on a affaire à un agent, on sait qu'il n'y a ni petites idées, ni petits livres.

« C'est peut-être ton ticket pour la fortune ! me hurla-t-il à l'oreille. C'est pile ton rayon ! Attends, je vais passer quelques coups de fils… Je te rappelle ! »

Et je me retrouvai comme un con, tenant le téléphone muet à mon oreille.

Pourtant, tout en posant le combiné, je me dis qu'il avait raison, c'était tout à fait « mon rayon ». J'avais quelques notions sur le domaine des ouvrages de nonfiction grand public pour avoir, pendant mes années de vache maigre à New York, réussi à grappiller quelques dollars en écrivant en free-lance pour des magazines masculins. J'avais contribué à tout un éventail d'articles : « Le test d'aptitude sexuel (SAT) » ; le guide de Larry le Barman : « Les filles sexy, le boulot et autres sujets qui gâchent la vie d'un homme » ; « Nos conseils de drague dans les clubs de gym », avec des sous-titres subtils comme « Haletantes et à demi nues, certes, mais bas les pattes ! ». Et puis des morceaux de bravoure à propos, par exemple, de l'avis des femmes sur la taille et la forme des pénis.

Bien entendu, j'ai fini par ne plus supporter d'écrire pour des torchons pareils, même si c'était dans le plus strict anonymat. Ma carrière littéraire était au point mort. Je trimais comme un forçat sur *L'Opus*. Une nouvelle éditrice avait refusé le pavé de huit cents feuillets que je lui avais soumis, sous prétexte que la maison avait changé sa ligne éditoriale. Elle n'en faisait pas moins l'éloge de mon génie. Seulement elle était à la recherche d'un autre genre de génie.

Nous nous sommes séparés en bons termes ; elle a ramassé l'addition, m'a donné le baiser de Judas et m'a laissé à la digestion de mon échec professionnel.

Je m'apprêtais à fêter mon trente-quatrième anniversaire.

N'empêche, j'étais toujours persuadé que ce que j'écrivais portait bel et bien la marque d'un grand talent. Je suppliais presque mon agent d'envoyer mon manuscrit à une kyrielle d'autres éditeurs. Il me répondit que le secteur était en crise et que, de toute façon, il valait mieux pour la qualité de mon travail que j'échappe aux pressions de la vie ordinaire. Il me tenait des propos d'esthète : il se retenait de m'envoyer sur les roses.

Finalement, écoutant mon instinct de survie, je quittai New York pour un lieu plus proche de mes origines : Chicago. J'y revins ruiné, ou du moins très fauché, ayant accumulé tellement de dettes de carte de crédit que je ne pouvais plus transférer le solde des impayés sur une énième carte proposant un « délai de grâce ».

Au début, Chicago se révéla le contraire de la panacée. En fait, je tombais de Charybde en Scylla. À bout de ressources, le seul boulot que je trouvai après six mois de démarchage fut un mi-temps où j'étais censé écrire des manuels de sécurité pour le Service des Véhicules motorisés, un emploi qui capota au bout d'un mois, me renvoyant sur les sentiers du désespoir, à divaguer çà et là. Lors d'une de ces errances, alors que je prenais des notes au fond d'un café en attendant l'inspiration, je relevai une petite annonce dans un hebdomadaire contreculturel appelé *L'Étranger* : ils étaient à la recherche d'« un écrivain dynamique et motivé prêt à exploiter les possibilités des nouveaux médias informatiques générés par les technologies émergentes ! »

Si j'ai donné dans le panneau, c'est à cause de l'aspect technique de la proposition et de l'idée que se présentait là une occasion d'échapper au monde nécrosé de l'imprimerie, de me tirer du trou noir de l'édition, sauf que, lorsque je me suis présenté à l'entretien, j'ai appris qu'ils cherchaient en réalité un rédacteur pour une start-up pornographique appelée « Le Portail de Vénus ».

Le Portail s'était attelé à la numérisation de sa bibliothèque porno afin de créer une base de données fétichiste propre à être commercialisée sur un réseau informatique appelé l'Internet, au moyen de l'Hyper Text Markup Language (HTML), un jargon de geek incompréhensible pour le non-initié.

Je décrochai le job grâce à mes articles pour les magazines masculins.

Rétrospectivement, je me rends compte que c'est la nouveauté de l'aspect technologique qui de prime abord m'a caché ce qui était de fait colporté : un mélange curieux de haute technologie et de moralité de bas étage.

Je passai ma journée à circuler entre des pièces encombrées de serveurs IBM et de systèmes à base de processeurs 486, et à l'étage inférieur, de plateaux de prise de vue peuplés de fugueurs et de junkies abrutis destinés à une pornographie sous cellophane qui n'exigeait pas de beauté, seulement du désespoir.

Une série blasphématoire intitulée « La Bonne Nouvelle » mettait en scène des religieuses assez laides qui en faisant du porte à porte se retrouvaient à chaque fois dans des imbroglios sexuels les plus invraisemblables et les plus bizarres. Le Portail avait soi-disant été, l'année précédente, le plus gros client des fabricants d'habits de bonnes sœurs de tout le Midwest. J'ai bien peur de l'avoir gobé. Le catholicisme à l'ancienne était cuit. Le Portail possédait en outre le plus grand nombre de PC équipés de processeurs Intel 486 de toute la région de

Chicago et avait été un des premiers utilisateurs des versions bêta de Microsoft Windows 3.1, en corrélation avec les géants des télécommunications pour l'installation de switchers et de routeurs permettant de transmettre des données par les lignes téléphoniques.

Le Portail me fit découvrir l'univers de la pornographie auquel je ne connaissais rien, quoique d'une certaine manière, il me parût étrangement démocratique, authentique même, correspondant à un désir plus basique que celui de l'image convenue et retouchée à l'aéro de la Playmate ; les femmes du porno étaient vulgaires dans le sens qu'elles montraient la réalité du sexe en tant que… eh bien, en tant que sexe !

Ce boulot m'accorda une sorte de sursis, me permettant de retourner à l'obscurité la plus totale et de me reconnecter à la vie tout court. Je me disais que je me réservais pour la suite. Les acteurs faisaient bien la plonge entre deux cachets. En leur temps, des grands comme Hemingway et Fitzgerald avaient exercé leur métier à Hollywood sans beaucoup de succès. Ma situation n'était guère différente, quoique, un jour, après une nuit aux prises avec *L'Opus* et mes démons personnels, je débarquai au bureau fin soûl, en me citant moi-même. Max Chapman, mon boss, m'entendit pleurer la mort de l'Art et de la Culture et vilipender la merde infâme que nous remuions au Portail.

Jusqu'ici, je n'avais jamais eu affaire directement à Chapman, et le trouvais juste ridiculement prétentieux étant donné ce qu'il colportait.

Chapman me cloua le bec ; personne ne m'était entré dans le chou comme ça depuis la fac. Tout de suite, je compris que j'avais devant moi un personnage charismatique. Il se présentait comme un « humaniste » possédant une compréhension existentialiste de ce qu'il appelait « la véritable condition humaine » – une expression qui me dessoûla à la seconde.

Il parlait la même langue que moi, ou pour être exact, il déconstruisait tout ce que je tenais pour sacré avec une éloquence universitaire et, j'ose le dire, une vérité confondante. Selon lui, nous étions en quête d'un monde parfait où personne ne deviendrait jamais vieux, où toutes les bites seraient énormes, tous les seins gonflés par la chirurgie esthétique et le sexe des femmes toujours humide et épilé. C'était « le désir humain dépouillé de toute angoisse morale », la direction qu'à son avis devait prendre la science et la technologie – « l'immuabilité de la chair », la seule voie logique dans laquelle l'Histoire pouvait s'engager en l'absence d'au-delà, ou, pour le citer : « L'art occidental finira par nous faire adorer un phallus semblable aux phallus géants de l'art primitif africain. »

La première fois, j'ai eu du mal à suivre son raisonnement. Il m'avait pris de court. Il faut dire que ce jour-là j'étais soûl et préoccupé avant tout par moi-même. Mais bizarrement, malgré tout, je me rangeais à son point de vue philosophique. Les soubassements de la pornographie du Portail étaient associés à une angoisse voyeuriste complexe. Un érotisme vulgaire et dévoyé – des spectateurs extérieurs regardant à l'intérieur des organes sexuels, *creampie* anal, *glory hole*, le tout se soldant par des actes anonymes. D'après Chapman, et il insistait là-dessus avec la conviction agaçante d'un homme qui savait de quoi il parlait, « le baiser avec la langue était en pornographie le seul acte inadmissible ».

À d'autres occasions, alors que je commençais à mieux le connaître, il se montra moins exalté, comparant le Portail à une expérience d'économie appliquée, « la première retombée de la mondialisation – un secteur de service postmoderne où les clients finissent forcément par en avoir marre de se branler et achètent quelque chose en ligne ».

C'était comme s'il y avait en lui deux personnes en une. D'ailleurs, il ne tarda pas à m'en apporter la preuve.

Il détenait un MBA d'une vénérable université de la côte Est, pépinière de prodiges. À la manière de tous les authentiques visionnaires, il allait droit au but et n'avait pas peur d'aller au bout de son raisonnement : et puis il avait investi une petite fortune dans cette nouvelle technologie.

J'avais l'impression qu'il aurait pu être ce qu'il voulait. Il incarnait tout ce que j'avais toujours rêvé d'être : un iconoclaste plein aux as. Je me rappelle sa vanne préférée : « Le vice est l'avant-garde du progrès ! »

Un jour, il s'est arrêté à mon poste de travail et m'a mis au défi d'écrire quelque chose de dépravé et de réaliste, ou pour le citer : « Aujourd'hui il faut tuer si on veut que les gens en aient quoi que ce soit à foutre ! » Il m'a donné ce conseil après avoir pris le temps de lire le manuscrit en chantier de mon *Opus* qu'il jugea « une œuvre de *génie mineur*, influencée par la littérature du XIXᵉ siècle, à la prose lourde et philosophiquement éloignée de la modernité et de l'accès au sexe facile ».

Je savais au fond de moi qu'il avait raison.

Dès lors et jusqu'à la fin de mon activité au Portail, il m'a surveillé, ou guidé, je n'ai jamais su vraiment ce qu'il fallait en penser. Il a mis mes prouesses littéraires sous son coude et m'a affecté à la rédaction de témoignages et d'interventions dans le forum, de lettres fictionnelles repoussant les limites de ce que les gens sont capables d'avaler, des lettres de filles confessant avoir trompé leurs petits amis parce qu'ils étaient mal montés, ce qui prouvait bien, n'est-ce pas, l'importance de la question de la taille ! Des lettres à la transparence insipide et cependant profondément blessantes, écrites dans le seul but d'acheminer discrètement par la poste des colis contenant élargisseurs de pénis, anneaux péniens, vagins artificiels et poupées gonflables.

Je me consolais en me disant que j'écrivais sous un pseudonyme, à la croisée de moi-même, ou, pour être plus clair, dans un dédoublement de personnalité. J'ai écrit sous tant de noms différents, j'ai vécu tant de vies…

J'appréciais son air important et pressé de cadre supérieur posé et rationnel lorsqu'il me prenait à part dans le couloir pour me demander comment les choses se passaient pour moi en général, et me posait des questions du style : « Êtes-vous content de ce que vous êtes ? », « Savez-vous maintenant ce que vous voulez dans la vie ? », « Où vous voyez-vous dans cinq ans ? » – des questions qui n'en étaient pas, des questions comme pourrait en poser un directeur des ressources humaines. Une forme de mantra profane, où était indéfiniment réaffirmé que le seul péché qu'un homme pouvait commettre envers lui-même était le doute de soi. Pour sa part, me dit-il, il avait déconnecté ce qu'il faisait de ce qu'il était, trouvant que cela s'excluait mutuellement. Sur son bureau était exposée en évidence une photo de sa femme, de trois enfants et d'un chien devant une cabane en rondins.

Je le considérais d'emblée comme un schizophrène. Pour lui, les femmes étaient toutes des « coups » !

Si j'avais été moins fauché, j'aurais peut-être contesté sa notion de libre arbitre, surtout compte tenu des dégâts psychologiques de la pornographie quand elle se retrouvait, et elle finissait forcément par s'y retrouver, entre les mains d'ados dont elle corrompait et tordait la vision du monde à une période où la sexualité prenait le relais de l'innocence.

Cet été-là, j'ai marqué de nombreuses pauses pour écouter à la radio un Harry Carey vieillissant chanter « Take Me Out to the Ball Game ». Cet hymne au baseball ravivait chez moi de vieux souvenirs. Des voyages dans le nord avec mon père au son de WGN et de la retransmission des matchs des Cubs de Chicago, ces légendaires perdants ; j'entends encore les cris des jeunes supporters qui voyaient s'envoler leur rêve de victoire dès le match des étoiles de la ligue. Ils hurlaient, ces gosses, alors que tout ce qu'ils pouvaient espérer était d'attraper une balle haute, sinon de récolter un autographe.

Mon père qualifiait à chaque saison la déconfiture des Cubs de « dernier exploit de la classe ouvrière américaine ». Il leur témoignait un soutien indéfectible.

Au bout du compte, c'est l'influence subtile de Chapman qui a changé la donne pour moi. Un jour, alors que je triais machinalement le courrier, je suis tombé par hasard sur une cassette vidéo qui m'intrigua, et qui se révéla être un *snuff movie* que son ton philosophique rendait tout à fait louche.

La vidéo muette à l'image granuleuse se révéla être une adaptation macabre de *Crainte et Tremblement* de Søren Kierkegaard, un conte moral sur la foi religieuse confrontée à l'absurde.

Cet essai gravite autour d'une ballade médiévale qui conte l'amour malheureux d'un chevalier pour une princesse et retrace les différentes étapes du renoncement et de la réconciliation.

Le texte perturbant de *Crainte et Tremblement*, incrusté à la manière d'un prompteur en bas de l'image vidéo, détaillait les étapes de la crise spirituelle que, revêtu du costume du Chevalier de la résignation infinie de Kierkegaard, le criminel traversait pendant qu'il étranglait lentement sa victime encagoulée.

> *Je crois néanmoins que je l'aurai en vertu de l'absurde, en vertu du principe qu'à Dieu tout est possible[1].*

C'était une citation du livre de Kierkegaard. Pourtant on avait l'impression de lire un billet déposé par quelque prédateur sexuel traquant sa proie.

La vidéo abordait tout ce à quoi Chapman avait fait référence au cours de l'été, amalgame fangeux de contre-utopie sexuelle et de renoncement religieux. Je savais par ailleurs que Chapman avait à sa disposition les moyens techniques nécessaires pour organiser des prises de vue de cette nature. Nous nous étions rencontrés sur le plan philosophique.

Électrisé par ce que je prenais pour une reconnaissance de mon existence en tant qu'artiste, je me servis de la cassette comme source d'inspiration et quittai le Portail. Au cours des mois qui suivirent, la parabole de Kierkegaard me permit d'insuffler à *L'Opus* un regain de

---

1. Søren Kierkegaard, *Crainte et Tremblement*, traduit par Charles Le Blanc, Paris, Rivages, 2000.

situations conflictuelles et de nœuds dramatiques. J'y incorporai les séquences du film afin de décrire une crise existentielle sous forme d'intrigue policière, et je postai le tout à mon agent, en le priant de me repositionner comme écrivain de polars.

Même si dans l'immédiat, tous mes efforts ne me servirent à rien, ce fut bien *L'Opus* ainsi reconstitué qui trouva le chemin de Fennimore, lequel finit par m'engager comme nègre.

*

Avec ces pensées en toile de fond, plus la conviction intime qu'il ne fallait jamais totalement abandonner ni son sens de l'opportunité ni l'espoir, je passai en « mode survie » et m'en remis à ce que Chapman appelait avec ferveur « le pouvoir d'être soi ».

Je décidai d'une part de taire à Lori mon projet de me servir du processus de fertilité et d'autre part de saisir toutes les offres que mon agent se révélerait en mesure de grappiller. Je savais d'avance que Lori frapperait d'anathème toute chronique de notre parcours. Elle était superstitieuse en diable… en expiation de son avortement. Si jamais elle apprenait que j'avais l'intention de tirer profit de ce qu'elle appelait sa « seconde chance », elle se dirait que cela allait nous porter la poisse.

Ne s'en présentait pas moins là une occasion de rédemption, non seulement pour moi, mais aussi pour elle !

4

En m'investissant dans un projet d'ouvrage de non-fiction, je suivais en quelque sorte le chemin de moindre résistance, car le roman, dans son sens le plus authentique et le plus élitiste – comme instrument d'une quête et d'un questionnement – était mort dans les derniers sursauts de l'humanisme du XIXe siècle. Sur ce point, j'étais d'accord avec Chapman.

Je décidai que j'avais assez souffert.

Un éditeur finit par mordre à l'hameçon : Marv Schwartz – dit Schwartzy – un homme reptilien à la gorge fripée comme le cou d'une tortue, qui en était à son cinquième mariage, seul fait attestant de ses qualifications en terme de virilité et de relations amoureuses. Ironiquement, c'était ce même Schwartzy qui m'avait confié le reportage sur les parcs à chiens auquel je devais ma première rencontre avec Lori. J'avais fait sa connaissance à une soirée lors d'un de ses séjours à Chicago. J'étais en train de raconter à je ne sais qui qu'au Japon, pour parler de l'orgasme, on dit « partir » au lieu de « venir ». Typiquement le genre d'information qui passait pour de la haute culture aux yeux de Schwartzy.

En guise de dernière incarnation, il était l'éditeur de *Mec moderne*, un luxueux magazine qui étalait au rayon presse les torses musclés d'hommes bronzés qui vous fixaient droit dans les yeux. En réalité une revue publicitaire pour une marque de bière qui cherchait à se hisser sur les étalages. Elle n'avait aucune prétention littéraire, c'était un de ces torchons vendus à la caisse, que les masses populaires feuillettent du gras du pouce – c'était aussi une de ces publications que les éditeurs des maisons d'édition épluchent à la recherche de sujets *brûlants*, en vue d'ouvrages potentiels ; du moins à en croire mon agent.

Dans la perspective de m'en servir dans mon avant-propos, je me basais sur mes souvenirs de Denise Klein, puisqu'elle avait eu un rôle catalyseur dans le désir d'enfant de Lori.

Après toutes ces années de séquestration, à écrire en sous-vêtements au cœur des ombres mouvantes de l'univers autobiographique de *L'Opus*, le simple fait d'avoir un projet qui me sorte de la maison me paraissait de l'ordre de la rédemption. Je comprenais mieux qu'un autre la vigilance psychologique d'une génération de femmes au foyer qui ont passé l'aspirateur en talons aiguilles et collier de perle, des femmes auxquelles leur intuition soufflait qu'il n'est pas si simple de savoir qui on est quand on est seule toute la sainte journée.

Je me mis à partir presque tous les matins avec Lori, partageant pour la première fois l'intimité des cohues de l'heure de pointe matinale du L, le métro aérien, direction Downtown. Je lui disais d'un air dégagé que je me documentais pour un roman « historique », un terme assez ambigu pour satisfaire l'écrivain en moi, préoccupé surtout par mes négociations avec l'éditeur new-yorkais, que je sentais sur le point de me signer deux contrats. J'affirmai à Lori que cela signifiait sûrement qu'il avait une confiance très grande en mon travail.

Car hélas, je ne pouvais pas m'empêcher de tenter le diable, autrement dit, de lui mentir. Mais il était indéniable qu'elle avait beaucoup changé.

Elle achetait désormais le magazine *Parents* au kiosque du L, un objet fétiche lisse, épais et luisant qu'elle serrait contre elle comme s'il s'agissait des écritures sacrées : un talisman de son engagement dans un nouveau style de vie. Je ne pouvais m'empêcher de me demander comment ils arrivaient à remplir chaque mois ce pavé, mais ils y parvenaient, bien sûr, avec toute une gamme de rubriques, calendrier de grossesse et calculateur d'ovulation, quel nom donner à votre enfant, allaitement et pompes à lait, bébé fait ses dents, les caprices de bébé, la dépression post-partum, ainsi que des articles débiles sur comment organiser un anniversaire inoubliable pour votre bout d'chou d'un an.

C'était un rêve de publicitaires, du chantage émotionnel sur doubles pages de papier glacé, avec des chérubins de six mois drapés dans des serviettes éponge qui brandissaient des canards en caoutchouc, et des bambins de quatre ans étreignant des chiots au milieu d'un champ de lavande. Qui aurait le cœur de leur refuser quoi que ce soit ?

De bien des manières, au vu du graphisme de la mise en page, des listes de conseils ad hoc et des colonnes de brèves, il n'y avait pas tellement de différence entre ce magazine et ce que produisait au jour le jour Le Portail de Vénus. Je me figurais aisément qu'ils puissent l'un et l'autre appartenir au même consortium anonyme, au grand patron, Max Chapman. Tout se terminait décidément toujours par une question de gros sous.

Un matin, nous sommes restés coincés dans le métro pendant une heure. Lori était comme hypnotisée par un article alarmiste intitulé « N'oubliez surtout pas qu'il n'est jamais trop tôt pour envisager le financement des études supérieures de votre enfant ». Article illustré par un groupe de baigneurs de neuf mois, culs nus et brandissant des rouleaux de diplômes. À un moment donné, un vieux musicien noir monta dans notre wagon. Il ouvrit sa boîte capitonnée de velours, en tira un vieux saxophone cabossé et se mit à jouer un blues mélancolique qui traduisait si bien la douleur de la servitude des esclaves du sud que je compris quelque chose que je n'avais pas vraiment saisi jusque-là.

Telle est la puissance de suggestion de la créativité, qu'en l'écoutant, il me vint comme une illumination. En un éclair, je compris le potentiel de toute vie humaine. Il avait suffi de la dextérité de ces doigts sur les touches, de l'émotion exprimée par une suite de notes, d'une musique jouée par un bonhomme dont l'enfance avait été aussi misérable que le génie jamais contrarié. J'étais sur le point de faire un commentaire, mais je me retins. Je me tournai vers Lori. Elle n'était pas émue. Elle faisait le test du magazine.

En récompense de ses efforts, lorsque la rame redémarra, le musicien collecta environ trois dollars en pièces blanches et jaunes.

*

Je passais mon temps cloîtré dans l'atmosphère feutrée de la salle de lecture de la bibliothèque Harold Washington, dissimulé au milieu d'une pléiade de SDF venus s'abriter du froid, qui se bornaient à contempler les rayonnages de périodiques et de journaux.

Pour me mettre dans le bain avant d'attaquer le matériau Klein, je consultai les microfiches de plusieurs journaux à propos de l'assassinat par mon père de sa maîtresse et de son suicide aussitôt après, et examinai les clichés en noir et blanc de la modeste maison de plain-pied où il était mort, la maisonnette avec sa Ford Fairmont garée devant.

Cela devait bien faire plus de dix ans que je n'avais revu cette dépêche d'Associated Press. À partir d'un ramassis de détails décousus, j'avais reconstitué tant bien que mal les dernières heures de la vie de mon père, le dénouement d'une histoire sombre, depuis sa vie imaginaire d'avant ma mère et moi, à celle où il s'était trouvé embourbé avec nous, amené finalement à se tirer une balle dans le crâne dans une bicoque au bord d'une longue route de campagne solitaire.

J'avais écrit mes deux romans sous pseudonyme. Cela me donnait l'impression que je maintenais une distance artistique. Sur un autre cliché, pris par un photographe local, je reconnus la silhouette lointaine de ma mère. Elle avait l'air d'une femme abandonnée dans ce motel, le matin du suicide de mon père. Je trouvais cette image conforme à l'ambiance de mon premier roman, et si ma mère n'avait pas toujours été de ce monde, j'aurais été tenté de demander, si tant est que l'on puisse demander quoi que ce soit à un éditeur, que cette image serve de photo de couverture. Dans

mon esprit, elle était un sésame m'ouvrant vers une vie
au-delà de la mienne ; une référence me donnant la clé
de l'histoire de mes parents.

En l'examinant à la loupe, en observant la façon
dont ma mère se tenait, comme elle s'était tenue
debout à la fenêtre de tant de motels avant ce jour-là,
j'en étais arrivé à interpréter son regard : c'était celui,
silencieux, d'une fille de la campagne qui avait tout
perdu, d'abord son frère tué au front dans la ligne de
défense du 38ᵉ parallèle, et maintenant… ça. En une
existence, elle était passée directement des mœurs
agraires d'une ferme de l'Iowa à un drame déchirant à
la Eugene O'Neill… *Le Long Voyage vers la nuit*.

En fin de compte, je mis ma mère au courant pour
le roman, certain au moins d'une chose : elle ne le lirait
jamais. Sa vue était gênée par la cataracte. Qui eût cru
que le roman serait sélectionné par Audio-livres ! Elle
passa commande. Alors que sa mémoire commençait à
montrer des signes de défaillance, elle écouta mes
noires confessions analytiques au sujet de ses relations
avec mon père.

C'est ce qui, à mon avis, nous a écartés impitoyable-
ment l'un de l'autre et a précipité son retrait dans la
sénilité. Je me suis parfois demandé si, d'une certaine
manière, je ne l'avais pas prise en otage. Après ma
découverte à son chevet de la cassette-audio, le récit
déjà révisionniste de ses relations avec mon père se
mua en un conte de fées : il avait gagné son cœur grâce
à quelques paroles au charme suranné, déclarant à qui
voulait l'entendre : « Quand je l'ai vue de dos, je me
suis précipité pour voir si elle était aussi belle devant. »

Un tableau d'un sentimentalisme confondant, mais
qui semblait lui apporter un peu de réconfort. Et en

dépit de ce que je savais de la réalité de leurs rapports sur la fin, je pense que c'est ainsi que les choses avaient démarré entre eux. La personne que nous sommes au début d'une relation de couple n'est pas forcément celle que nous devenons à la longue.

*

Après avoir perdu pas mal de temps à examiner les documents d'archives sur la mort de mon père, je m'attaquai à mon sujet : Denise Klein. Je commençai par visionner les microfiches du *Chicago Tribune*.

Ce qui me frappa de prime abord, ce fut la violence du titre général de la série d'éditos publiés sous forme de lettres – « Minuit dans une vie parfaite » : le changement avait été pour elle rapide et radical. À l'époque, obnubilé par mon propre travail, je n'avais pas lu la chronique de son agonie, mais à présent, devant le texte de cette femme qui n'était plus là, j'étais bouleversé. Estomaqué par sa sincérité.

Pour tout avouer, au moment où elle avait participé à mon cours d'écriture, son combat et sa foi en l'au-delà m'avaient laissé sceptique. Nous avions, sur le plan artistique, des relations conflictuelles. Intellectuellement, bien sûr, je comprenais ce qu'elle voulait dire par « saut de la foi », mais je lui opposais que je ne voyais pas comment Jésus avait mérité un tel honneur. Sauf que je ne l'avais pas formulé ainsi. J'avais adopté une attitude méprisante de salonard érudit, sans doute révélatrice chez moi d'un complexe d'infériorité : je lui avais dit qu'elle ne saisissait pas le concept d'INEFFABLE.

J'aurais tout aussi bien pu tracer des caractères chinois. Tout ce que j'avais fait, c'était accabler une mourante qui s'était inscrite à mon cours dans le seul but d'explorer sa créativité. Son seul public était elle-même. Elle cherchait à se concilier le temps et à cerner ce qu'elle était, qui elle était…

En levant les yeux de la microfiche, je marquai un temps d'arrêt, me remémorant comment elle avait réagi à mes critiques en changeant son fusil d'épaule : son deuxième exercice, sur le thème de sa première séance de chimiothérapie, avait été nul. Un compte rendu fastidieux du protocole de soins où elle avait abusé de la terminologie médicale. Elle avait en effet eu l'impression que c'était ce que j'avais reproché au premier : le manque de crédibilité. J'avais démoli cette deuxième tentative en la taxant de « sans émotion », ce qui envenima encore davantage nos rapports.

Mais en lisant ses lettres au journal, je me rendais compte qu'elle avait en fait évolué. Prenant à cœur mes critiques de son approche religieuse de sa maladie/crise existentielle, elle avait extrait l'essence de son expérience pour nous offrir quelque chose de sympathique et, finalement, de lisible. Elle avait fait ce je n'avais pas su faire, adapter, recréer sa propre voix, et aller au-devant des lecteurs.

Dans sa forme révisée et publiée, son récit s'ouvrait par la scène où elle vomissait seule dans le parking après le premier traitement. Puis on passait directement à son retour chez elle, où l'accueillaient ses trois filles ravissantes. Les filles s'étaient rasé la tête pour une soirée de solidarité « Chimio ». Elles ressemblaient à des rescapées d'Auschwitz. Puis, soudain, frappée par l'horreur de ce qui l'attendait, elle se mettait à les gronder en criant à pleins poumons, avant de tomber à genoux. Les dernières lignes nous la décrivaient ramassant par poignées les longs cheveux soyeux de ses filles en versant *les pleurs de Rapunzel*, titre de l'article.

Qu'une vie puisse continuer à se manifester sous la forme d'un bout de microfiche fit renaître en moi l'émerveillement devant ce que représentait un témoignage écrit. Il jetait une passerelle entre la vie et la mort, et en l'écartant de la soi-disant normalité, anoblissait l'art d'écrire.

J'y percevais une acuité, une honnêteté qui tranchait avec la vanité du roman et pour la première fois je comprenais le succès de tout ce qui relevait de la non-fiction, de tout ce qui laissait émerger le « je » et rendait ainsi caduque l'ère de la métaphore où les écrivains ne voulaient ou ne pouvaient s'exprimer ouvertement.

5

Il neigea toute la matinée que je passai à la bibliothèque. Je n'avais été aussi satisfait de mon travail depuis longtemps. Je glissai dans une enveloppe en papier kraft les copies de l'ensemble des lettres de Denise, avec tous les textes qu'elle avait soumis à mon cours d'écriture.

Dans l'entrée de la bibliothèque, j'avisai une rangée de téléphones publics et appelai Lori. J'avais l'intention de tout lui avouer : nous ne pouvions faire l'économie de l'honnêteté si nous voulions aller de l'avant. J'étais prêt à reconnaître qui j'étais, et ce que j'étais, quels étaient mes craintes et mes espoirs dans la vie ; et aussi où j'en étais *vraiment* avec l'éditeur de New York.

Malheureusement, je tombais sur son répondeur. Je ne laissai pas de message.

Il était presque 13 heures. Je ne savais pas quoi faire. Déjà, la lumière rasante allongeait les ombres dehors et les fenêtres de l'autre côté de la rue étaient éclairées. Je n'avais pas envie de rentrer chez moi, ni de me couper dans mon élan. Je voulais rester à l'extérieur, dans le monde réel.

Debout dans le colossal vestibule de la bibliothèque Harold Washington, j'ai levé les yeux au plafond et médité sur le fait qu'en dépit de l'indifférence générale du public, on avait quand même trouvé un financement et consacré un lieu dans le seul but de conserver les documents décrivant notre identité et nos particularismes en tant qu'humanité. Je songeais aux trois dollars du saxophoniste, à son existence passée dans une relative obscurité à jouer du blues. Finalement, il suffit de faire ce que l'on sait faire le mieux possible, et que le reste aille au diable !

Je ramassai l'annuaire, dans l'intention de creuser l'affaire Denise Klein maintenant que j'avais réuni toutes ces informations sur elle ; je tenais là au moins la préface à mon ouvrage de non-fiction. Tout ce qui me manquait, c'était l'autorisation de Frank Klein qui était l'exécuteur testamentaire de Denise, ainsi qu'une brève interview de lui donnant le point de vue du mari sur la maladie, la quête d'enfant et la mort de sa femme. Presque un an et demi s'était écoulé depuis.

J'essayai le numéro figurant en haut de la page sur les textes de Denise. Il n'y avait plus d'abonné. L'annuaire n'étant guère plus éclairant, j'appelai les renseignements. J'eus trois différents Frank Klein au bout du fil avant de tomber sur le bon. Je m'attendais à moitié, vu l'heure, à ne trouver personne à la maison. Il lui fallut quelques secondes pour me remettre. Il était en train de changer une couche, ou du moins c'est ce qu'il me dit. J'entendais les pleurs d'un enfant, Frank Junior. Frank accepta de me recevoir l'après-midi même, et me demanda de lui apporter une brique de lait et une cartouche de Marlboro.

*

Une heure plus tard, je sautai dans le métro, direction Skokie, puis dans un taxi qui me déposa à l'adresse que j'avais griffonnée au dos de l'enveloppe en papier kraft contenant les textes de Denise.

À la vue de l'immeuble vétuste, je me dis que j'avais peut-être relevé le mauvais numéro de rue. C'est alors que je reconnus, à une fenêtre du rez-de-chaussée, la silhouette de Frank Klein. Vêtu d'un bermuda et d'un polo délavé. Il m'observait. Sur une minuscule bande de graviers, il y avait une poussette et une pelle à neige.

Derrière la vitre il ouvrit les bras en un geste d'auto-dérision : ce fut son entrée en matière.

Dans un petit séjour encombré d'un téléviseur surdimensionné et beuglant, je regardai une souris abattre une enclume sur la tête d'un gros matou pendant que Frank me prenait le lait des mains puis, avec une lenteur délibérée, tirait sur le fil doré de la cartouche de cigarettes. Il me fit part de la situation désespérante de celui qui, pour citer ses paroles, « vivait dans l'ombre d'un battage médiatique post-traumatique, ce qui reste quand les caméras ont cessé de tourner ».

Il nuança par la suite cette remarque par une interrogation à plus grande portée culturelle : « Vous vous mettez à la place de bébé Jessica, tirée d'un puits sous les regards curieux d'une nation tout entière[1] ? Où est-ce qu'on va après ça ? »

Avec le tintamarre que faisait la télé, j'avais du mal à comprendre ce qu'il me disait. J'avais un dictaphone dans la poche, dans l'intention d'enregistrer l'entretien. Il tapota l'extrémité de la cigarette contre la paume de sa main, un petit geste qui trahissait son âge. Il l'alluma

1. Fait divers célèbre, en 1986.

dans un nuage de fumée. À cinquante-deux ans, il vivait dans une misère noire de vieux garçon. Denise avait eu dix ans de moins que lui. L'anomalie, c'était cet enfant dans son parc, grosse tête sur un corps tout nu, à l'exception d'une couche qui pendouillait.

Frank surprit mon regard et devança l'appel : « Médicalement parlant, je crois que la seule chose qui aurait pu être pire, c'est un clone. J'aurais été obligé de passer mes journées à me contempler moi-même. »

Mes yeux allèrent de l'enfant à Frank. « C'est un bel enfant, Frank. Il a vos yeux.

— Espérons qu'il ne voit pas ce que je vois », opina Frank.

Voilà le ton que prenait la conversation. Frank exhalait un relent douceâtre d'alcool déjà métabolisé. On était jeudi après-midi, et il ne fit aucun commentaire sur le fait qu'il ne travaillait pas. Une bouteille de Scotch était posée sur la table de la cuisine.

Il m'informa qu'il avait été obligé de céder sa maison lors de sa faillite civile, avant même la naissance de Frank Junior, ce qui l'avait arrangé d'une certaine manière, puisque personne après cela n'avait pu exiger qu'il paie la scolarité de ses filles à l'université, ni les factures médicales qui avaient accompagné Denise jusqu'à la tombe. « Ils ne l'ont pas guérie ! déclara-t-il d'une voix forte. Vous avez vu ce qu'ils lui ont fait ! Tout ce qu'ils ont réussi, c'est à prolonger son agonie. Après quoi, cette bande de requins, ils se sont alignés pour réclamer leur pognon. Et pour quoi, vous pouvez me le dire ? »

Bien sûr, la question ne pouvait que rester sans réponse. J'avançai doucement : « Ça lui a permis de gagner du temps, Frank. Ça lui a permis de se préparer. »

Je le suivis des yeux aimablement tandis qu'il allait se resservir en glaçons au frigo. Alors qu'il avait le dos tourné, il prononça : « Tout le monde veut monter au ciel, mais pas tout de suite ! N'est-ce pas l'ironie de la religion ? »

Je saisis l'occasion pour me lever et regarder autour de moi. Le petit babillait. Frank lui parlait bébé. C'était un bon père.

Tout ce qu'il avait dans la vie désormais, c'étaient les retombées d'une existence lointaine. J'étudiai les photos au mur. Une photo de son mariage ; les autres de ses filles ; trois beautés, trois types différents. Presque toutes des clichés du photographe scolaire pris pendant la maladie de leur mère. Elles posaient en short et T-shirt, avec les mots LOVE, FAMILY et GOD imprimés en relief, et brandissaient des pancartes devant l'entrée d'un vendeur de voitures, offrant aux gens un lavage en échange de quelques dollars pour la cause.

Frank haussant la voix, je me retournai. « Au final, j'avais l'impression de les envoyer au casse-pipe comme les trois petits cochons… Je ne crois pas que nous récupérerons jamais de maison en briques. Il faudra se contenter de quelque chose entre la paille et le bois !…. » Il précisa : « Vous pouvez me citer là-dessus. C'est tout ce qu'il y a de plus officiel, les papiers de la décision judiciaire. J'ai tiré la carte « vous sortez de prison ». Le système est doté d'une sorte de voie de « sortie » interne… La faillite fait partie des probabilités… »

Je feignais de prendre en note ce qu'il me disait. Il semblait chercher à prononcer des paroles profondes, et se lançait dans de longues tirades entre deux bouffées de cigarette.

Bizarrement, je trouvais rafraîchissant de tomber sur quelqu'un de plus flippé que moi.

Cet échange s'arrêta net quand une odeur de merde envahit l'espace fétide et clos de la pièce. Frank changea Frank Junior sur un canapé convertible, sous une ampoule nue au bout d'un fil. On aurait dit un bloc opératoire.

Un peu plus tard, devant un Scotch dans le réduit sinistre qui lui servait de cuisine, j'écoutais Frank déblatérer entre deux gorgées. Il faisait tourner le liquide dans son verre avec une lenteur mélancolique pendant que le petit grignotait un bâtonnet de poisson pané sur sa chaise haute, puis il nettoya la figure et les mains de l'enfant et l'assit sur ses genoux.

Dans le temps, me disais-je, ils auraient pu se produire dans les foires, une merveille de la médecine – même si Frank Junior n'était pas un clone, il était un Frank en miniature. En fait, c'était cela le plus troublant dans cette histoire, de voir que cet enfant n'avait vraiment rien de spécial, surtout compte tenu des montagnes qu'on avait soulevées pour le faire venir au monde. Je contemplais Frank et songeais, comment une personne pouvait-elle survivre à une pareille « mise sous vide sociale » et garder toute sa raison ?

Frank continuait : « On n'a pas encore utilisé notre entrée pour une journée gratuite à Disneyland. C'est un attrape-nigaud. Il faut arriver en premier. Autant bénéficier d'un séjour gratuit sur la Lune, pendant qu'on y est. »

Je souris aimablement comme sourient les hommes quand ils échangent des vérités avec d'autres.

Et à la fin, je n'évoquai même pas la raison de ma venue : Frank ne se montrait pas curieux. Sur le point de prendre congé, je lui lançai à brûle-pourpoint : « Elle vous manque, Frank ? » J'avais la désagréable sensation de me comporter comme un animateur télé.

Frank me fixa un moment : il réfléchissait. « Je crois que par la vertu du mariage deux personnes créent une troisième… entité… » Il parut débattre un instant de cette analogie. « Un peu, voyez-vous, comme des musiciens qui forment un groupe. Qu'est-ce que Keith Richards serait sans Jagger, sans les Stones ? ajouta-t-il sèchement. Est-ce assez *littéraire* pour vous ? »

Sous-entendu, il avait une petite idée de ce que je faisais là, mais à mon avis, cette référence montrait plutôt qu'il ressentait encore durement ce qui lui était arrivé, le mauvais tour que la vie lui avait joué.

Au moment où je me dirigeais vers la sortie, Frank se leva et posa sa main sur mon épaule. L'enfant sur la hanche. Sans doute cherchait-il à se rattraper, pensant m'avoir vexé avec son « Est-ce assez *littéraire* pour vous ? ». Il me regarda droit dans les yeux. « Pour ce que ça vaut, vous avez poussé Denise à creuser plus profondément en elle-même. »

Je hochai la tête en signe d'approbation, mais Frank continua : « Elle rentrait à la maison folle furieuse, l'insulte à la bouche, et lisait tout haut aux filles vos remarques sur son texte. Elle vous en voulait à mort ! Ensuite, elle s'en prenait à elle-même… »

Je déclarai d'un ton calme, comme pour mettre un point final à la conversation : « Cela fait partie du processus d'autodécouverte…

— Ce qu'elle souhaitait par-dessus tout, c'était laisser une *trace* ! » rétorqua Frank.

Je me tournai vers l'enfant puis de nouveau vers Frank : « C'est notre but à tous, à chacun d'entre nous. Il faut seulement trouver ce dans quoi on est le meilleur. »

Là, d'un coup, le souvenir de ma mère me coupa le souffle. Je n'avais plus qu'une idée : partir ! Je consultai ma montre, mais Frank, lui, n'avait pas terminé.

Je voyais bien que non seulement il était plus soûl que lors de mon arrivée, mais qu'en plus, il tenait absolument à me faire part de tout ce qu'il avait à me dire. Par pur intérêt personnel, j'avais ouvert chez lui la vanne des émotions enfouies.

« Je voudrais avoir votre avis…, finit-il par dire. Croyez-vous qu'on puisse se donner à soi-même le cancer ? »

C'était Frank parlant à Frank, et bien sûr, je le savais.

« Pendant les deux années qui ont précédé sa maladie, nous ne couchions plus ensemble. Elle était comme morte au-dedans. » Il pressa son verre contre son cœur. « On restait ensemble tant que les filles étaient encore au lycée. Denise dormait sur le canapé. Les filles étaient au courant. Elles prenaient son parti. » Il marqua un temps d'arrêt, l'air de penser à autre chose. « Au fait, n'ayez pas de fille… » Il me regarda en écarquillant les yeux.

J'acquiesçai. « Je m'en souviendrai, Frank. »

Il garda le silence, puis reprit : « Vous savez, si Denise était encore en vie, nous serions divorcés. C'est ce que Jessie – mon aînée – m'a dit juste après la mort de Denise. Dans le couloir de l'hôpital, avant même que le corps de sa mère ait refroidi. On aurait dit qu'elle avait tenu sa langue depuis le début. »

Comme Frank baissait la tête, saisi par le souvenir, je prononçai doucement : « Le chagrin, Frank… »

Il haussa les épaules et prit une profonde inspiration. « Dans ce cas, pourquoi est-ce qu'aucune d'elles ne m'appelle jamais ? » Sa voix tremblait.

Le tableau qui se composait sous mes yeux était beaucoup plus sombre que je ne l'avais envisagé au départ. Cet homme avait une personnalité plus complexe, et la situation était plus dramatique que je ne l'avais imaginée. C'était là un aspect de Denise Klein que j'avais ignoré.

J'étais gêné de sentir sa main toujours sur mon épaule. Afin de maintenir son équilibre, ou de rester droit, il resserra la pression de ses doigts.

Je déclarai avec l'optimisme forcé d'un négociateur discutant avec des preneurs d'otage : « Elles finiront comme tout le monde par se calmer… Quant au divorce et à la séparation… qui sait ce qui aurait pu se passer. C'est cela le mystère de la vie. Cela ne sert à rien de se mortifier. Ce qui est fait est fait. Elle ne vous a pas quitté pendant ses rémissions, que je sache ? »

Frank recula d'un pas et, levant son verre, approuva ce que je venais de dire avec une grande gentillesse, se tirant momentanément de sa dépression par égard pour moi, et pour son fils. « Vous avez peut-être raison ! Ma mémoire me joue peut-être des tours. » Il leva de nouveau son verre comme pour porter un toast et le but cul sec. Comme le gosse tendait les mains vers le verre, il écarta ce dernier d'un geste brusque en disant : « Si j'attends assez longtemps, on pourra boire ensemble tous les deux, Frank Junior et moi. Enfin quelqu'un qui me soutiendra !

— *À quelque chose malheur est bon*, » entonnai-je en souriant.

À ces mots, avec un petit rire dépréciateur, il répliqua, sardonique : « Je vois ! Moi qui vous prenais pour quelqu'un de réglo. Tout ce que vous colportez, c'est de la merde ! » Il se tut, prit un air faussement sérieux et se pencha vers le gosse comme s'ils étaient complices tous les deux. « Regardez, maintenant. Mon fils est fâché. Il me prie de vous demander de partir. »

Un numéro de ventriloque grotesque. Était-ce ainsi que Frank se conduisait quand il était seul avec son gosse ? Fournissait-il les questions et les réponses ?

J'avais enfoncé le clou là où ça faisait mal. Je le regrettais. Il n'avait pas besoin qu'on lui rappelle une vérité de cet ordre. Où était le génie, ou la compassion, là-dedans ?

Ce reproche, mon père, à sa façon, me l'avait adressé plus d'une fois au cours des années qui avaient précédé son suicide. Je le mettais en effet souvent dans l'embarras, en nous obligeant tous, ma mère comprise, à reconnaître ce que chacun de nous savait, mais taisait : que mon père entretenait d'autres femmes… que son cœur logeait ailleurs.

L'instant d'après, je quittais l'appartement comme j'y étais arrivé, sous l'œil de Frank qui m'observait derrière la vitre de la porte coulissante du patio. J'aurais pu aussi bien n'avoir fait qu'entrer et sortir – un fragment de temps, une séquence en boucle repassant éternellement.

Je notai cette pensée sur la pochette en papier kraft tandis que le taxi m'emportait et que je tentais de me dérober sous le poids de ma propre culpabilité, surtout de réprimer en moi toute pensée relative à mon père et à ma mère.

6

Pendant la période précédant notre première visite à la clinique, je me consacrai à la description de nos vies, en m'efforçant d'en traduire le désespoir avec le regard froid d'un spectateur quelconque. J'écrivis un petit texte sur Frank et le faxai à un sous-fifre de Schwartzy, qui le taxa de « trop existentiel et trop noir ».

« C'est la transcription exacte d'une vraie conversation, hurlai-je dans le téléphone. Vous ne pouvez pas censurer le réel. La vie, c'est existentiel ! La vie, c'est noir ! »

Au milieu de cette discussion, j'exigeai de parler avec Schwartzy afin de bien mettre les points sur les i. Il était souffrant. Il ne prenait jamais les appels. Au point que j'en arrivais à me demander si nous avions vraiment passé un accord. Je n'avais pas reçu l'ombre d'un contrat. Nous avions conclu sur une poignée de mains, ce qui était typique de l'édition new-yorkaise où l'indéterminé était de rigueur, ce qui d'ailleurs m'avait toujours rendu fou.

Je retrouvais la vague nausée, les insomnies : une vieille plaie s'était rouverte. Je recommençais aussi à rêver de mon père, et mes rêves me transportaient à l'époque de son suicide, dont le souvenir était toujours vivace, tapi non loin, même pendant les heures de veille.

C'est en lutte contre cette gêne informe que j'entrais avec Lori dans le monolithe noir du Hancock Building, et prenais l'ascenseur jusqu'au quarantième étage où perchait la clinique du Dr Jay Goldfarb. La longue pelisse de Lori était doublée en vraie fourrure. Je lui fis remarquer que dans la peau de bête survivait la trace atavique de la sauvagerie animale, ce qui me permit d'enchaîner sur la nature sauvage de l'aventure dans laquelle nous nous embarquions.

Lori, surprenant mon regard, crut que je m'inquiétais pour elle. Elle me sourit. Une fille pas compliquée, au fond voilà ce qu'elle était, et cela m'émerveillait toujours. C'était une des choses qui me plaisaient le plus chez elle, cet instinct de préservation du banal.

Je l'avais déjà épinglée, dans l'article que j'étais en train d'écrire : « Mlle Conception » – une étude de cas sur l'ingestion de pilules contraceptives et de pilules pour maigrir, autrement dit sur l'affolement grâce à la science de toutes les boussoles du corps féminin. Quant aux problèmes de la fertilité masculine, j'avais opté pour un titre accrocheur : « Les spermes du débat ». Les différentes procédures d'insémination artificielles se rangeraient sous le titre « Séminaire » ; mon idée de départ : une bande de spermatos assis autour d'une table, ils jouent aux cartes et parlent sans fausse honte de leur fatigue. Tout était prêt, ou presque, dans ma tête.

*

Je savais Goldfarb renommé dans le domaine du traitement de l'infertilité, et en montant vers sa clinique, je me préparais à croquer la scène de la première rencontre. Rien, toutefois, ne m'avait préparé au spectacle qui s'offrit à moi lorsque s'ouvrirent les portes de l'ascenseur ; l'univers somptueux d'une procédure médicale hautement lucrative. Partout du marbre aux veines émeraude, des colonnes, un panthéon de statues en simili granit et marbre. Des thermes pour les dieux, ou une galerie d'art, en tout cas pas une clinique !

Je songeais avec une sorte de vertige à tout ce que pouvait apporter le succès en nos temps modernes. J'avais sous les yeux la preuve d'un engagement total dans l'excessif, une agression visuelle calculée pour endormir la partie rationnelle de mon cerveau, et par extension logique, rendre hommage au génie du fondateur. En voyant cela, je me dis que ce devait être ainsi qu'un esclave de l'Antiquité égyptienne rationalisait sa mort alors qu'il construisait les pyramides. Il arrive parfois que l'on se trouve happé par les rêves d'autrui.

Un seul coup d'œil à Lori suffit à confirmer ma supposition. Elle se tenait debout à côté d'une statue grandeur nature de Vénus, une femme d'une beauté si fabuleuse que les hommes se massacraient entre eux pour avoir le droit de la féconder. Une deuxième statue, « L'Amante timide », représentait une fiancée revêtue d'une chasuble virginale, levant les bras dans un geste gracieux, le visage caché, d'autant plus séduisante justement, qu'elle était farouche. Une autre statue encore était penchée sur une fontaine – Narcisse tombant amoureux de son reflet, tournant le dos au sexe, condamné à contempler sa propre image jusqu'à sa mort.

Que cherchait à dire ce Goldfarb en exposant ainsi les petits travers de ces figures mythiques ? Mais à la vue des deux guerriers troyens aux casques phalliques qui flanquaient le bureau de l'accueil, je compris que, tout simplement, je me faisais avoir par un type qui avait du fric à jeter par les fenêtres.

Je me tournais vers Lori pour lui communiquer cette pensée, mais elle avait déjà traversé la salle.

Goldfarb s'était matérialisé, comme par miracle.

Son allure était tout à la fois conforme et contraire à ce que j'attendais. Peut-être ne savais-je pas trop à quoi m'attendre, à vrai dire. C'était un de ces types à la mine de papier mâché, au physique plus moche que la moyenne, le genre qui au lycée n'avait été bon ni en sport ni en drague ; pas assez taré pour se joindre au club des joueurs d'échecs ou des amateurs de BD, et pourtant assez avisé pour ne pas perdre son temps à ces chimères ; un de ces cerveaux sur pattes qui à l'école passent inaperçus, car ils attendent leur heure, décrochant sans coup férir les félicitations pour leurs exploits en calcul intégral et en biologie. Que cet être falot, ce *Dr No Prom*[1], se sente désormais chez lui entre les jambes écartées de toutes ces femmes, voilà qui ressemblait à un rêve devenu réalité.

Exactement le genre d'observation dont Schwartzy était friand.

Le message que contiendrait l'article que je n'avais plus qu'à écrire était simple : pour le mâle, la conquête

1. La *Prom* : soirée dansante rituelle marquant la fin des études secondaires.

sexuelle avait moins à voir avec la séduction qu'avec la ténacité, les statistiques, les scores et les probabilités. Chaque éjaculation propulsait dans la course en moyenne 384,2 millions de spermatozoïdes. À comparer avec l'ovulation mensuelle d'un seul ovocyte. La nature avait pris le parti de l'aléatoire.

Nous nous sommes retrouvés devant un mur couvert de photos témoignant des prouesses de la clinique – des images inquiétantes montrant l'arrivée souvent non pas d'un seul nourrisson, mais de jumeaux, de triplés, de quadruplés et même de sextuplés. Des couples stériles mettaient au monde non pas des enfants mais des portées entières. Tel s'énonçait le paradoxe moral, éthique et financier de cette science : plus on implantait d'ovules, plus le taux de fécondations réussies était élevé, et, étant donné les chances d'obtenir une grossesse multiple, se posait fréquemment le dilemme de la réduction embryonnaire : l'avortement.

À une étape du processus, sous le nom de réduction sélective, on ôtait la vie à des innocents. On massacrait des anges.

*

En entrant dans le bureau de Goldfarb, je hasardai : « Ce n'est pas Mailer qui a dit que tout acte sexuel sans visée procréatrice est nul et non avenu, en plus de mettre en danger notre âme ? »

Lori me serra nerveusement le bras tandis que Goldfarb répliquait du tac au tac : « Ce serait plus intéressant de tourner la question autrement : à qui Mailer faisait-il allusion, aux hommes ou aux femmes ? » Et reprenant implicitement la direction des opérations, il ajouta : « Nous allons avoir besoin, si vous vous sentez d'attaque, d'un échantillon de sperme. »

Puis il se concentra sur Lori.

Sous l'éclairage tapageur de son cabinet, l'ambiance devenait nettement clinique. Sur un coin du bureau étaient exposés des modèles en matière plastique d'anatomie féminine et masculine. Au milieu de la pièce trônait une table d'examen gynécologique avec une paire d'étriers en inox qui ressemblaient à des guidons de moto.

Notre « aventure » portait le nom de technologies de procréation médicale assistée (PMA). Étant donné le nombre d'années de Lori, Goldfarb commença par nous parler de l'évolution en fonction de l'âge, du nombre et de la qualité des ovocytes. Ils sont déjà présents au complet dans les ovaires du fœtus à dix mois de vie intra-utérine. Avec le temps, ils sont de moins en moins nombreux, et à partir de trente-huit/quarante ans leur nette détérioration en qualité provoque des anomalies chromosomiques et une augmentation du risque de trisomie.

La vie moderne était ainsi faite qu'il fallait aujourd'hui attendre presque quarante ans pour atteindre un tant soit peu de stabilité financière. L'évolution restait à la traîne. C'était le talon d'Achille de la maturité. Il y a des milliers d'années, nous aurions sûrement été déjà morts et enterrés !

Goldfarb s'attarda sur le risque de cancer de l'utérus à la pré-ménopause, et l'augmentation notable, surtout chez les femmes qui n'ont pas procréé, du nombre d'hystérectomies radicales, l'ablation de l'utérus, des ovaires et des trompes de Fallope. Ce qui l'amena à interroger Lori à propos de son passé gynécologique, sans tenir compte du *Non* qu'elle avait coché à côté de Précédentes grossesses. Je suppose qu'il savait d'expérience que, la plupart du temps, il y en avait eu. Peu de filles terminaient le lycée indemnes.

Goldfarb cocha la case *Oui*. « Je comprends votre réticence, on n'a guère envie de divulguer ce genre d'information à notre époque procédurière… » Il leva le nez du questionnaire avant de préciser : « Mais avant de décider d'un traitement, il faut que nous sachions tout sur vos antécédents, depuis la fréquence de vos rapports à celle de vos règles, les grossesses, les fausses couches… »

Il braqua son regard sur moi et ajouta :

« Vos antécédents à tous les deux. »

Je me contentai d'opiner. Alors qu'il se tournait de nouveau vers Lori, je remarquai qu'il avait une fine cicatrice cachée par ses cheveux, trace sans doute d'un récent lifting. Il demanda à Lori : « Combien de semaines ?

— Cinq… cinq mois, » répondit-elle sans sourciller.

Ma gorge se serra, non pas parce que je me sentais trahi : j'étais déjà au courant pour l'avortement. Seulement, j'avais supposé qu'il avait eu lieu à un stade plus précoce.

Lori tendit sa main vers moi ; je lui donnais la mienne.

Goldfarb demeurait imperturbable.

« Le deuxième trimestre, énonça-t-il, le crayon suspendu au-dessus du questionnaire. Des complications… Infection, hémorragie ?

— Infection, » murmura Lori.

Elle serra ma main plus fort.

« Et comment a-t-elle été traitée, à quel endroit et avec quoi ? »

Lori hésita un moment puis : « Au même endroit que... là où j'étais allée pour... avec de la pénicilline, je crois... je ne me rappelle plus. *Nous* avons dû y retourner le même jour. Je saignais beaucoup. »

Je pris ce « nous » en pleine figure.

Goldfarb interrogea : « C'était avant Roe *v.* Wade[1] ?

— J'étais encore au lycée, confirma Lori.

— Vous avez de la chance d'être encore en vie, entonna Goldfarb. Je ne voudrais pas vous faire retraverser une chose pareille, mais c'était un avortement par naissance partielle ?

— Je ne sais pas..., bredouilla Lori, le regard soudain vitreux.

— Le fœtus a-t-il été extrait vivant ? »

Après une hésitation, elle le regarda dans les yeux et répondit : « Oui. »

Je sentis la tension entre eux monter d'un cran. Goldfarb continua à débiter sa liste de questions avec un détachement déontologique.

Mais cela ne contribua pas à apaiser la culpabilité de Lori.

Ma présence, me semblait-il, aggravait sa consternation. D'ordinaire, un pareil déballage aurait été son affaire, exclusivement, et je n'aurais été convié à l'écouter que si elle l'avait jugé bon.

C'étaient ses secrets, pas les miens.

1. Arrêt de la Cour suprême, en 1973, qui a reconnu l'avortement comme un droit constitutionnel.

Pourtant Goldfarb insistait : « Quand vous y repensez, avez-vous l'impression que quelque chose avait changé après, que des tissus cicatriciels se formaient… une sensation de… »

Il attendit que Lori trouve le mot qu'il fallait.

« Blocage, énonça-t-elle calmement.

Goldfarb répéta le mot, puis : « Nous vérifierons si le col de l'utérus n'est pas obstrué. Cela arrive, dans des cas d'avortement tardif. »

Lori se mit à trembler. Elle répliqua en haussant la voix : « J'ai eu une autre grossesse… après la première. »

J'avalai la boule dans ma gorge, mais ne bronchai pas. J'appuyai le gras de mon pouce contre le creux de sa paume.

Elle tressaillait d'émotion. Elle pleurait doucement à présent, en ouvrant et fermant les yeux. Elle essuya sa joue gauche avec le dos de ma main.

Pendant la fraction de seconde qu'il fallut à Lori pour se ressaisir, je surpris Goldfarb en train de consulter discrètement sa montre. Nous étions dans les temps. Il dit d'un ton froid : « Combien de temps après la première ? »

Lori leva les yeux, se racla la gorge et répondit avec une subite détermination : « Pas longtemps… Et je l'ai fait passer au bout de six semaines seulement. Il a été tué au Vietnam… le père, je veux dire. »

Goldfarb, qui prenait toujours des notes, accéléra le rythme de ses questions : « Vos règles sont-elles régulières ?

— Non.

— Avez-vous des caillots ?

— Oui.

« — Vos règles sont-elles douloureuses ?

— Oui.

— Avez-vous mal pendant les rapports ?

— Oui.

— Atteignez-vous l'orgasme ? »

Pas de réponse.

Goldfarb répéta sa question.

Lori leva ma main pour la poser sur son cœur. « Je ressens de l'amour. »

Malgré moi, tout ce que j'entendais résonner dans ma tête, c'était sa comédie de l'orgasme, la bête noire de tout lecteur de magazines masculins, la plus intime des trahisons.

Lori lâcha ma main.

J'étais au-dessus de tout ça. En tout cas, c'est que je me répétais. De sorte que ce que Lori disait ou rien revenait au même. Je voulais seulement qu'elle se taise.

Voilà à quoi menait ce genre de connerie : révélations intimes et crève-cœur.

Je fixai Goldfarb d'un air féroce. Il continuait à écrire. J'aurais bien voulu savoir combien d'entretiens il avait menés ainsi, recueillant les confidences de détresses psychologiques et sociales, de malheurs passés, de tant de regrets.

Si les circonstances avaient été autres, je lui aurais carrément posé la question. C'était dans cette direction que j'avais envie d'aller maintenant, afin d'échapper au drame personnel. Je voulais sonder la problématique sociale globale de la reproduction et de la sexualité en général. L'Américaine qui à l'adolescence manifestait une susceptibilité extravagante à la pression de ses pairs, plus tard dans la vie, faisait volte-face et rejetait ses fautes pour adopter une sexualité pudibonde d'ex-suceuse repentie !

Je confiai cette phrase à la capacité de stockage de mes neurones, dans l'espoir de parvenir de cette manière à garder la distance qui sied à l'objectivité du journaliste, tandis que Goldfarb, levant tel un calice son utérus en plastique en forme de poire, attaquait un laïus sur les procédés employés et sa détermination à aboutir à un résultat, le tout enregistré par un petit dictaphone : nous entrions officiellement dans les annales de la médecine.

À un moment donné, il mit le dictaphone sur pause et me fixa en disant : « Nous aurons besoin d'un échantillon de sang et de sperme pour commencer les analyses. »

Ses yeux me donnaient congé.

Je les regardai tour à tour, lui et Lori. Elle évita mon regard, drapée de sa pelisse dont une poche était posée sur son ventre.

Elle me fit penser à un marsupial triste.

7

Pendant près d'un mois, la confession de Lori concernant ses orgasmes feints gela toute discussion à propos de l'orientation que nous voulions prendre en tant que couple, et de ce que nous désirions vraiment.

J'observais chez elle la montée lente du désespoir. Il suffisait de contempler dans le placard de la cuisine la quantité de compléments alimentaires et autres vitamines pour comprendre qu'elle était à côté de ses pompes. Vitamine C, vitamine E, zinc, anti-oxydants, ginseng sibérien, carnitine, arginine, sélénium, extrait d'ail, pollen d'abeille, sans parler des médicaments prescrits pour le traitement – Clomid et autres substances injectables vendues avec des seringues hypodermiques.

Goldfarb lui avait donné un calendrier de fertilité lié à son cycle. On aurait dit une vaste constellation, évoquant ce grand mystère qu'était la Vie.

Je restais sur mes gardes, me méfiant de tout changement dans nos positions respectives, surtout quand Lori s'avisa soudain de tenter une réconciliation, en me laissant sur mon côté du lit une vilaine photocopie d'une carte où je lus : « Bon pour un câlin ! ». Une carte qui sortait d'un « Kit d'amitié » que Deb vendait avec ses cartes de vœux. Le genre d'ânerie qui fait tourner rondement un business.

Il me semblait que la fraîcheur qui se maintenait entre nous depuis la visite à Goldfarb jouait en ma faveur. Moins on se parlait, mieux c'était. Je m'étais même éclipsé pour un soi-disant voyage d'affaires à New York, alors que je m'étais tout bêtement écroulé dans un motel de merde au bord du parc naturel d'Indiana Dunes. J'étais revenu arborant un air confiant et tranquille, comme si j'étais sûr que ça allait cartonner bientôt. J'émis en outre la vague menace de me louer un studio pour écrire.

J'étais entré dans une danse compliquée afin d'éviter de la détourner de moi tout en nous poussant tous les deux vers ce qu'on appelle parfois une épreuve de réalité.

En vérité, aucune étiquette de prix n'étant attachée aux traitements de l'infertilité, nous n'avions pas les moyens de déménager dans une maison en banlieue. Nous étions déjà trop fauchés pour nous endetter davantage. Les coûts subsidiaires grimpaient avec le flot de gloses, d'autant que le cas de Lori ne paraissait finalement pas tellement banal. À mon avis, même Lori avait fini par le reconnaître en dépit de toutes les saloperies qu'elle ingurgitait. En fouillant dans son sac, j'avais trouvé la dernière échéance du crédit de l'appartement, impayée. Le bateau coulait.

Rétrospectivement, je me disais que Goldfarb nous avait rendu service en allant droit au fait et en nous obligeant à nous interroger sur quelque chose qui dépassait le simple désir d'enfant. Cette zone d'indécision qu'il avait tracée pour nous présentait l'avantage de nous accorder le loisir de réfléchir.

C'était la crise de la quarantaine. Il ne fallait pas chercher plus loin. J'en étais déjà arrivé à cette conclusion. J'attendais maintenant que Lori le comprenne. Il n'y avait rien de détraqué chez nous tel que nous étions. Je tenais à ce que cela soit réaffirmé lors de notre réconciliation. Nous avions été les dupes d'une vaste supercherie médiatique qui nous poussait vers une grossesse que nous ne souhaitions au fond ni l'un ni l'autre.

J'avais un petit speech tout prêt, sur le thème de la rédemption de la stérilité conjugale, où je faisais l'article du relatif confort matériel dont bénéficiaient les couples infertiles, allant jusqu'à me féliciter de jouir un jour, comme on disait maintenant, d'une « retraite dorée ». Ce n'était pas une perspective déprimante, tout au contraire. Je pensais pouvoir la convaincre de nous retirer sous le soleil, en Arizona.

À présent, un mois après, je repoussais son appel du pied, sachant que l'heure de la réconciliation n'avait pas encore sonné. Je nous voyais déjà, après avoir gaspillé notre salive en une litanie des malentendus provoqués par nos choix respectifs de mots, enlacés dans une étreinte prématurée où par la seule force de sa volonté, elle m'obligeait à lui déclarer que je désirais un enfant.

Avec cette idée en tête, et notre avenir collectif dans la balance, sachant que la meilleure défense était l'offense, je changeais *Bon* en *Non*, puis j'allais me brosser les dents.

Lorsque je revins dans la chambre, je trouvai Lori apparemment endormie, me tournant le dos.

La petite carte avait disparu.

*

Si nous avions pu régler le problème entre nous, je pense que Lori et moi nous en serions sortis, du moins serions-nous arrivés à un compromis, mais je savais que je combattais un ennemi invisible en la personne de Deb. Elle avait infiltré notre silence en téléphonant à Lori au boulot.

Deb avait aussi réussi à m'avoir, hélas. Je m'étais fait doubler : quelques jours après notre rendez-vous avec Goldfarb, elle était en bonne voie d'obtenir une exclusivité sur la chaîne de télévision consacrée à la santé, pour un reportage en vidéo sur le traitement de fertilité de Lori. Sans même un business plan, elle avait réussi à convaincre Goldfarb derrière mon dos ! Séduit par l'aspect marketing du projet, il avait signé une autorisation de tournage et Deb était devenue la productrice, réalisatrice et camerawoman amateur d'un documentaire sur les aventures intimes de sa sœur.

En plus, elle avait eu l'audace de m'appeler pour me soutirer le nom de mon agent, pensant pouvoir en tirer aussi un livre, mais seulement secondairement, puisqu'elle était surtout axée sur « le nouveau média ».

Je lui aurais volontiers tranché la gorge.

Toutes les fois où j'étais obligé d'endurer sa présence, elle était vêtue d'un pantalon en polyester à ceinture élastique qui moulait l'œuf ovale de son pubis, d'un col orné de volants en dentelles censé apporter à son look une touche de féminité, au même titre que la dégoulinade de fausses perles qui pendouillait sur ses sweatshirts roses avec des cœurs. Il m'arrivait de me demander ce qu'elle aurait été si elle avait eu la beauté en partage, et si son existence n'avait pas été tout entière mue par un mécanisme de défense en surchauffe contre le jugement des hommes.

J'étais disposé à en discuter, à débusquer les implications philosophiques et morales de notre existence en tant que sexe opposé. Bien entendu, nous n'en sommes jamais arrivés là.

*

Deb provoqua ce qui fut une des expériences les plus humiliantes et les plus usantes de ma vie. Au cours des semaines qui suivirent, tandis que Lori et elle se retrouvaient en dehors de la maison, et se rendaient chez Goldfarb sans moi, je finis par la considérer comme une étude de cas en matière de banalité, une banalité accablante, la quintessence d'une abjecte démocratie d'entrepreneurs où la seule condition préalable à la réussite s'avérait une indéboulonnable estime de soi. Elle était pareille à un chantier en constante évolution, gonflée d'attestations d'accréditation en *épanouissement personnel*, *auto-accomplissement* et *auto-évaluation*, auxquelles s'ajoutaient de bonnes doses d'astrologie et de cosmétologie ; elle, la sainte patronne de la femme ordinaire, car la *Banalité* constituait son atout le plus précieux.

Derrière son dos, je l'appelais toujours l'ex-femme de Humpty Dumpty, la raison pour laquelle l'œuf de la comptine tomba, ou plutôt sauta. Mais j'avais beau jeu de la ridiculiser et de la mépriser, en fin de compte, mon désespoir ne désarmant pas, je me greffais à son entreprise.

Je lui passai un coup de fil et me positionnai comme un orfèvre des mots susceptible de modeler une ample et profonde narration de ce qui se jouait pour Lori, proposition que, à ma stupéfaction, je dois dire, Deb accepta, d'emblée et sans objection ! Le moment venu, toutefois, Deb n'hésita pas à se servir de son pouvoir de censure pour couper deux remarques imbéciles que je m'étais cru permis de faire, la première étant que l'intelligence humaine serait calibrée pour tenir dans une boîte crânienne aux dimensions permettant son passage entre les reins de la femme, la seconde qualifiant de bobard l'histoire du kangourou en mesure de réguler la croissance d'un fœtus en cas de grande sécheresse. En outre, cerise sur le gâteau, j'y avais joint un abominable commentaire tiré d'une analyse socio-économique, que je citais hors contexte, à propos de la pauvreté et des chômeurs.

Deb me cloua au pilori des racistes et des misogynes.

Je l'avais mal jugée, et m'apercevais trop tard combien elle était foncièrement hostile et mal intentionnée. Deb était tout sauf une femme ordinaire !

*

Ses efforts culminèrent dans la fabrication maison d'une vidéo retraçant les rendez-vous chez Goldfarb de Lori, laquelle se servait de chaque échec d'insémination comme d'un examen *post mortem*, se repassant en boucle les images sautillantes, sans doute pour y déceler une erreur de sa part.

Je trouvais déconcertant, pathétique même, de voir au début de chaque séquence Lori faire coucou à la caméra, à croire qu'elle partait en vacances. Le film, un condensé de ses visites médicales, prit finalement la forme d'une suite de travellings, chaque prise commençant par des parasites grisâtres, puis la brutale apparition d'un carton avec la date et l'heure et un fondu enchaîné aussi bien de la bande-son que des images, duquel émergeait Lori se présentant à l'accueil, la voix étranglée par l'émotion, son cœur émettant un bruit sourd tandis qu'elle passait entre les statues des dieux.

S'ensuivait une série de plans montés de manière chaotique, ce qui accentuait soi-disant l'aspect documentaire du film ; des scènes de Lori se déshabillant, pliant ses vêtements sur une chaise, recensant ce qu'elle éprouvait en un monologue qui au fil des mois oscillait entre espoir et désespoir, soutenu par la foi irrationnelle et tenace de l'adepte d'un culte, une sincérité fanatique ponctuée de larmes et de hochements de têtes nerveux tandis qu'elle enfilait la blouse ouverte dans le dos et patientait, seule.

Elle portait depuis quelque temps autour du cou une petite croix, qu'elle embrassait avant de la glisser entre ses seins. Les scènes étaient toujours les mêmes, sous l'éclairage cru de la table d'examen, Lori couchée sur le dos, les cuisses relevées semblables à deux grosses poires, le papier crissant sous ses fesses, le claquement des gants de chirurgien et le pet mou du tube de crème, le tout servant de prologue à l'affaire sérieuse qui consistait à créer la vie.

Venaient ensuite des plans de coupe des procédures de laboratoire où un spermatozoïde se tortillait comme un ver pour percer la membrane d'un ovocyte au fond d'une boîte de Petri, ou bien les images dramatiques d'une plongée dans les profondeurs d'une caméra s'introduisant dans le canal du col de l'utérus au son de la voix de Goldfarb récitant la formule magique d'un charabia médical incantatoire.

Ce qui à chaque fois manquait, c'était le final triomphant, l'implantation réussie d'un ovule fertilisé, le battement d'un cœur – la Vie.

Pour l'instant, elle n'était pas accordée à Lori, perdue dans un isolement émotionnel nourri d'une culpabilité d'autant plus vive qu'elle avait déjà été enceinte, pas une fois, mais *deux*.

*

Pendant ce temps, je tentais de reprendre contact avec Schwartzy, afin de m'assurer autant que faire se peut que tout baignait toujours entre nous. Peu importait si le processus de fertilité n'allait pas jusqu'au bout. Il n'en saurait de toute façon rien. J'envisageais d'adopter un pseudonyme pour entourer la chose d'une part de mystère. Je ferais le parfait mouchard. Et si je parvenais à y adjoindre la voix chaude et virile d'un narrateur enclin à l'ironie, j'avais toutes les chances de réussir à démystifier l'ensemble de la procédure.

En compulsant la littérature médicale sur la fertilité à la bibliothèque, après une journée passée à errer sans but, je tombais sur une information qui me parut devoir satisfaire d'une part son goût pour les curiosités culturelles, et d'autre part son côté juif. Une des substances phares du traitement de Lori était une série d'injections d'une hormone appelée gonadotropine, ou plus précisément hMG (*human menopausal gonado-tropin*).

Les hMG étaient extraites de l'urine de femmes ménopausées, mais le plus extraordinaire dans l'histoire, c'était que leur utilité avait été découverte en Italie par un membre de la famille de feu le pape Pie XII. Cet homme avait organisé une collecte massive des urines de plusieurs hospices de religieuses. Et encore aujourd'hui, les maisons de retraite fournissaient la matière première à l'élaboration de ce produit miracle.

J'appelai Schwartzy d'un téléphone public de la bibliothèque et laissai sur son répondeur un message énigmatique, comme quoi j'avais des infos concernant une conspiration papale planétaire autour de la question de la fertilité.

*

Tout le reste de la semaine, j'attendis une réponse de Schwartzy. Elle ne vint pas. Fort d'un courage sécrété par une angoisse grandissante, je le rappelai plusieurs fois, en le menaçant à demi-mot, si je n'entendais pas parler de lui bientôt, de divulguer mon info ailleurs.

Cette même semaine, la dure réalité de ma condition d'écrivain me frappa de plein fouet. Je téléphonai à mon agent. Il n'avait aucune nouvelle de Fennimore. Et il n'en attendait pas. Il me garda à peine une minute au bout du fil. Il n'essaya même pas de faire ce que tout bon agent aurait fait, c'est-à-dire me mentir.

J'en profitai pour me réconcilier avec Lori.

Sans aller jusqu'à évoquer la crise imminente relative au crédit de l'appartement, je remis sur le tapis mon idée de sous-louer un petit appartement : le quartier serait un stimulant pour mon inspiration, et pas seulement parce que mon agent était en bonne voie de me négocier « un contrat juteux ». Si tout se passait comme prévu avec Goldfarb, j'allais avoir besoin d'un bureau, d'un lieu paisible loin du bébé.

Je savais d'avance qu'à la seule mention de l'hypothétique bébé, je trouverais grâce à ses yeux.

J'étais aux abois.

Au cours d'une conversation à cœur ouvert, Lori me révéla sa propre défaillance : elle était en retard sur les paiements du crédit de l'appartement. Elle me montra les rappels de la banque. Elle voulait absolument savoir où j'en étais avec cette histoire de contrat.

Je lui répondis que j'étais en train de réviser mon manuscrit selon les indications de l'éditeur, mais qu'il n'allait pas tarder à signer. Je voyais la ligne d'arrivée, lui dis-je en mimant la posture du coureur franchissant le ruban. Mon éditrice tenait seulement à présenter au comité de lecture un manuscrit au top. Elle envisageait d'ailleurs un contrat pour plusieurs livres, la maison misant sur moi à long terme : ils ajoutaient un jeune écrivain à leur écurie.

Un petit appartement en sous-location, ce serait l'idéal pour moi qui avais besoin de me concentrer. Rien que de le dire, cela semblait plausible. J'avais trouvé un plan d'évasion, notre seule planche de salut dans la débâcle financière.

Je ne sais pas si elle voyait dans mon jeu ou pas, mais toujours est-il qu'elle acquiesça. Elle avait du mal à s'ajuster à tout ce qui *nous* arrivait, se plaignit-elle, à tout ce qui lui arrivait, à elle ! Ce n'était pas juste !

Je la tins un moment dans mes bras, jusqu'à ce que, magnanime, elle m'offre de suspendre le traitement tant que *nous* n'avions pas de nouvelle de New York.

Je ne répondis pas. Ce que j'avais envie de lui dire n'était pas ce qu'elle avait envie d'entendre.

Une demi-heure plus tard, je m'agenouillai dans la salle de bains devant Lori, assise sur le WC, et guidé par elle, je lui tapotai la cuisse avec un coton imprégné d'alcool puis appuyai délicatement afin d'enfoncer l'aiguille de la seringue de cinq centimètres dans le gras sous-cutané tandis qu'avec une grimace elle posait sa tête au creux de mon épaule.

Le matin où je m'en fus nous louer un appartement dans le quartier gay, je fis celui qui prenait la chose à la légère, et en souriant je lançai en guise de plaisanterie, envers et contre tout : « Tu te rappelles ce que tu disais quand nous avons commencé à sortir ensemble, que tout ce qu'il te restait, c'étaient « les pédés et les écrivains » ? »

Jadis, pareil badinage aurait été pris comme la preuve de ma rectitude sentimentale dans l'évaluation de notre vie commune. Aujourd'hui, mon ironie se heurta à un silence pétrifié, même si Lori, avec la meilleure volonté du monde, finit par déclarer : « Tu m'appelleras si tu trouves quelque chose. »

Je ramais pour retrouver notre entente. Elle était d'humeur si changeante.

En partant je me retrouvai nez à nez dans le couloir avec Deb, qui m'arrêta en me disant : « Tiens, voilà quelque chose pour ton bureau, Karl ! »

À l'évidence, elle avait été tenue au courant des derniers développements. Elle déroula un poster : un chaton sur une pile de livres. Avec pour légende : « Au secours ! Je sais pas lire ! »

« Les chatons et la littérature, dis-je. Il n'y a pas

quelque chose là-dessus dans la Bible qui annonce la fin des temps ?

— Tu préfères peut-être ça, dit-elle en me tendant un bouquin. Je l'ai pris pour Lori. »

C'était une édition du club du livre d'Oprah, signé par l'auteur, Mitch Albom : *Mes mardis avec Morrie : Un vieil homme, un jeune homme, et la plus grande leçon de vie*[1] – une fable mièvre sur le sens de la vie et de la mort qui avait vidé les boîtes de Kleenex de l'Amérique.

Sans même avoir la courtoisie de me regarder dans les yeux, Deb haussa la voix pour appeler Lori avant de me demander si j'avais lu « le chef-d'œuvre de Mitch » ?

« J'attends la préface de Jack Kevorkian[2] !

— Tu es trop con, Karl, me rétorqua-t-elle en me fusillant du regard.

— Tu sais, dis-je en lui bloquant le passage, ce qui est beaucoup plus intéressant, c'est comment Mitch a eu tous ces mardis libres à consacrer à Morrie, et comment il a réussi à en tirer un livre. Je me l'imagine une main sur sa machine à écrire pendant que le vieux rendait son dernier souffle. Cette mort, quel cirque, Deb ! Qui s'exprime de cette manière ? Qui meurt comme ça ? Tu veux voir comment on meurt dans le monde moderne : va rendre visite à ma mère ! Je suis un

1. *Tuesdays with Morrie : An Old Man, a Young Man, and Life's Greatest Lesson*. Traduit en français sous le titre *La Dernière Leçon. Comment un vieil homme m'a redonné le goût de vivre*. Pour la cohérence du texte, je traduis littéralement.
2. Surnommé « docteur suicide », ce médecin aurait « aidé à mourir » cent vingt patients.

meilleur expert en agonie que ce connard de Mitch le Mardi et ses putains d'aphorismes sur comment vivre !

— Alors pourquoi tu n'as rien écrit là-dessus ? C'est ce que tu es censé être, non ? Un écrivain ! Tu as tous tes lundis jusqu'au vendredi ! Au moins Mitch a fait quelque chose de ses mardis !

— OK, Deb, et qu'est-ce que tu dirais de cette réalité-là ? Un témoignage sur la réalité charnelle du désir, une méditation sur la lutte séculaire entre la foi et l'incrédulité, un truc accrocheur du style : Mes vendredis avec Trixie : Un vieil homme, une jeune femme et comment gagner agréablement sa place en Enfer ?

— Vas-y, Karl, fais-le… tout plutôt que ce que tu fais en ce moment, c'est-à-dire *rien* ! »

*

En chemin vers le nord de la ville, je me suis efforcé de chasser de mon esprit l'accusation malveillante de Deb. En regardant par la fenêtre du wagon de métro, je contemplais l'atomisation d'un monde à la dérive à travers le tournoiement des enfants qui hurlaient dans les cours grillagées des écoles publiques, et me demandais pour quelle raison Lori et moi ne parvenions pas à ajouter une seule âme à cette multitude ? La vie ne semblait pourtant pas à ce point précieuse ni difficile à concevoir.

Tout le reste du trajet, je gardai les yeux fermés.

Comme j'étais en avance au rendez-vous, je me repliai dans un Caribou Coffee, une aberration du marketing yuppie new-yorkaise sur le thème de l'Alaska d'antan, avec feu de bois au milieu de la salle et fauteuils en simili cuir. Bizarrement, il s'avérait que c'était le lieu où les habitants de ce quartier gay se retrouvaient pendant la journée.

En général, j'évitais ce genre d'endroit, les prenant pour ce qu'ils étaient : des bureaux postmodernes pour une population misérable.

Je tentais de repousser tout ce qui concernait de près ou de loin Deb, et promenant les yeux autour de moi, je finis par les fixer sur la photographie d'un paysage de toundra : un lac gelé s'étalant au pied de montagnes déchiquetées coiffées de neige. En regardant bien, je remarquai un Caribou solitaire perdu dans l'image, ses flancs terreux se confondant avec la végétation clairsemée et rocailleuse. Sa tête supportant les bois était redressée, sur le qui-vive, son haleine un petit nuage vaporeux – l'effet global d'une majesté austère, naturaliste, transcendante.

Cela me fit penser à ce qui dans les grands espaces avait sans doute attiré le gamin troublé qu'était Chris McCandless[1], car s'il est un phénomène typiquement américain, c'est notre propension à chercher sagesse ou rédemption au sein de la nature.

*

L'appartement en sous-location se trouvait au coin de la rue. Un vrai poème. Comme il fallait s'y attendre, tout n'était pas régulier.

1. Christopher Johnson McCandless (1968-1992), aventurier, héros du récit biographique *Voyage au bout de la solitude* (1996) de Jon Krakauer, adapté au cinéma en 2007 par Sean Penn sous le titre *Into the Wild*.

J'endurai quarante-cinq minutes d'explications alambiquées de la part du gérant russe, Ivan, assisté de son neveu, Vladimir, l'un et l'autre prêts à saisir ce qu'ils parviendraient à m'extorquer.

Ivan ayant manifestement la bonne habitude de ne pas comprendre ce qui ne l'arrangeait pas, la négociation fut malcommode. La bonne nouvelle, c'était que le locataire en titre avait quitté les lieux pour un temps *indéfini*. Ivan ignorait où il était allé, et pour combien de temps, et parut indigné que j'ose même lui poser la question, après quoi il n'eut plus l'air de piger du tout ce que je jactais. En plus, ce qui m'agaça au plus haut point, il gardait tout le temps sa grosse paluche de paysan à ongles noirs tendue vers moi, tandis que l'autre restait profondément enfoncée dans la poche de son anorak.

Dans l'appartement, une toute jeune fille flottant dans une blouse trop grande était en train de nettoyer le réfrigérateur. Elle resta accroupie mais me salua néanmoins révérencieusement avant de baisser les yeux lorsqu'Ivan lui lança quelques mots secs en russe, adoucis quelques secondes plus tard par un clin d'œil affectueux de Vladimir.

Je les observai du coin de l'œil pendant qu'Ivan me conduisait vers une chambre avec une minuscule salle de bains. « Pour vous toutes les charges sont *gratuites*, monsieur Karl », le *monsieur Karl* censé être une marque de respect et ne réussissant qu'à m'irriter davantage.

Dans la kitchenette, j'avisai un tas de sacs poubelles contenant visiblement des affaires destinées à être jetées, ce qui indiquait que le déménagement avait été moins que volontaire, et récent. Encore plus inquiétante, la vision de petites fioles brunes et de seringues sortant d'un des sacs. L'odeur de Javel ne parvenait pas à camoufler cet effluve reconnaissable entre tous : l'odeur de la maladie.

Tout cela me donnait la chair de poule, surtout quand je vis le seul objet personnel ayant réchappé au départ de ce fantôme : un gros fauteuil de relaxation électrique à moitié dépouillé de son capitonnage. Avec son ossature métallique apparente, il avait quelque chose de macabre, posé là, au milieu de la pièce vide : on aurait cru un instrument de torture.

Ivan, surprenant mon regard, me le proposa, d'abord pour quatre-vingts dollars, puis pour soixante, avant de me le céder pour cinquante, alors que je n'en voulais pas, tout en me secouant la main comme une brute, ce qu'il avait l'air de prendre pour un moyen de marchandage. Quand je lui dis ce que je faisais dans la vie, il m'appela « l'Américain qui réfléchit ! ». Et avec un coup de coude à Vladimir ajouta : « Il faudra surveiller ce *monsieur Karl.* »

Il n'y avait pas à discuter. Le fauteuil était à moi. En plus, il y avait un bureau à cylindre et Ivan insista pour que je le prenne… pour écrire.

On ne discuta même pas le prix.

D'ailleurs, tout se régla sans papier. Ivan ne se fiait pas à la parole écrite.

« Vous n'êtes pas le seul », observai-je. Il n'a pas pigé.

Il était déjà passé à autre chose. C'était son deal, sa sous-location.

Finalement, nous nous sommes serré la main et, dans un bar de l'autre côté de la rue, j'ai signé virtuelle-ment un bail d'un mois payable au mois, mais pas avant d'avoir été forcé d'avaler trois vodkas, et cela en dépit de mes protestations : il n'était que dix heures du matin ! C'était ainsi que l'on concluait un accord en Russie. Je fus obligé de payer la bouteille de vodka qu'Ivan garda à portée de main.

Alors que je me levais pour partir, Ivan m'attrapa par le bras. Il lui avait suffi de quelques minutes pour devenir ivre, ou méditatif. Il serra mon bras plus fort en extrayant des profondeurs de sa poche d'anorak trois pièces de jeu d'échecs – un pion, le roi et un fou. Il les mit debout devant nos petits verres et se lança dans un monologue incompréhensible à propos de ces pièces.

Cet homme avait quelque chose à dire… comme tout un chacun, somme toute. Il pointa son index et toucha le côté de ma tête.

Je subodorais que ces figurines représentaient pour lui une cosmologie politique ou religieuse. Ce n'était pas très clair. Il déplaçait le roi et le fou sur la table comme sur un échiquier invisible, mimant des coups compliqués avant d'en revenir à chaque fois au pion, qu'il faisait avancer tout droit par petits bonds, sans doute pour me montrer combien son rôle était noble et démocratique, à moins que ce ne fût l'inverse. N'oublions pas que j'avais la tête qui tournait.

Lorsque je le laissai, il tenait le roi par la gorge, et je ne donnais pas cher de la peau des princes.

*

La matinée n'était pas encore écoulée que je battais en retraite au Caribou, toujours sous l'effet de la vodka. Je téléphonai à Lori pour lui annoncer la bonne nouvelle : nous avions un appartement avec un bail d'un mois renouvelable.

Comme je n'obtenais aucune réponse, je me rappelai soudain qu'elle était de nouveau fourrée chez Goldfarb, pour un énième check-up. Voilà donc pourquoi j'avais croisé Deb chez nous : elle l'accompagnait. Depuis ma position à l'intérieur du café, je voyais tout juste le haut du Hancock Building au centre de la ville.

Je laissais aussi un message sur le répondeur de Schwartzy, où je prenais un ton de conspirateur : « Vous savez que le pape autorise tous les couvents à collecter l'urine des religieuses pour les traitements de fertilité ? Je tiens le titre de mon article : « De l'eau bénite ! » Rappelez-moi, Schwartzy. Je sais que vous respectez la ténacité. Je ne bouge pas ! »

Je retournai m'asseoir et regrettai tout de suite de lui avoir refilé des informations dont il était susceptible de se servir. Je me sentais tout d'un coup perdu dans le temps flou et sans finalité de cette journée. Sans doute le mélange alcool/Schwartzy avait-il eu raison de moi !

Je regardai le bar de l'autre côté de la rue. Ivan y buvait encore. Cet instinct de survie importé du vieux pays et comparable à celui du charognard, cela me rappelait mon père. Je mesurais tout ce qui nous séparait. Un gouffre culturel s'était creusé entre le bar et le Caribou, où un café coûtait plus cher qu'une bière, et où tout le monde buvait du café.

Je n'aurais jamais pu imaginer mon père, ni aucun homme de sa génération d'ailleurs, s'abstenant de prendre une bonne cuite après avoir conclu une affaire.

Saisi par une montée d'inspiration, je notai la phrase sur une serviette en papier. Je pensais de nouveau comme un écrivain, du moins c'est ce que je me plaisais à croire. Si je stagnais, c'est que j'étais trop en marge de la vie. Cela me rappelait un mot de Chapman à propos de *L'Opus* qu'il trouvait « curieusement intéressant et pourtant sans âme », me demandant si je m'étais aperçu que la planète était habitée par des gens qui vivaient et respiraient.

Levant les yeux, je vis la jeune fille à la blouse traverser la rue. Elle faisait manifestement l'école buissonnière. Elle était suivie de près par Vladimir dont le physique de costaud à la Dolph Lundgren évoquait une pub de slip ou la double page centrale d'un magazine gay. Il était sans doute attaché au service d'Ivan par une sorte de contrat d'esclavage.

J'aurais bien voulu savoir ce que quelqu'un comme lui pensait vraiment de l'Amérique.

Je me levai et essayai de nouveau le numéro de Lori. Toujours pas de réponse.

J'en étais à ma deuxième tasse de café, et dessoûlais lentement, quand entra un groupe d'hommes engagés dans une conversation animée. Ils s'installèrent à une table voisine de la mienne. J'ouvris tout grand mes oreilles.

Si j'entendais bien, afin d'éviter de débourser d'énormes sommes en indemnités, les compagnies d'assurance proposaient aux malades du sida de vendre – ou de brader, selon les points de vue – à des tiers leurs polices d'assurance-vie, ce qui leur permettait d'un jour à l'autre de faire face aux coûts du traitement. Ils s'accordaient tout aussi bien pour critiquer la cupidité de cette industrie, que pour s'interroger sur ce qu'ils feraient s'ils touchaient un pareil pactole.

Cela posait la question de notre mortalité d'une manière nouvelle pour moi. Il n'est pas si fréquent qu'elle se déplace hors de la sphère de l'abstraction et que soit mise à nu la finitude de notre existence.

Un des hommes était sérieusement intéressé.

Je me tournai discrètement pour voir quelle tête il avait.

La jeune quarantaine, il n'avait pas l'air en mauvaise santé. J'ignorais si les gens mouraient encore du sida en dehors du continent africain. Ce type ressemblait à un Ken de Barbie. Bronzage artificiel, chemise saumon et mocassins – l'uniforme officieux de la vie insouciante de l'homme gay.

Et moi de me dire, pourquoi refuserait-il ? Une offre pareille, ça ne se trouvait pourtant pas sous le sabot d'un cheval.

La seule autre personne de ma connaissance qui eût été confrontée à cette question, c'était Denise Klein, lors du drame de sa mastectomie. Après sa rechute, elle avait eu le réflexe de se tourner vers une transcendance : elle avait eu le désir de créer une nouvelle vie.

Ce qui appelait la question suivante : quelle était la voie de la transcendance masculine ?

Je pris soudain conscience de l'écrasante présence masculine dans le café. Comment chacun de ces hommes, hors du couple traditionnel et du cadre d'un mariage avec enfants, allait-il parvenir à composer avec sa mortalité au cours des années de déclin, alors qu'il était destiné à peupler des hospices mâles, dépendant du réconfort de l'amitié, d'un lien d'une nature différente.

Me vint à l'esprit, alors que s'y levaient les vapeurs de l'alcool, la pensée qu'à travers les âges il y a toujours eu des communautés d'hommes qui ont scellé leur solidarité de leur sang, depuis les Croisades jusqu'aux tranchées des Grandes Guerres, tirant leur révérence, non pas dans les bras d'une femme, mais parmi leurs pairs.

Dans la société grecque, l'amour homosexuel était un objet de vénération – autant en sa qualité d'union intellectuelle que sexuelle, forgée à d'autres aspirations, courroie de transmission de la sagesse et de la tradition. Et il ne faudrait pas oublier que les fondements de la philosophie et de la rhétorique ont vu le jour dans les bains publics au sein d'une secte d'hommes.

9

Le climat de détente avec Lori se dégrada une fois de plus alors que grimpait son anxiété devant les résultats nuls du traitement. La procédure médicale gagnait dans sa vie une place à mes yeux inimaginable. Elle connaissait pourtant notre situation. Cela ne lui ressemblait pas. Je vis sur la table une demande de carte de crédit.

Notre relation connaissait des hauts et des bas. J'avais la désagréable impression d'avoir été laissé pour compte dans cette affaire. Lors de mon premier et unique rendez-vous chez Goldfarb, je lui avais confié un dépôt de centaines de millions de spermatozoïdes. Par moments, il me semblait être le roi déchu d'une lignée encore à naître ; j'étais conscient d'un potentiel, un point c'est tout.

Pour Lori, c'était plus compliqué. Elle se livrait toujours à la *cueillette* de ses ovules. Et cette disparité, à mon avis, détruisit quelque chose en nous et donc, forcément, entre nous.

*

Mon existence au jour le jour se déroulait en une suite d'errances à la Beckett autour de l'appartement où j'étais censé être en train d'écrire.

J'y montais rarement, m'étant contenté d'y transporter quelques bouquins pour la frime. Ivan traînait toujours dans les parages, ainsi que Vladimir et la jeune fille à la blouse. Il y avait des emménagements et des déménagements. Je voyais ça quand je passais dans la rue : l'impermanence, la vie écorchée vive. C'était un lieu de mort silencieuse, un lieu calamiteux.

À chaque fois que j'apercevais Ivan, il suspendait ce qu'il était en train de faire et hurlait : « L'Américain qui réfléchit ! », comme si avoir des idées était un truc comique.

Je sentais aussi sur moi la brûlure du regard de la jeune fille qui me suivait des yeux.

Ma seule occupation consistait à attendre l'inspiration en longeant comme une âme en peine les bords lugubres du lac avec dans la poche un carnet et un crayon, en proie à un profond malaise, me sentant au-dessous de tout devant le tour que prenaient les événements avec Schwartzy et touchant le fond le matin où un passant me murmura en me croisant : « Tu veux sucer ma bite ? »

Je poursuivis mon chemin, mes paupières se fermant le temps que je déglutisse avec la sensation viscérale que quelqu'un me collait son sexe au fond de la gorge.

Par le simple fait que je marchais dans ce quartier à une heure où les honnêtes gens se trouvaient à la place qui leur était attribuée quelque part dans la ville, cela signifiait-il que j'étais prêt à sucer le premier venu ? Une créature rejetée en marge de la vie normale ?

Je me demandais combien de temps il me faudrait pour me sentir lavé de cet affront avant de me considérer moi-même comme ce type m'avait vu, un suceur de bites potentiel, consentant à s'étouffer sur un pénis dans un F2 vétuste à 10 h 30 du matin, ou bien à glander dans des toilettes publiques tourmenté par la misère éjaculatoire de midi, n'aspirant qu'à un état de soulagement temporaire ?

Il y avait des individus qui en étaient arrivés là. Je venais d'en croiser un.

*

Refroidi par ce scénario, je me secouai et retournai à ce que j'avais glané auprès de Frank Klein, me focalisant sur le sous-texte du dialogue de l'enregistrement que j'avais transcrit.

Ma rencontre avec Frank continuait à me hanter. Il y avait quelque chose d'infiniment triste dans cette existence. En collationnant ma transcription et ce que j'avais sur Denise, je tentais de construire un plan de récit retraçant leurs deux vies distinctes.

Je rassemblais aussi les coupures de presse concernant le suicide de mon père afin de les lire et de les relire, de ressasser ces faits que j'avais déjà, bien des années plus tôt, inclus dans le cadre non pas d'un mais de deux romans. Maintenant, qu'était-il advenu de ce talent, ou plutôt de ce tour de plume qui m'avait permis de pomper la sève de quelques fragments de vie – ce don avait-il été éclipsé par ma mauvaise conscience, une sournoise culpabilité suite à ce que j'avais fait à ma mère ?

Je connaissais la réponse, le schéma du blocage psychologique, un scrupule court-circuitant la puissance de mon intuition.

Lors de précédentes visites à ma mère, j'avais parfois envisagé de placer un oreiller sur sa tête, ou d'amener à son terme ce qui de tant de points de vue était déjà terminé. Cela aurait réglé beaucoup de problèmes.

Quand mon heure sera venue, il me semble que je n'aspirerai à rien d'autre qu'à cette libération.

*

Je me mis, après avoir dit au revoir à Lori dans le wagon de métro, à pousser toujours plus loin vers la banlieue, changeant pour un bus de la CTA qui me déposait à une rue de l'immeuble de Frank, que je traquais comme s'il était un suspect dans une enquête. Cela me rappelait la façon dont j'avais jadis suivi mon père.

Je ne sais pas exactement ce que je cherchais en surveillant Frank. Je me racontais que j'essayais de me tenir à un certain fil narratif, de trouver une voix qui sonnerait avec justesse, de débusquer l'honneur dans tout ce gâchis, de mettre au jour un côté héroïque à son personnage.

À d'autres moments, je me demandais s'il ne s'agissait pas d'un appel lancé à Denise par-delà quelque abîme cosmique, en repentance de la manière dont je l'avais traitée. Le signe d'un catholicisme archaïque qui me faisait caresser l'espoir que Là-Haut, elle soit en mesure d'intercéder en ma faveur pour que Lori parvienne enfin à devenir enceinte.

Quelle inquiétante révélation de constater qu'un sentiment pareil restait bel et bien tapi en mon for intérieur : l'idée que l'on puisse être forcé de faire quelque chose pour le bien de quelqu'un d'autre. À moins que je n'aie, au fond, compté sur les cris d'un enfant pour faire vibrer en moi une corde, quelque instinct de survie, autorisant mon libre arbitre à se laisser damer le pion par la nécessité.

Quelle que soit la cause de cette fixation sur Frank, il y avait chez lui quelque chose d'honnête qui m'attirait. J'avais envie d'absorber l'état de fatalisme dans lequel il baignait. Il existait en tant que caricature de lui-même, survivant tant bien que mal dans « l'ombre d'un battage médiatique », comme il l'avait naïvement formulé. Je pensais qu'il en avait long à m'apprendre sur l'art de survivre dans le monde actuel.

*

En dépit d'une pauvreté endémique, il sortait Frank Junior presque tous les jours dans sa poussette pour se rendre à la supérette. Il achetait du lait, du pain, des céréales, de la bière et des cigarettes, les aliments génériques de la résignation.

Je ne sais pourquoi j'avais développé cette fixation, mais au bout d'un certain temps, je lui postais, plusieurs fois de suite, des bouteilles de Scotch et une cartouche de cigarettes, pour ensuite épier sa réaction.

Il déballait ses cadeaux sur le pas même de sa porte de l'air d'une personne qui trouve tout à fait normal de recevoir des dons du Ciel, en guise de consolation ou de compensation à son épreuve. Pas une seule fois je ne l'ai vu promener les yeux autour de lui pour voir si quelqu'un le regardait.

À un moment donné, je me dis que j'allais lui envoyer un flingue, rien que pour voir. Il était en mon pouvoir de pousser la tension narrative de *son* personnage jusqu'à sa lugubre conclusion, une fin de partie en forme d'unique coup de feu, en miroir à la courbe de vie de mon père. Après tout, n'était-ce pas à cela que menaient toutes les histoires : au mot *fin* ?

Je m'interrogeais sur la moralité d'un tel geste quand, en descendant un matin du bus, je remarquai une femme garant sa voiture devant chez Frank. La trentaine bien tapée, un physique quelconque de chez quelconque.

Elle se révéla la caissière de la supérette. Un magasin de dépannage, comme on dit. Des dépannages en tous genres, apparemment. Je n'aurais jamais pensé à celui-ci.

Toujours est-il que je menais ma petite enquête.

Elle s'appelait Cheryl, du moins c'est ce qui était écrit sur son badge. Dans la supérette, je l'entendais bavarder avec Frank, de la pluie et du beau temps.

Frank voulait des cigarettes. Typique. Il avait des besoins basiques.

Je me régalais... cette ombre du mystère, ce que la vie vous réservait... Je me rapprochais de Cheryl, respirais son parfum bon marché. Ses mains, hérissées de bagues, aux ongles manucurés et peints. Des cils à la Tammie Faye Baker[1]. On devinait chez elle une volonté de s'améliorer. Elle pensait vraiment qu'elle était jolie.

1. Tammie Faye Baker (1942-2007) : chanteuse évangéliste célèbre pour ses faux cils et son maquillage outrancier.

Je me disais à part moi : des gens comme ça, ça ne se suicide jamais.

Quoi qu'il en soit, je me mis à tenir compte de cette Cheryl dans le plan d'ensemble : son entrée en scène dans la vie de Frank, à moins que ce ne fût l'inverse. Je préférais la version où elle était l'auxiliaire de Frank. C'était lui qui avait besoin d'être sauvé.

C'était charmant d'observer la naissance de leurs amours, d'être au courant de leurs rendez-vous, de tout cet opéra de quatre sous, d'observer les petits coins de ciel bleu gagnés à l'apparent anonymat.

Ainsi j'avais fini par me réconcilier avec les mœurs de mon père. Nous ne sommes rien en tant qu'êtres humains si nous ne parvenons pas à garder une vie secrète, ni à dépasser les limites de l'existence ordinaire. D'une façon ou d'une autre, Chapman, lui aussi, avait abouti à cette conclusion, et avait tout risqué, pour quoi, sinon pour se sentir en vie ?

J'étais tout à la fois envieux et content. Nous étions compagnons de « mâlitude ». En dépit de la présence de Frank Junior, Frank baisait. D'ailleurs, à y regarder de plus près, cette Cheryl n'était pas si moche. Sa silhouette de danseuse de revue aurait autrefois, avant la mode régime minceur, été un modèle pour les autres femmes. Elle était, disons-le, moulée à la louche.

À force d'étudier la série de tableaux vivants formés par leurs va-et-vient et me représenter les étreintes de Frank et Cheryl, je finissais par croire que j'apprenais quelque chose sur notre nature profonde.

Ils me rappelaient en effet mon père avec ses maîtresses, une sensation d'« être ensemble » illicite. Bien sûr, Denise était morte. Ce n'était pas exactement les mêmes circonstances, et pourtant cela me ramenait à une période très vulnérable de mon enfance, où je ne comprenais rien à l'amour, et encore moins que mon père puisse aimer plus qu'une seule femme.

Je me pris à imaginer ce que Frank faisait là-dedans à Cheryl, sous les yeux d'une Denise spectrale qui veillait sur lui et Frank Junior et se désolait du choix effectué par Frank en la personne de Cheryl… à moins qu'elle ne bénisse leur union.

Par instants, évidemment, je souhaitais trouver en Frank un modèle de vertu, un parangon d'abstinence ascétique, ou au moins la faculté de l'envisager une fois sa tension sexuelle relâchée. À mon avis, vu ce qui lui était arrivé, il avait intérêt à y réfléchir !

Un après-midi, alors que je poireautai face aux rideaux fermés du rez-de-chaussée, je perdis soudain patience. Frank était avec Cheryl. Elle avait débarqué dans une Cutlass Supreme dont le pare-chocs avait été réparé au moyen d'une simple planche en bois.

Et voilà que Frank Klein, à un jet de pierre, juste de l'autre côté de la rue, s'accordait un répit qui à moi m'était refusé. Je l'appelai d'un téléphone public en déguisant ma voix.

Quand il décrocha, je déclarai : « C'est ta conscience qui te parle, Frank. Écoute bien. Je veux que tu bourres cette salope de Cheryl et que tu la foutes dehors vite fait ! C'est pas bien, Frank ! On sait ça tous les deux ! »

Je n'avais pas prévu de me montrer insultant, mais le nom même de Cheryl se prêtait à la familiarité. Tout en parlant, j'observais la fenêtre. Les rideaux finirent par s'entrouvrir.

Frank était en bermuda et chemise hawaïenne, le téléphone dans la main, l'écouteur à l'oreille. Il semblait contempler le monde avec le même regard que lorsqu'il ouvrait les cadeaux que je lui envoyais. J'entendais le babil de Frank Junior, la télé qui braillait, les bruits familiers.

Puis Frank me vit. Ses yeux se plantèrent dans les miens.

Je les détournai, mais ne raccrochai pas. Mon cœur sauta un battement.

« Qu'est-ce que tu me veux ? » cria la voix de Frank.

Hésitant, je levai de nouveau les yeux pour considérer l'espace qui nous séparait. « Je veux ton bonheur, Frank, voilà tout. »

Il parut encaisser, puis se tourna vers l'intérieur de la pièce, disparaissant de ma vue. Un bruit étouffé m'indiqua qu'il avait plaqué la main sur le téléphone. L'instant d'après, il réapparaissait avec Cheryl, en soutien-gorge et petite culotte. Elle avait Frank Junior dans les bras.

« Tu crois que c'est facile pour nous ici ? interrogea Frank en ouvrant grand les bras, comme pour montrer à quoi sa vie ressemblait.

— Ça devrait l'être pourtant, Frank, dis-je, le cœur encore battant à cent à l'heure. T'as rien fait de mal. Je suis désolé de ce que je t'ai dit tout à l'heure. Je pensais juste que tu aurais pu faire mieux.

— Karl ?

— Oui, Frank.

— J'ai remarqué ton manège. Tout est enregistré », dit-il en agitant en l'air un dictaphone.

Je cherchais mes mots et surtout, dans le vain espoir de le calmer, une manière de lui prouver ma grandeur d'âme.

« Je sais que tu as le droit à la tranquillité, Frank. C'est à toi que je pense. Il faut que tu t'autorises à vivre à nouveau, Frank. Et figure-toi que Denise ne tenait pas tellement à toi.

— Ne prononce plus jamais le nom de Denise devant moi ! s'écria Frank. Et si je te revois par ici, j'appelle les flics, compris ?

— Pas besoin de me le répéter deux fois, Frank. »

Je raccrochai et m'éloignai en sentant le feu de son regard me brûler le dos.

*

Je n'avais jamais frôlé la catastrophe d'aussi près. Pendant une semaine, je me suis attendu à voir la police débouler d'une minute à l'autre. Heureusement, Frank a eu la correction de ne pas impliquer de tiers. Il avait peut-être honte de Cheryl, ou il savait au fond que j'avais raison.

Bref, je l'avais échappé belle.

Afin de ne pas devenir fou, je me jetais dans la tournée des trois hebdomadaires de la presse gratuite, qui me réservèrent un autre genre d'humiliation : je fus forcé de soumettre mon C.V. au bon vouloir d'assistantes au look gothique ou vampire, toutes fans des Nine Inch Nails et des Smashing Pumpkins, accoutrées de T-shirts ténébreux et de Doc Martens, avant de tomber enfin sur une « grande personne », à *L'Étranger*.

Ils avaient fait la une la semaine précédente avec une interview de Marilyn Manson qui prétendait s'être fait enlever deux côtes pour pouvoir sucer sa propre bite.

L'article décrivait un degré de narcissisme rarement atteint.

Il y avait, en encadré, une photo de Manson, *alias* Brian Hugh Warner, datant de son enfance à Canton, Ohio, avec son chien. Son père était vendeur dans un magasin de meubles et un ancien du Vietnam. Pas si différent de mon père.

Je lus l'interview dans la salle d'attente de *L'Étranger* qui avait ses locaux dans un immeuble industriel en brique rouge, en attendant mon rendez-vous avec le rédacteur en chef et propriétaire de l'hebdomadaire, Nathanial (dit Nate) Hoffman, héritier d'une vieille fortune. À trente-cinq ans, Nate commençait déjà à avoir un double menton. Dans l'ensemble d'ailleurs, son physique semblait étonnamment ordinaire au regard de contenu de son magazine. Ses seuls signes distinctifs de rébellion consistaient en une paire de Doc Martens et un petit diamant à l'oreille.

Impossible de savoir s'il était gay.

Nate avait eu des parts dans le Portail, ce dont je ne me serais pas douté jusqu'au moment où, en parcourant mon CV, il me dit se rappeler m'avoir vu là-bas. Ne pas avoir mentionné mon passage au Portail était une omission volontaire et aussi l'aveu que j'étais si peu fier de ma carrière que j'avais besoin d'effacer mes traces.

J'avançai en guise d'explication : « Je me documentais pour un livre. »

Nate plongea son regard dans le mien « C'est donc ça que tu faisais là-bas ? »

Comme j'hésitai, au lieu d'insister, Nate déclara : « Max a fait de la taule, tu sais, pour abus sexuel. Il a écopé d'une peine plutôt légère étant donné qu'il était impliqué dans la disparition d'une fugueuse, ce qu'ils ne sont jamais arrivés à lui coller sur le dos.

— Je n'étais pas au courant, répliquai-je, gêné. Ce n'était pourtant c'était son genre. Je me rappelle qu'il disait : « Le vice a toujours été à l'avant-garde du progrès. » Il avait l'air de planer au-dessus de tout ça.

— Max a toujours eu l'impression qu'il planait au-dessus de tout le monde, approuva Nate en mettant mon CV sur le côté de sa table. Mais si tu regardes longtemps au fond d'un abîme, l'abîme finit par regarder en toi !

— Alors, je me suis tiré de l'abîme à temps.

— Moi aussi », riposta Nate d'une voix neutre. Un silence pesant s'ensuivit, puis il reprit la parole : « On t'a interrogé au cours de l'enquête ?

— On a tous été interrogés. »

Nate parut encaisser. « Tu sais ce que j'ai dit à Max quand il été libéré sous caution alors que les chefs d'accusation étaient encore mineurs, je lui ai dit : « Tu n'es pas obligé d'avouer, mais pense aux parents qui ignorent ce qui est arrivé à leur enfant. » Max avait deux filles. Je lui ai dit : « Et si c'était toi qui devais attendre toute ta vie sans savoir ? » Je lui ai demandé où se trouvait le corps.

— Et il a avoué ? » m'enquis-je calmement.

Nate fit non de la tête, puis ramassa mon CV d'un geste affairé et le parcourut quelques instants. Quand il reprit la parole, son ton n'était plus le même : « Tu n'as rien publié depuis près de dix ans, prononça-t-il en mettant de nouveau mon CV sur le côté. Tu m'excuseras, mais je n'arrive pas à m'ôter Max de la tête. Je ne sais pas comment mener un entretien. »

Je m'apprêtais à prendre congé, quand Nate m'arrêta : « Encore une question, totalement théorique celle-là : si tu avais la possibilité d'obtenir la célébrité sur terre aux dépens de l'au-delà, tu la saisirais ?

— Non. »

Il haussa les sourcils. « Avec tout le respect que je te dois, soit tu es un menteur, soit tu as perdu ton ambition en cours de route. Lequel des deux ? »

Je me levai et lui tendis la main. « Merci de m'avoir reçu. »

Nate m'imita en disant : « Désolé. C'est cette histoire avec Max. Pendant longtemps, la police m'a soupçonné. J'étais son associé. Il m'avait entraîné dans cette affaire de porno. Il fallait les voir, les flics étaient convaincus que Max n'avait pas agi seul, ils voulaient à tout prix me coller une complicité. »

J'étais sur le point de franchir la porte, quand je me ravisai et fis volte-face. « Pour que les choses soient bien claires entre nous, Nate. À propos de ma carrière, c'est moi qui ai écrit le dernier best-seller de l'auteur de polars Perry Fennimore. J'avais à portée de main la célébrité et la fortune, je n'en ai pas voulu. En ce moment, je travaille sur quelque chose qui se situe en marge des sentiers commerciaux. Ce que je veux, c'est l'immortalité littéraire ! L'argent n'est pas tout. Je pensais que tu aurais compris ça, vu la façon dont les choses ont tourné pour Max. »

Le visage en forme de poire de Nate s'allongea. « Tu as raison. Écoute, ce qu'on fait, c'est que je vais voir ce qui vient. Je t'appelle. »

10

Nous avons à peine échangé quelques mots pendant que Lori se préparait à partir pour son dernier check-up. Je ne lui avais pas demandé si cette décision était la sienne, ou celle de Goldfarb. Nous nous sommes abstenus de marquer l'occasion, nous contentant de nous en tenir à la routine, même si nous devions dès le lendemain déménager dans notre sous-location du quartier gay.

La semaine précédente, l'appartement s'était vendu au-dessus du prix du marché. Ces petits signes d'espérance, comme je leur rendais grâce. Le déménagement serait temporaire. J'aurais voulu en persuader Lori, mais ravalais mes paroles.

Deb, sur le pied de guerre, armée de son caméscope, propageait des ondes d'agressivité passive alors que je tournais en rond en attendant le départ.

Je l'entendis chuchoter derrière mon dos, mais j'avais la tête ailleurs, car en dépit de son étrange accueil, Nate Hoffman m'avait quand même refilé du boulot. Un reportage sur des acteurs en tournée, une ancienne compagnie de théâtre de rue soviétique.

Il payait cent vingt-cinq dollars, chose que je m'étais bien gardé de préciser à Lori. J'avais plutôt insisté sur le chic cosmopolite de cette forme de spectacle, en lui expliquant qu'elle était propice à démonter les dynamiques à l'œuvre dans la guerre froide grâce au libre échange des idées, pérorant avec gravité devant le caméscope, puisque Deb l'avait braqué sur moi. « Nos enfants héritent d'un monde plus sûr. Nous avons émergé des séquelles de l'ère nucléaire. »

Deb émit derrière sa caméra : « *L'Étranger*, Karl, pour qu'il n'y ait pas de confusion, c'est bien un hebdo gratuit pour les pédés écrit par des pédés, non ?

— La bigoterie est notre prochain combat, Deb. Avec pour slogan : « Un mode de vie alternatif ! » Qu'est-ce que tu voudrais que j'écrive ? Comment accommoder vos restes pour la revue *Arts ménagers* ou un article sur les progrès des plumeaux ? C'est ça ta conception de l'éthique du journalisme ?

— Et voilà, t'as eu ta minute d'autoglorification, espèce de gros con. »

*

Deux heures plus tard, en dépit du vacarme dans le métro, j'entendis vibrer mon bipeur : le numéro de Lori s'affichait sur l'écran.

Je n'appelai pas mon répondeur.

Elle m'a rappelé trois fois en l'espace de quinze minutes.

J'en ai déduit que les résultats n'étaient pas bons.

Je fermai les yeux, pris entre le soulagement de savoir que tout était terminé, enfin, et une sincère compassion pour Lori. Si j'osais rapprocher de ce qui lui arrivait le rejet d'un manuscrit, je comprenais combien elle devait souffrir de voir se dérober ce qu'elle désirait si fort.

Je me remémorai son optimisme lors de ses premières visites à la clinique, et puis la révélation que j'avais eue à la vue de ce musicien noir : l'émerveillement et l'espérance que suscite la venue d'un enfant.

Voilà qu'on était arrivés au terminus.

Et moi tout ce que j'avais à lui offrir, c'étaient quelques paroles maladroites prononcées déjà à plusieurs occasions. Il y a des moments où les mots ne suffisent pas, où une personne doit être laissée seule avec sa douleur.

C'est ainsi que j'essayais de rationaliser, et que je m'abstins de rentrer à la maison.

*

L'hôtel-boutique me parut bien luxueux pour un spectacle de saltimbanques. Tout aussi équivoque était leur communiqué de presse dans sa mise en page banale, avec l'éclaboussure rouge d'un texte à la typo désarticulée et cette citation anonyme qualifiant la production de la compagnie de « miasmes cauchemardesques d'un nouvel ordre post-apocalyptique totalitaire, toute l'essence de l'Orient dans sa vision prophétique. »

De fait, la présence des acteurs dans le hall de l'hôtel provoquait déjà à mon arrivée une sacrée pagaille.

Je distinguais deux groupes. Le premier, une demi-douzaine de personnages accoutrés d'uniformes militaires noirs et de masques aussi lisses qu'impassibles ; le second, plus conséquent puisqu'ils étaient une quinzaine, déguisés en asticots géants dans des costumes en plastique noir de sacs poubelle.

J'étais à peine arrivé, que plusieurs masques levèrent des mégaphones et se mirent à vociférer je ne sais quoi en russe, pendant que les asticots, bon… se comportaient en asticots. D'autres personnages masqués brandirent alors des matraques et se jetèrent sur les asticots, qui se couchèrent en gigotant sur le sol en marbre.

Un beau chahut s'ensuivit, une cacophonie de hurlements et de bruits stridents émise d'un ampli acoustique branché sur une platine de scratch.

J'avais avec moi une caméra professionnelle que m'avait prêtée *L'Étranger*. Je m'empressais de l'épauler afin de filmer la scène en pleine action et les asticots qui se recroquevillaient sur eux-mêmes dans une muette agonie. La seconde d'après émergèrent des têtes informes qui pivotèrent vers moi avec des bouches primitives grandes ouvertes laissant échapper des cris altérés qui me rappelèrent William Hurt en son caisson d'isolation sensorielle dans *Au-delà du réel* de Ken Russell. Soudain, une lumière stroboscopique se mit à clignoter alors que, vision incongrue contre cet arrière-plan de brutalités totalitaires, surgissait une jeune femme d'une vingtaine d'années vêtue seulement de bottes militaires. Comme une Ring Girl entre deux rounds, elle levait au-dessus de sa tête une pancarte où on lisait : *Je n'ai rien à vous vendre !…*

Elle avait un corps de danseuse, l'ossature délicate de sa cage thoracique saillait sous sa peau tandis qu'elle tenait sa pancarte en l'air, la pointe de ses seins rouge sang dans l'éclairage stroboscopique, sa toison pubienne rasée pour former un V parfait. Son apparition ne réussit qu'à intensifier le passage à tabac des asticots et le niveau de décibels atteints par la friture du disque vinyle que quelqu'un faisait tourner à l'envers.

Au beau milieu de cette chienlit débarquèrent la direction de l'hôtel et quatre voitures de flic.

Les flics se dirigèrent droit sur la femme à la pancarte.

La discussion fut très chaude.

Une fois le calme revenu, je fis la connaissance d'Aleksei Romanoff, le directeur de la compagnie. Dans une tenue « existentialiste » – pantalon en cuir noir et col roulé noir – il tirait sur une cigarette sans filtre, les yeux agrandis par ces lunettes rondes cerclées de fer immortalisées par John Lennon. Il me prit le bras avec une cordialité spontanée typiquement russe, m'entraînant à l'écart des employés de l'hôtel.

Je lui déclarai d'un ton, je le crains, trop conciliant pour un journaliste : « Ils auraient pu, au moins, vous laisser terminer. »

Aleksei prit un air inquiet, lâcha mon bras avec un soupir et secoua la tête : « Non… Le jour où on nous arrête plus, c'est trop tard… trop tard, tu piges. »

Je fis celui qui notait cette profonde parole dans mon petit carnet, avant de lui lancer à brûle-pourpoint : « Permettez-moi de vous poser cette question : vous arrivez à gagner votre vie avec ça ? »

Aleksei ricana : « Le jour où nous gagner argent, c'est trop tard pour le monde, tu piges. C'est du pain pour les âmes. C'est la survie de nous. »

Je n'en tirai pas plus. Cela n'expliquait pas comment la troupe non seulement était venue de Russie, mais encore résidait dans cet hôtel branché aux tables encombrées de Vodkas Tonic à douze dollars le verre.

Quant au pain, je n'en voyais nulle part.

Aleksei parut s'apercevoir de ma perplexité, mais au lieu de m'éclairer, il planta sa clope entre ses lèvres et déclara : « Toi très aimable » et il me mit les mains sur les yeux en articulant dans son exécrable anglais : « C'est quoi toi souvenir de performance ? S'il te plaît tu me dis si c'est bon pour toi. »

Ce que j'aperçus sur l'écran noir de ma vision me fit bondir. C'était le V entre les jambes de la porteuse de pancarte. Mais je mentis en répondant : « La figure des asticots… »

Je fus interrompu par une voix féminine à l'accent étranger prononcé, quoique son anglais fût agréablement grammatical : « Tu vois, Aleksei… Je vois pas pourquoi je suis obligée de me raser la *chatte*. Tout le monde s'en fout ! »

Sur mes yeux les doigts d'Aleksei se crispèrent. « Attends !… » Et il rapprocha la bouche de mon oreille. « … Toi être pas heureux. Toi pouvoir décrire à moi sa *chatte* ? »

De nouveau la voix de la femme : « Tu peux pas parler de ça ! Ma chatte n'est rien comparée à la souffrance des asticots. »

Mais Aleksei ne lâchait pas. Il baragouina quelque chose en russe, puis : « Réponds à moi… Toi critique américain. Ton opinion beaucoup importance. » Il repositionna ses mains sur mes yeux avant d'ajouter : « Si tu veux bien concentrer toi sur *chatte*. »

Son haleine empestait le tabac et l'alcool. Je répondis en riant bêtement : « Peut-être que si je pouvais la revoir ? »

La femme haussa la voix :

« Cette histoire est ridicule ! Laisse tomber, Aleksei… Montrer ma chatte, ce serait de la pornographie, pas de l'art… Vous n'êtes pas d'accord, cher monsieur ? »

Je me sentis interpellé.

Exaspéré, Aleksei enleva ses mains de mes yeux. « Toi gâcher tout, comme à l'habitude, Marina ! Toi pas être si bonne militante ! »

Il commanda encore un verre et s'en alla sans un mot de plus. Il en avait fini avec moi.

Gêné, je détournai les yeux de Marina pour fixer les asticots qui s'étaient réconciliés avec les militaires masqués. Ils buvaient et fumaient ensemble comme les meilleurs amis du monde.

Marina semblait attendre quelque chose. Elle m'observait.

Je me tournai vers elle et lui souris. Je ne trouvais rien à dire d'intelligent. Elle était encore plus belle habillée, une sorte de Chat botté exotique, d'une sveltesse au charme envoûtant rappelant l'Europe. Sa chevelure courte et hirsute était teinte en rouge vif. Elle ne portait pas de soutien-gorge.

Quelqu'un lui offrit une Budweiser, qu'elle accepta.

Je lui tendis ma carte de visite.

« Une carte de visite ! Dites-moi, cher monsieur, vous êtes un journaliste connu en Amérique et j'ai gagné le gros lot ! »

Je soutins son regard : « Pas journaliste ; romancier. »

Je lui montrai la carte du doigt, et regrettai aussitôt mon geste. Elle contempla la carte puis éclata de rire :

« Excusez-moi, j'imagine Tolstoï ou Dostoïevski avec une carte comme ça ! dit-elle en agitant la carte comme si c'était une œuvre d'art. Où va le monde si les écrivains ont des cartes de visite ?… »

Je n'eus pas le temps de lui répondre. Elle se tourna vers les autres acteurs : « … Je suppose que tout ça vous barbe, ce cirque intellectuel importé d'Europe, dites ? Et vous, vous êtes satisfait de votre démocratie et de vos cartes de visite ? »

À cet instant, elle incarna la pasionaria que j'avais rêvé de rencontrer étudiant. Après être resté quelques instants sans voix, je me ressaisis et rétorquai d'un ton détaché : « Mettons que j'étais heureux de me trouver dans le camp des vainqueurs, si c'est cela votre question… J'étais du côté du mur où tout le monde voulait être. »

Elle but une gorgée de bière. « Alors, comme ça, monsieur Démocratie a des couilles ! Qu'est-ce qui vous dit que je ne suis pas seulement en visite de ce côté-ci ? »

À ce moment, je crois, tout le reste de mon existence s'est dissous ; s'il est concevable de se soumettre totalement à l'influence d'un autre corps et d'une autre âme, cela s'est produit pour moi, regrettablement, le jour le plus triste de la vie sur terre de Lori.

Telle la pointe molle de la flèche de Cupidon, je sentis mon bipeur vibrer contre mon cœur.

Marina rappela Aleksei, qui bavardait avec les asticots. Le casting se révéla cent pour cent féminin. Aleksei riait aux éclats avec une gamine délurée coiffée à la garçonne. Il s'approcha et me présenta la gamine sous le nom de Natacha, ce qui la fit se tordre de rire. Elle me tendit la main.

Je voyais bien qu'Aleksei était déjà assez ivre. Il m'agita son index sous le nez tout en regardant Marina : « Fais gaffe à tes fesses Marina, ces Amerloques pensent qu'à t'acheter. » Puis il baragouina quelque chose dans sa langue de clandestin et se tourna vers moi pour entonner : « Grand jeu, dans une heure, ça démarre ! Vite nous partir. Au revoir !… »

Je le considérai d'un air interloqué.

« Les Bulls ! Le *Jordan*[1] ! s'exclama-t-il en indiquant sa montre d'un geste théâtral. Une heure, s'il te plaît, au revoir ? »

Mais Marina ne bougeait toujours pas. Elle lui lança : « Écoute, Aleksei, l'ami américain est un célèbre romancier. Il a une carte de visite ! Il me racontait la vie de ce côté-ci du mur. »

Aleksei étudia la carte par-dessus ses lunettes et Natacha éclata de nouveau de rire. Ils étaient raides.

« Voyons, Marina, corrigeai-je, ce n'est pas exactement ce que j'ai dit. »

Rien que de prononcer son nom me rendait euphorique. Elle me fit un clin d'œil, comme si c'était une blague et que nous étions complices tous les deux. « Et que disiez-vous ?

— Il y a des prisons où on est derrière les barreaux et où tout ce qu'on désire est dehors ; et des prisons où c'est ce qu'on désire qui se trouve derrière les barreaux, alors que nous sommes dehors. Vous vouliez savoir quelles sont mes idées politiques... »

Marina fit celle qui paniquait. « Laissez-moi deviner, vous êtes un agent du FBI venu nous espionner ? dit-elle en me présentant ses poignets. On travaille pour la défense nationale... Vous avez sûrement l'intention de m'arrêter pour « activités anti-américaines » ? »

C'était la plus érotique des choses non érotiques qu'on m'eût jamais dite. À son contact, tous les événements récents se désagrégeaient. Ce qui ne m'empêcha pas de

1. Grâce au légendaire Michael Jordan, les Bulls de Chicago ont acquis pendant les années quatre-vingt-dix un des plus beaux palmarès de la ligue de basket-ball.

répondre d'un air un peu guindé : « Je suis un partisan de la présomption d'innocence.

— Une présumée innocence légale ou personnelle ? demanda-t-elle en abaissant ses poignets.

— Les deux…

— Tu vois, Aleksei, on en découvre tous les jours de nouvelles, en Amérique ! dit-elle en secouant gravement la tête. La présomption d'innocence ! Notre Sainte mère Russie aurait dû lâcher la bombe quand il était encore temps ! On aurait gagné. Ces Amerloques sont des poules mouillées ! »

J'avoue que je ne trouvais rien de plus intelligent que de fixer la pointe de ses seins sous son T-shirt. Le désir me taraudait. Je me sentais galvanisé par la présence de ce trublion, de cette agitatrice kitsch intercontinentale ! Elle était ouverte à tous les possibles, et moi pris au piège, d'autant plus que mon subconscient me soufflait que Lori m'attendait à la maison en disant adieu à ce dont la privait définitivement son péché d'adolescence.

Aleksei se remit à glapir : « Plus qu'une heure avant le Jordan ! Viens, viens, viens ! »

Et il traîna Marina réticente jusqu'à la sortie où patientaient asticots et militaires.

Je criai après elle : « Quand vous serez dans le ghetto, à l'United Center[1], vous me direz ce que vous pensez de la NBA[2], de Jordan et de notre soi-disant démocratie ! Vous avez ma carte ! »

Pour un peu, en la voyant partir avec eux, je me serais cru dans *Orange mécanique*.

1. Salle omnisports. Le ghetto : allusion aux cités qui se trouvent à proximité.
2. *National Basketball Association*.

11

Une lune en forme d'hostie se levait sur le lac à l'heure où j'achevais la longue marche à pied qui m'avait permis de digérer les impressions des scènes surréalistes auxquelles je venais d'assister, ou, plus exactement, de chasser de mon esprit l'image de Marina.

Lorsque je songeais qu'elle passait cette nuit dans la même ville que moi, mon cœur se mettait à battre plus vite. Et dès que je fermais les yeux, je voyais le V entre ses jambes.

C'était, je suppose, une vraie pièce d'art.

Après avoir bu cul sec trois whiskey sours, j'appelais à l'hôtel-boutique du téléphone du bar où j'avais échoué. Je laissai un message au contenu politique pour le moins débile et décousu, disant : « Monsieur Démocratie à l'appareil. Écoutez, mademoiselle Guerre froide, je ne plaisantais pas en vous demandant de me faire part de votre point de vue sur ce que vous aurez vu ce soir au match. Si vous voulez mon avis, vous avez eu du bol, vous et votre mur de Berlin. Ici, il y a rien à faire tomber, pas d'ennemi apparent. Il s'agit d'une psychose différente… »

À la fin, je lui donnai mon numéro de téléphone.

*

Je rentrais dans un appartement où les meubles avaient été remplacés par des montagnes de cartons, sauf la télé et un caméscope sur son trépied trônant au milieu du plancher à côté d'un gobelet de glace planté d'une cuillère.

La VHS de Deb sur les tribulations de Lori passait à faible volume.

Je mis un certain temps à trouver Lori.

Elle était dans le séjour et contemplait la lune, le visage contre le carreau.

Je prononçai son nom.

Elle ne se retourna pas. « Je t'ai bipé tout l'après-midi. Où tu étais ?

— Je travaillais… je t'avais dit… tu te rappelles ? »

Je me rapprochai, puis, soudain me figeai sur place.

J'avais vu la bouillotte qu'elle tenait sur son ventre, un signe qui ne trompait pas : elle avait ses règles !

En comptant bien, ses derniers cycles nous avaient coûté la modeste somme de cinquante-sept mille dollars.

Lori leva la main à la verticale sous son nez et expira bruyamment. « J'aimerais savoir comment on se sent quand on a une raison de vivre », dit-elle en fermant son poing droit contre son cœur.

Et moi, comme un comédien amateur du théâtre d'avant-garde, je répliquai :

« Il y aura toujours une prochaine fois… »

Elle se tourna vers moi, puis, en secouant la tête, vers la baie vitrée : « Aucun œuf ne peut se fixer dans ma muqueuse utérine. Il n'y aura pas de prochaine fois !

— Tu avances en âge, Lori, lui dis-je calmement, tes équilibres biologiques changent… c'est rien d'autre que ça. »

Elle s'essuya de nouveau le nez. Elle ne se retourna pas.

Je fis un pas vers elle, mais elle leva la main : « S'il te plaît… »

Derrière la baie vitrée, la neige s'était mise à tomber sur le lac. Le ciel était terne dans le jour déclinant.

Lori laissa échapper un long soupir. « J'ai téléphoné à Donny ce soir. »

J'hésitai, pas sûr d'avoir bien saisi. « *Donny ?*

— Mon amoureux du lycée ! »

Je ne comprenais toujours pas. Je pensais que ce Donny-là était mort au Vietnam, en tout cas c'est ce qu'on m'avait toujours raconté.

Lori se retourna et me défia du regard. Elle avait les yeux bouffis à force d'avoir pleuré. « Tu vois, Karl, nous sommes tous des menteurs au final… Nous avons tous nos secrets ! »

Je me crispai sous l'accusation, surtout au mot « menteur » !

Ses yeux s'écarquillèrent comme des soucoupes. Elle s'exclama en pointant vers moi un index accusateur : « Il ne faudrait pas me prendre pour une imbécile ! Je sais ce que tu es… »

Je ne l'avais jamais vue dans un état pareil. Je tentai de parer à l'attaque, de parer au pire : « Comment ça je suis un menteur ? »

Mais la voix de Lori couvrit la mienne : « Tu n'as pas le droit à la parole… Tu m'écoutes, là, merde ! »

Elle avait attendu tout l'après-midi pour vider son sac.

En dépit de ce qu'elle avait prétendu dans le cabinet de Goldfarb, Donny n'était donc pas mort au Vietnam ! Ce mensonge avait été inventé de toutes pièces par son père dans la voiture après son avortement. C'est son père qui l'avait conduite là-bas. Elle me décrivit le déroulement de la journée dans les plus petits détails, son père se garant au bord de la route et décrétant : « Donny est *mort*. » Je compris alors pourquoi son père ne lui téléphonait jamais. Même quand ils étaient montés rendre visite à ses parents, il avait fait comme si elle n'existait pas. En l'emmenant à la clinique se faire avorter, il avait envoyé son âme au diable !

En l'écoutant, je me rappelais comme si c'était hier le no man's land entre Chicago et Milwaukee que nous avions traversé il y avait des années de cela, à l'époque où j'ai entendu cette histoire tronquée pour la première fois.

Je la laissai parler sans l'interrompre. Comme elle disait, c'était son tour. Et une fois partie, Lori pouvait être intarissable.

Don travaillait dans le bâtiment. Divorcé, il habitait Green Bay, dans le nord du Wisconsin. Il avait la garde conjointe de ses deux fils. Son ex s'était remariée… Un soap opera sordide.

Mais au ton de sa voix, on aurait plutôt évoqué une prise de conscience teintée de la mélancolie des retrouvailles, un homme rattrapé par son passé à la faveur d'un coup de fil inopiné.

Je ne lui demandai pas par quel extraordinaire concours de circonstance elle avait obtenu son numéro, ni pour quelle raison elle avait jugé bon de lui téléphoner. Peu importait. Ce que je saisissais en revanche, c'était la nature de leurs relations, la profondeur de ses sentiments pour ce Donny dont je n'avais jamais soupçonné la présence dans ses pensées !

Elle parla pendant ce qui me sembla des heures avant de me confier qu'au moment où Donny lui avait dit que son fils, brillant sujet, postulait pour une bourse universitaire, elle avait eu la vision de ce dont elle s'était privée – certes très volontairement.

Alors même qu'elle prononçait ces paroles, son corps parut s'affaisser sur lui-même, secoué par d'énormes sanglots : elle craquait sous le poids soudain trop lourd de toutes ces années de chagrin.

*

Elle ne supportait plus que je la touche. Pendant ce qui me parut une éternité, je restai là debout au milieu des tas de cartons, impuissant.

Finalement, elle se ressaisit, et, sans un mot, passa devant moi pour se rendre à la cuisine, autant dire pour courir à sa perte.

Je l'entendis farfouiller dans des cartons.

Elle trouva une bouteille de sherry de cuisine. Elle qui buvait si peu d'habitude.

J'étais tenté de la taquiner, mais jugeai plus sage de la boucler. L'instant d'après je devins la cible d'un bombardement d'objets divers.

En vingt minutes, elle était ivre morte.

Je l'aurais volontiers mise au lit, si celui-ci n'avait pas été démonté. Elle se recroquevilla dans un coin obscur de ce qui avait été notre salle de séjour.

Elle me traita de fumiste, elle essaya de me rouer de coups avant de vomir, et de s'endormir, enfin.

D'une certaine façon, cela aurait semblé normal que les choses s'en tiennent là. Il est peu fréquent que le prétexte d'une rupture se présente à soi sur un plateau, et si je m'étais trouvé ailleurs que dans la vraie vie, j'aurais pris la porte.

Au lieu de quoi je me contentais de battre en retraite dans la chambre d'amis.

J'étais en train de m'assoupir quand le téléphone sonna. Je me levais tant bien que mal, trop tard : il s'était tu.

Quelques minutes plus tard, il sonna de nouveau.

C'était Marina. Elle me dit tout d'une haleine : « Vous êtes un *Américain* très occupé. Je suis désolée de vous appeler si tard. »

J'étais soudain aussi excité qu'un collégien. « Non… non… je suis là… »

Hésitant, je jetais un coup d'œil du côté de la salle de séjour. Lori cuvait.

Marina parlait un peu trop fort, manifestement elle avait trop bu. « Je peux confirmer avec vous quelque chose de très grande importance, *monsieur Démocratie* ? »

Sa maîtrise de l'anglais battait de l'aile sous l'influence de l'alcool. Je tentai de répliquer, mais elle me coupa : « Si. C'est une question d'importance très grande… je discutais avec professeur de sociologie de New York qui me dit que les Américains ne décrochent pas le téléphone à première sonnerie. Il dit un Américain attend trois fois avant de prendre appel… *trois fois.* Il me dit que c'est pour pas que les gens pensent qu'il a pas d'amis et qu'il attend à côté du téléphone. C'est vrai, ça, de votre société ? Vous avez tant de peur de l'échec ? »

Mon cœur battait très fort, mais je jouai le jeu : « Je n'aime pas généraliser. À mon avis, c'est la première règle de tout bon sociologue. Nous sommes *tous* des exceptions. »

Dans le bref silence qui s'ensuivit, j'entendis la rumeur d'une foule et me rendis compte que Marina se trouvait toujours à l'United Center.

Elle parla encore un peu plus fort : « Comment je peux confirmer si vous répondez pas à moi ? »

Un frisson de plaisir me parcourut rien qu'au son de sa voix, plus le fait qu'elle avait décidé de m'appeler. Sans trahir mon émotion, je lui demandai tout de go : « Pourquoi êtes-vous ici en Amérique ?

— Ah, oui… Et pourquoi *être-vous* pas en Russie ?

— J'irai un jour…

— *Peut-être*… Mentez pas à moi, *monsieur Démocratie*. Vous être un peuple d'obsessionnels. Vous être que des *concouillards* ! Citez un seul pays au bord de la mer Caspienne.

— C'est pour ça que vous m'avez appelé deux fois, pour me prouver que je suis nul en géographie ? »

Elle riposta d'un ton outré : « C'est vous qui m'appelez, *monsieur Démocratie*. Vous laisser à hôtel message *ridicule* ! »

Et alors, subitement, elle se mit à me prendre de haut : « Vous être homme marié. C'est ça que je pense. Je comprends très bien, *monsieur Démocratie*. Moi vous appelle à la maison et votre femme entendre tout. Je vous cause ennuis ? Vous… un couillon de mari de merde ! »

Je me tournai instinctivement vers le séjour, et cette fois, je perdis patience : « Vous n'y êtes pas du tout. Désolé… Je dormais.

— C'est pas bien de mentir, *monsieur Démocratie*. Dans votre message vous dites choses douces comme si vous vouloir mettre main dans ma culotte.

— Parce que vous en portez une ?

— Allez vous faire foutre… Vous croire Marina pute ? Vous être rien du tout, vous entendez, rien du tout ! Gros con comme les autres, finalement… » Elle marqua une pause, puis : « Je vous raconte une histoire…

— Marina, écoutez », plaidai-je.

Mais elle cria : « Moi, Marina, je vous raconte une histoire… Vous me faire le plaisir d'écouter ! Voilà. C'est un homme marié qui rentre chez lui. Il trouve des hommes qui font la queue devant sa maison. Il ne comprend pas ce qui se passe et interroge un des hommes. « S'il vous plaît, monsieur, qu'est-ce qui se passe ici ? » Et le type répond : « Oh, je suis désolé, mais on attend pour baiser votre femme. Vous devriez divorcer. » L'homme marié répond : « C'est pas possible, parce que si je divorce, je serai obligé de prendre la queue. »

Et sur cette tirade en un anglais subitement presque parfait, aussi sec, elle raccrocha. J'étais sidéré de voir combien nos rapports avaient changé en l'espace de cette unique conversation téléphonique.

J'allumai le petit téléviseur portatif et contemplai les images floues du match, où de minces colosses arpentaient gracieusement le terrain de basket. J'essayai de localiser Marina sur les gradins.

Pour la première fois de ma vie je ressentais l'Amour tel qu'il est décrit dans les romans sentimentaux – quelque chose de totalement irrationnel, qui vous porte à croire qu'un autre être que vous puisse occuper votre cœur et votre âme pour le restant de votre vie sur terre. Marina me plaçait sous l'empire d'une émotion que, en quarante ans, je n'avais jamais vraiment éprouvée.

Je finis par rappeler l'hôtel-boutique peu avant minuit. Une fois en communication avec le répondeur de sa chambre, je laissai un bref message en maintenant cependant un ton professionnel.

« Je souhaiterais poursuivre notre discussion, au jour et à l'heure qui vous conviendront, si cela ne vous dérange pas », dis-je en imitant son élocution un peu affectée… affectée par l'ivresse du désir.

12

Un peu avant l'aube, en position allongée, j'écoutais le grésillement de la pluie contre la vitre. La pluie se mua en neige fondue puis finalement en flocons.

C'était un de ces moments où l'on était perdu dans les nuages. Le monde d'en bas avait cessé d'être, du moins c'est ce que je me plaisais à me dire. Je me sentais frigorifié, loin de moi-même, et seul.

Je ne savais plus tellement bien où j'en étais. Je me mis à tourner dans l'appartement sur la pointe des pieds avec pour objectif de réunir quelques ustensiles pour préparer le petit déjeuner sans réveiller Lori. En détachant l'adhésif d'un carton, je me donnai un coup de cutter dans la paume de la main. Arrêter le flot de sang ne fut pas une mince affaire.

Entendant tousser, je crus que Lori émergeait et me tins prêt à encaisser encore une volée d'insultes. Par la porte, je vis qu'en fait elle dormait toujours, à plat ventre, nue, la tête tordue sur le côté à un angle bizarre. Elle avait vomi pendant la nuit. Elle respirait par à-coups avec des petits grognements.

*

Dans la cuisine, en lâchant deux Pop-Tarts dans le grille-pain, je me rendis compte que si j'avais l'esprit ailleurs, c'était à cause de Marina. Je me figurais son dédain devant ces biscuits industriels colorés pour gosses. Je l'entendais déjà nous traiter de « bourges ».

Gêné par ce que je ressentais comme une intrusion dans mes pensées, je lui donnai la réplique, en imagination naturellement, lui opposant comme argument que l'odeur du café moulu et les effluves pavloviennes acidulées des Pop-Tarts étaient plus fiables que ses idéaux humanitaires. Personne n'avait jamais manifesté contre les méfaits de la Pop-Tart, sauf les communistes purs et durs, et voyez où ça les a menés !

Des mots virulents me venaient sur la compagnie de théâtre. J'intitulai provisoirement mon article « Socialisme et cocktails à la vodka ».

Je gardais un souvenir cuisant de sa blague sur l'époux ingénu, car même si c'était trivial et qu'elle était soûle, je sentais que cela avait été pour elle comme un cri du cœur.

Et pourtant, malgré tout, j'avais cette curieuse pensée que j'aurais pu à cette heure même être en sa compagnie, comme si par quelque tour de passe-passe, elle avait pu prendre la place de Lori, comme s'il était possible, en un clin d'œil, de passer d'une femme à l'autre sans regrets ni rupture.

Est-ce cela que Lori souhaitait avec Donny ? J'éprouvais un soupçon de jalousie, ou quelque émotion que j'avais du mal à définir.

*

Lori se leva et, en allant à la salle de bains, articula d'une voix faible : « Hier soir… Ce que j'ai dit. J'avais trop bu. Pardonne-moi. »

Sauf qu'elle l'avait dit avant d'être ivre ! Enfin… elle me tendait là une perche inattendue.

Elle me regarda d'un air bourrelé de remords en s'asseyant sur le siège des toilettes sans prendre la peine de fermer la porte.

J'avais essuyé l'orage. Devant cet acte de contrition, et sa volonté évidente de tourner la page, je compris qu'elle croyait à tort m'avoir fait de la peine en me révélant son coup de fil à Donny. Dans son esprit, c'était elle l'infidèle.

Le plus étrange, c'est que la blague insultante de Marina avait mis en valeur ce que j'avais avec Lori. En me manifestant sa colère, elle m'avait permis de comprendre que, aussi séduit que j'étais par elle, nous ne pourrions jamais avoir qu'une aventure sans lendemain. Je m'étais conduit comme un con, j'avais surréagi d'une façon qui ne pouvait qu'être cause d'humiliation. Il fallait que je m'en persuade. Nous correspondions au qualificatif employé par Lori au début de notre histoire : « de la marchandise endommagée ».

Lori sortit de la salle de bains, trotta vers moi à pas légers et passa un bras autour de ma taille.

Elle s'appuya contre moi.

Je me retournai vers elle.

Soudain, elle se pétrifia : « Mon Dieu ! »

Elle leva la main vers mon visage. Plusieurs longues griffures me barraient la joue depuis le coin de l'œil gauche. Elle voulut ajouter quelque chose, mais je la tirai vers moi, posai mon menton sur le sommet de sa tête. Elle murmura : « Je ne me souviens de rien.

« — Tu t'es soûlée trop vite, voilà tout. »

Après un silence, je la sentis se détendre contre moi, les battements de son cœur se calmèrent.

Elle prononça doucement : « Il ne faut pas que tu doutes de mon amour. Parfois à force de vouloir quelque chose, il arrive qu'on oublie ce qu'on a déjà. »

C'était un pas en avant. Je répliquai : « Je peux te poser une question ? Chez Goldfarb… Ce que tu as dit, à propos de ta deuxième grossesse. Si Donny n'était pas mort, pourquoi ne pas avoir eu l'enfant ? »

Elle serra ma main dans la sienne. « Donny n'était pas le père. »

Puis, en haussant un peu la voix : « J'aurais pu mentir, hein ? Est-ce que tu me méprises ? »

Je fis non de la tête et j'entrelaçai mes doigts aux siens.

« Parfois je me demande pourquoi tu restes avec moi », chuchota-t-elle.

Avant de quitter l'appartement, j'observai Lori penchée sur le lavabo pour mettre ses verres de contact, puis elle renversa la tête en arrière comme si elle ajustait de nouveaux globes oculaires.

Je remarquai aussi, sur sa cuisse pâle, les marques de seringue aux endroits où elle s'était elle-même injecté la gonadotropine.

J'avais du mal à me faire à l'idée que ce chapitre était clos.

*

Deb, flanquée de deux déménageurs en gris, débarqua avant midi et se mit à slalomer entre les mégalithes de cartons en beuglant qu'elle était garée en deuxième file.

Son impatience et son agressivité me rendaient le départ plus facile. En fermant la porte derrière nous, je croisai le regard de Lori, et puis voilà.

Le ciel en s'éclaircissant s'était pommelé de bleu pâle et, alors que je franchissais pour la dernière fois le seuil de la tour, l'éclat de la poudreuse me brûla les yeux.

L'associé de Deb, Ray le « handi-capable », nous attendait en peignant avec frénésie, le pinceau entre les dents et le corps secoué de soubresauts nerveux. Il avait de minuscules mains malformées. Il leva un fragment de seconde le regard vers moi et aussitôt cessa son activité pour tripoter le tableau de bord compliqué de sa voiture adaptée à son handicap.

J'aimais bien Ray. Sa présence me rassurait un peu sur mon compte. En fait, je crois qu'on aurait pu être des potes, s'il n'y avait pas eu Deb.

En dépit d'une enfance dans un orphelinat de Louisiane, il avait une élégance courtoise de gentleman sudiste à la Truman Capote. On aurait dit le bâtard de quelque lignée aristocratique de messieurs cultivant un goût légèrement efféminé pour les costumes en Seersucker et les montres de gousset et s'exprimant avec cet accent génial, mélange de miel, de feu et d'éloquence qui fait merveille dans nos tribunaux de cinéma et de télévision. J'imaginais une femme abandonnée par son amant dissimulant sa grossesse dans un corset, suppliciant le fœtus du pauvre Ray.

Un cigare se consumant dans le cendrier parfumait la voiture d'une odeur de plantation de tabac.

Ray lécha ses lèvres gercées, et Deb piocha dans la console entre les sièges avant et lui tendit un gobelet :

un *Slurpee* de 7-Eleven. Ce fut la première, et la dernière fois que je la vis avoir un geste gentil.

Nous repartions sur de nouvelles bases. Sauf que lorsque Ray démarra, Deb gâcha l'ambiance en disant : « Alors, comment se porte ton *Opus* ? ». Puis elle se tut. En se tournant vers moi, elle venait de s'apercevoir que j'avais des griffures au visage.

Elle nous regarda tour à tour, Lori et moi.

Lori se déroba en se tournant vers la fenêtre.

Pendant un certain temps, le silence régna.

Se leva alors une bourrasque de neige poussée par l'air froid chargé d'humidité accumulée sur le lac. Au lieu de suivre Lake Shore Drive, Ray prit par Halsted Street.

En retrait par rapport aux gratte-ciel du bord du lac s'étendait un Chicago plus ancien, patchwork de quartiers édifiés autrefois autour de parcs à bestiaux grouillants, à l'époque où la ville concentrait l'industrie de la viande avec ses boucheries et ses abattoirs. Je me penchai en avant et, afin de détendre l'atmosphère, tapotai l'épaule de Ray en lançant : « T'as lu *La Jungle* d'Upton Sinclair ? »

Deb s'interposa en répliquant sèchement : « Il n'aime pas qu'on lui parle quand il conduit. »

Je me renfonçai dans mon siège. Mais Lori, frondeuse, se tourna vers moi en disant : « Ça parle de quoi ? »

Je déclarai de cette voix sonore qui sied aux savants et aux professeurs d'université :

« *La Jungle* a pour cadre ce quartier même, qui abritait à l'origine les abattoirs de Chicago. Grâce à ce livre, Sinclair a déclenché une réforme des règles de la boucherie. Écoutez en quels termes il décrit cette industrie :

« l'incarnation d'un monstre à mille museaux, piétinant sur un millier de sabots ; un Grand Boucher – l'esprit du Capitalisme en chair et en os. »

Deb fixa Lori. Elle n'aimait pas que sa sœur prenne mon parti. Puis elle se tourna vers Ray : « On croirait entendre un *coco*, tu trouves pas, Ray ? »

Et elle lui colla entre les lèvres la paille de son *Slurpee*.

Quand il buvait, j'avais l'impression qu'il tétait l'air d'un respirateur.

En passant devant le Biograph, je repris : « C'est devant ce théâtre au temps où c'était un cinéma que l'ennemi public numéro un, John Dillinger, a été abattu par le FBI. »

Lori se tint résolument tournée vers la fenêtre. À peine si elle remua la tête en signe d'acquiescement. Je tentai de lui prendre la main, mais elle me la refusa. Je voyais bien qu'elle ne voulait pas être surprise en flagrant délit de tendresse en présence de Deb. Cela confirmait ce que j'avais toujours estimé être un de nos problèmes : l'interférence constante de sa sœur !

Au bout de quelques blocs, Ray bifurqua à la hauteur d'une vieille cabine téléphonique anglaise peinte en rouge pomme d'api.

Deb tapa dans ses mains et, avec une pointe d'indéniable mépris, s'exclama : « Bienvenue à Queersville ! »

Je passai outre. Elle s'était tournée sur le côté afin de nous avoir tous les trois, Ray, Lori et moi, dans son champ de vision. « Tu veux que je t'en raconte une, Karl, une histoire sur la voracité de l'industrie de la viande ? Ce bar, là, il était fréquenté par le cannibale gay mangeur de chair, Jeffrey Dahmer – ce type qui gardait les têtes et les organes génitaux de ses victimes dans son congélateur.

— Je crois que « mangeur de chair » après cannibale, c'est redondant, Deb, juste une remarque en passant, toi qui te piques de culture…

— Va donc dire ça aux mecs qu'il a mangés ! » rétorqua Deb.

Ray, qui ne manquait jamais d'exercer son ironie grinçante, lança : « Dis donc, Deb, c'est pas un bar à sushi là-bas ? »

Même s'il se sentait toujours obligé de prendre le parti de Deb sur tous les sujets, je ne pense pas que sa plaisanterie était dirigée contre moi.

Deb partit d'un éclat de rire en cascade : « Merde, Ray, tu me fais pisser de rire ! »

Et la voilà repartie dans son fou rire. Puis elle expliqua la blague à Lori. « De la viande crue, tu piges ? »

En apercevant les yeux de Ray dans le rétroviseur, je fus saisi d'une effroyable sensation de déjà-vu, transporté brutalement une éternité en arrière, à l'époque où les yeux de mon père m'observaient sur les autoroutes de mon enfance.

J'esquivai le regard de Ray et glissai de nouveau la main vers celle de Lori : « Le quartier doit être hanté par les fantômes de tous ces rudes ouvriers catholiques qui se reproduisaient comme des lapins… »

Lori enfouit son visage dans ses mains et se mit à sangloter.

Deb s'écria : « Bon sang, Karl ! Qu'est-ce qui t'a pris de l'amener ici ? Si personne ne veut mettre les pieds dans le plat, eh bien, moi si ! C'est le genre de quartier qu'on quitte, pas l'inverse ! Il n'en vaut pas la peine,

Lori. On sait tous que ce fameux contrat n'existe pas. Dis-lui ! T'es cuit, Karl ! »

Soudain, je donnai un grand coup sur le dossier de Ray en hurlant : « Je veux descendre ! »

Lori se mit à pousser des cris hystériques – la tension atteignait des sommets.

Je criai : « Arrête la bagnole, putain ! Ray ! »

La voiture patina un peu, puis Ray freina brutalement. « Dis-lui que c'est fini entre vous, Lori ! » glapit Deb en essayant de me bourrer de coups de poing. « Tu ne la touches pas, espèce de salopard ! »

Alors que la voiture redémarrait, j'agrippai la poignée de la portière et courus un petit cent mètres en hurlant : « La laisse pas nous faire ça, Lori, NON ! »

Deb abaissa un peu sa fenêtre et passa la tête dehors : « T'es qu'un pauvre raté ! T'as jamais été rien d'autre ! Maintenant qu'on a la banque du sperme, tu peux retourner dans ton trou ! T'entends, Karl ? Elle a plus besoin de tes conneries ! »

Je donnai du pied dans la carrosserie : « C'est pas moi le fout-la-merde ! C'est elle ! T'as qu'à demander à ta faiseuse d'ange de sœur ! Raconte à Deb pour Donny, Lori ! Dis-lui aussi pour le deuxième type ! »

J'avais été trop loin. En voyant la douleur se peindre sur la figure de Lori, je me sentis bourrelé de remords : trop tard.

13

Lori ne téléphona ni le vendredi ni le samedi. Je savais d'expérience quelle pression injustifiée pouvait exercer sur elle sa sœur Deb. Si elle n'appelait pas dimanche, me dis-je, c'était que la rupture serait définitive.

Toute la nuit de samedi et la matinée de dimanche, il neigea fort alors que je restais calfeutré dans mon nouveau logis, m'appliquant à rédiger mon article sur la compagnie de théâtre et à ne pas ruminer mes emmerdements personnels. C'était mon premier boulot correct depuis des années. Et je devais le livrer lundi.

Je me levai du bureau à cylindre et écoutai le crissement de la pelle à neige d'Ivan qui dégageait la cour.

Cela n'avançait pas, et pas seulement par manque d'inspiration : j'étais ralenti par la coupure que je m'étais faite avec le cutter. Non que je sois hypocondriaque, mais la zone était vraiment gonflée et rouge : infectée.

En plaçant ma main sous le robinet, j'ouvris les lèvres de la plaie : on voyait la couleur nacrée des tendons. Est-ce ainsi que je devais mourir, songeais-je, pour m'être bêtement coupé en ouvrant une boîte en carton ? Cette réflexion me remit en mémoire *La Mort d'Ivan Ilitch* de Tolstoï, Ilitch agonisant des suites d'une blessure récoltée alors qu'il montrait au tapissier comment il souhaitait qu'il installe ses rideaux. Une ironie du sort que quelqu'un comme Marina goûterait sans doute. Je n'avais pas encore digéré ce qu'elle m'avait dit au téléphone. Elle non plus ne m'avait pas rappelé.

Souhaitant inclure dans mon article une citation de Tolstoï, sans doute pour en mettre plein la vue à Marina, je me tournai machinalement vers la gauche, le coin de ma table où dans mon ancien appartement j'empilais mes vieux manuels scolaires, pour me rappeler que, avec presque tout le reste, ils se trouvaient encore entre les mains des déménageurs.

Je sortis donc en quête de Tolstoï, me dirigeai plié en deux face au vent vers la station du métro aérien, passai au-dessus de Wicker Park puis devant le sinistrement célèbre ghetto de Cabrini Green et ses cités aux immeubles noirâtres. Je vis des gens s'agiter au loin, près d'un terrain de basket incendié. J'eus tout juste le temps de repérer des camionnettes de la télé locale et des journalistes avant que le métro n'amorce un virage serré vers l'ouest, la rame longeant alors les eaux brunâtres d'une rivière et un labyrinthe de vieux bâtiments industriels. Jadis un vaste marécage, aujourd'hui une zone chicano en pleine expansion, avec toits goudronnés et gigantesques panneaux publicitaires. J'aperçus quelques âmes solitaires défiler rapidement derrière les fenêtres protégées par des barreaux aux étages supérieurs des immeubles jouxtant la voie ferrée. C'était le genre de trajet qui aurait été parfait pour Marina. L'histoire américaine ne se limitait pas aux hôtels-boutiques, il fallait aller la chercher dans les innombrables enclaves d'une époque révolue, un temps où ne se posait pas la question de l'*American way of life*, mode de vie et de loisirs, dans le quotidien d'immigrants qui avaient fui l'enfer rural au tournant du siècle.

J'aurais voulu dire toutes ces choses à Marina. Je n'étais pas dupe de l'illusoire glaçage rose des Pop-Tarts ; j'étais plus proche d'elle que je ne le croyais.

Je faillis l'appeler d'une cabine publique, mais je ne le fis pas.

*

Chez le photographe, je déposai la pellicule de ce que j'avais pris à l'hôtel. Puis je dirigeai mes pas vers une librairie d'occasions à qui j'avais vendu quelques manuels bien des années auparavant. Parmi les rayonnages où se tassaient les bouquins bradés par d'anciens étudiants, je dégotai un classique abrégé des œuvres de Tolstoï dans l'odeur de moisi et de musc de la cave.

Affligeant de penser que ce classique n'avait pas connu un meilleur destin que les autres, son utilité ne se prolongeant guère au-delà d'un semestre. Son dernier propriétaire avait été un étudiant de l'université de Loyola, en 1978. Les pages étaient maculées de *Je hais le disco !* calligraphiés au milieu du prisme iconique de l'album *Dark Side of the Moon* des Pink Floyd.

Je passai ainsi le début de l'après-midi dans le havre miteux de la salle de lecture de la librairie, comme dans un cocon éphémère d'érudition, en tête à tête avec un fonds d'écrits rassemblant le génie collectif des siècles.

En feuilletant le volume consacré à Tolstoï, je tombai sur l'histoire d'Ilitch et parcourus rapidement le texte à la recherche d'une petite phrase : le verdict de Tolstoï à propos de la vie de son héros, énoncé avec ce côté abrupt qu'ont les Russes : *La vie d'Ivan Ilitch ayant été on ne peut plus simple et ordinaire, elle avait donc été terrible.*

Cette phrase était si simple et d'une franchise si radicale, et tellement triste, que je me demandais s'il s'agissait d'un effet dû à la traduction anglaise ou si c'était bien ainsi que les Russes s'exprimaient dans leur propre langue, avec la mystérieuse rectitude des philosophes ? C'était le genre de phrase qui marquait une adolescence, une de ces petites phrases comme vous en serinent les profs de lettres en mal de désobéissance, des profs qui poussent leurs élèves les plus impressionnables vers les eaux troubles de la quête d'une vie hors des sentiers battus.

La question à laquelle ils ne répondaient jamais était la suivante : comment survivre hors de l'ordinaire, et qu'y a-t-il, après tout, de si terrible à être un homme banal ?

*

Je rentrai pour trouver l'appartement vide. Malgré moi, j'attendais Lori.

J'essayais de ne pas penser. J'ouvris mon fichier sur la compagnie de théâtre et ajoutai la citation de Tolstoï.

Je n'avais pas encore décidé de quelle manière j'allais décrire Marina.

Une heure plus tard, pas plus avancé, j'étais en train de préparer du café quand le téléphone sonna. Je décrochai en m'attendant à entendre la voix de Lori ou de Marina.

Ce n'était ni l'une ni l'autre.

C'était la directrice de la maison de santé de ma mère, Jane Cantwell – un vampire assoiffé de solvabilité qui, quand elle était petite, s'amusait sans doute à noyer des chatons.

La Cantwell affecta un ton soucieux. Elle s'inquiétait, voyez-vous : je n'avais pas téléphoné à ma mère ces deux derniers week-ends, et accessoirement j'avais changé de numéro de téléphone.

Puis elle passa aux choses sérieuses.

Je l'écoutai me faire la leçon d'une voix condescendante, m'informant que le règlement de l'EHPAD Potawatomi était très clair sur ce point : l'absence de versement pendant deux mois consécutifs était considérée comme défaut de paiement et donc passible de la radiation de la pensionnaire à la discrétion du Conseil d'Administration.

Je lui coupai alors la parole, l'appelant par son prénom avec une cordialité affable, comme s'il s'agissait d'un malencontreux oubli. « Je suis encore en plein déménagement, Jane. Ma vie est sens dessus dessous. »

Elle essaya de dire quelque chose, mais moi, pauvre homme affolé, je ne la laissai pas parler et lui balançai toute la sauce. J'évoquai avec une sublime ferveur l'engagement de ma mère du côté de la *Liberté américaine*, son sacrifice à Dieu et à la Patrie, la tragédie d'une famille plus unie encore après la mort en Corée de ses deux frères aînés dans la défense du 38e parallèle.

Je célébrai la gloire et les misères d'une existence entière dans cette langue puissante que l'on attend de nos présidents, mais, bien sûr, la Cantwell resta de marbre. En vérité, si Martin Luther King avait entonné son « Je fais un rêve » au bénéfice d'un cas particulier, et non en termes généraux, il n'aurait sans doute même pas obtenu un Happy Meal gratis au McDonald, et ne parlons pas des droits civiques de tout un peuple ! Il est un mode d'expression nous permettant de communiquer entre nous dans notre vie quotidienne, antiromantique et ne laissant aucune trace mais qui déboulonne la dureté de cœur sur laquelle repose toute existence humaine : cela s'appelle le langage de la survie.

Lorsque j'eus terminé, la Cantwell dit : « Vous êtes au courant pour la pénalité de retard de trois pour cent.

— Je le suis maintenant, Jane, merci *infiniment.* »
Elle raccrocha.

Et je me sentis descendre d'un cran dans les strates de la dépression. Nous avions un passé tous les deux : j'associais la Cantwell à la haine viscérale de moi-même qui avait été une des causes de mon départ de New York. À l'époque, elle m'avait rendu fou avec ses questionnaires interminables correspondant soi-disant à une conception holistique des soins à prodiguer à des personnes âgées à l'autonomie déclinante afin qu'elles puissent acquérir une indépendance à leur mesure.

Ce genre de bouillie sémantique avait le don de me dégoûter. J'avais tout de suite compris que son but était de gagner le plus d'argent possible. Aussi avais-je examiné ses titres. Elle avait un master de littérature américaine classique, un détail troublant mais qui expliquait pourquoi elle s'était permis d'inscrire en anglaises gaufrées sur la lettre de présentation de l'EHPAD une citation de *Walden* de Thoreau – *Influencer la qualité de la journée… voilà le plus grand des arts !*

Je conservais la pile de brochures, que je feuilletais d'un regard éloigné d'artiste en n'y déchiffrant que le double langage à la Orwell affectant le secteur tertiaire postmoderne, dans lequel étaient préconisées des structures d'accueil où des tâches aussi simples que se laver, s'habiller, se peigner, etc, étaient évoquées discrètement sous le vocable « modalités d'assistance ».

J'aurais pu à la rigueur encaisser cette langue de bois si, en rendant visite à ma mère, je n'avais constaté justement une nette détérioration dans l'accueil tel qu'il était pratiqué. L'infirmière de ma mère m'expliqua qu'en élargissant le champ des « services non médicaux », la Cantwell avait licencié en masse le personnel paramédical compétent. Elle les avait remplacés par des stagiaires non rémunérés issus de l'université locale qui cherchaient à obtenir de bonnes notes dans des matières comme « le service à la personne », « l'assistanat en maison de retraite », « la diététique du troisième âge » et, pourquoi pas ? « le management en torche-cul » !

Sur le chapitre des soins gériatriques, on oscillait entre *incrédulité* et *réalité* – incrédulité devant les sommes folles que cela coûtait et réalité de la solution alternative : voir la chère âme clouée à un fauteuil de relaxation chez soi pour le restant de sa vie.

Je m'en étais un jour ouvert à Chapman, alors que je lui réclamais une avance sur mon salaire, ce qui lui avait inspiré une analyse comparative de la culture eskimo. À le croire, au cours de la désagrégation des coutumes ancestrales sur le chemin de la modernité, les vieillards devaient être conduits de force au bord de la banquise et abandonnés à leur sort – tandis qu'autrefois, mus par une meilleure vision de l'au-delà, ils quittaient de leur propre chef l'igloo pour s'en aller mourir seuls.

La question que Chapman se posait était de savoir pourquoi nous nous cramponnions si fort à la vie. Cette question fondamentale semblait revêtir pour lui une importance particulière, puisque cela soulevait le problème sous-jacent de la crise de la modernité – notre peur de la mort dans un univers sans Dieu.

Ce qu'il faudrait à notre monde moderne, me dis-je, c'est qu'un convoi d'autobus passe dans la nuit, afin de faciliter la prise de décision en ce qui concerne les personnes âgées, ce qui nous tirerait de notre embarras éthique devant la mort et l'agonie.

Me tournant vers mon ordinateur, j'ouvris un nouveau document et paraphrasai quelque chose qu'il avait dit : « Si la vie moderne a quoi que ce soit à nous apprendre, c'est à considérer à parts égales les moyens de donner la vie et les moyens d'y mettre fin. »

Je n'allais pas plus loin. On aurait dit le début d'une lettre de suicide. Cela me rappela aussi ce que Chapman avait *peut-être* fait à la jeune disparue. Je m'étais plus d'une fois surpris à repenser à ce *snuff movie*, sans jamais m'autoriser à aller plus loin. J'avais encore la cassette. Elle était d'ailleurs ici, dans l'appartement, avec moi, car, par mesure de précaution, je l'avais rangée dans un des cartons que j'avais moi-même déménagés en priorité.

Je sentais la fatigue me gagner. J'avais perdu l'habitude d'écrire. Je chassais la VHS de mon esprit.

En buvant mon café, je ramassai le formulaire de demande, partiellement rempli par mes soins, d'une carte de crédit offrant un délai de grâce de six mois avant le traitement du transfert de solde des impayés de mes autres cartes. Sur la couverture du dépliant, une belle femme d'âge mûr, debout sur la terrasse d'une maison en bois de bord de mer, vêtue d'un pull ample et tenant à la main un gobelet de *latte*, contemplait les rouleaux sur fond de coucher de soleil. Seul le logo de VISA dans le coin supérieur droit indiquait qu'il s'agissait d'une pub. À quel autre moment de l'Histoire une société a-t-elle aussi ouvertement nié l'évidence des crises tout à la fois individuelles et collectives, en se cachant derrière l'écran de la dette... derrière l'espoir de jours meilleurs ?

Il n'existait plus ni soubassement économique, ni véritable sens de la valeur absolue – ce qui ne m'empêcha pas de compléter ma énième demande de carte et de mentir sur mon salaire.

En repliant le dépliant, j'eus subitement envie de téléphoner à Marina. Envie de me brancher sur son réalisme pur et dur, de l'entendre défendre un régime totalitaire de littéralistes de la fiscalité, avec leurs plans quinquennaux, leurs montagnes d'écrase-merde, leurs queues devant les boulangeries et leur pauvreté endémique. Envie de l'entendre protester contre une monnaie déconnectée de l'étalon or et une nation assez téméraire pour se fier à un moyen de paiement garanti par une foi religieuse aveugle – *In God We Trust*[1].

1. Devise inscrite sur la monnaie des États-Unis.

Je voulais l'entendre m'expliquer tout cela, ou plutôt j'avais envie d'entendre le son sa voix. Je composai le numéro de son hôtel. Mon cœur se mit à battre très fort quand le standardiste répondit, et quand il demanda mon nom, je raccrochai sans un mot.

Alors qu'en ce dimanche soir, sept heures se muait en huit sans que Lori ait encore donné signe de vie, je mangeai un sandwich beurre de cacahouète confiture en buvant un grand verre de lait très lentement. J'étais content. La solitude avait du bon.

Et surtout je repartais de zéro.

Je déposai mon assiette et mon verre dans l'évier, les passai sous le robinet et les rangeai sur l'égouttoir. À mon bureau, je regardai de nouveau le paquet de photos que j'avais été retirer et songeai que la performance des asticots et des gardes militaires était porteuse d'un message politique minimaliste d'avant-garde auquel peu d'Américains pouvaient être vraiment sensibles, ce qui suggérait que nous nous étions égarés en cours de route. Et si nous étions en voie de perdre, entre autres choses, notre aptitude à l'Amour, à la Compréhension, à la Compassion, à moins que cela ne soit déjà fait ?

Puis, en effectuant un tri parmi mes photos, je me dis que cette manifestation était finalement trop apprêtée, en porte-à-faux avec la sensibilité politique occidentale, et j'avoue que je l'aurais définitivement cataloguée comme telle sans l'entrée en scène de Marina, étourdissante de beauté et d'une grâce naturelle inouïe au milieu de cette mascarade. Le photographe amateur que je suis avait réussi à saisir l'érotisme de cette apparition, en mouvement, hissant sa pancarte à bout de bras au-dessus de sa tête. Sa présence charnelle tran chait sur le combat abstrait que menaient les asticots et les gardes masqués.

Dans mon article, je l'assimilais à ces femmes qui ont exprimé leurs instincts révolutionnaires à travers leur féminité, de Lady Godiva à la matrone aux seins découverts de Delacroix menant le peuple de Paris à l'assaut de la couronne ; ces femmes qui ont dévoilé leur nudité pour en faire le symbole de leur terre natale.

Je me sentais mieux rien qu'à dactylographier son nom – Marina, la madone de Stalingrad. Elle offrait la vision de quelque chose qui existait en dehors de notre réalité mercantile, l'invective politique de la compagnie tout entière éclipsée par les pleins et les déliés de son corps, nous rappelant qu'avant l'émergence de la politique ou de la guerre, avant même l'idéologie, il y avait la Beauté.

Alors que je terminais de peaufiner mon article, je me postai à la fenêtre. Je savourais la satisfaction d'avoir derrière moi une bonne journée de travail.

Je regardais comme hypnotisé la neige qui continuait à tomber en flocons tourbillonnants. C'était ainsi que j'avais envisagé ma vie lors du succès de mes deux premiers romans : une vie détachée des contraintes qui me laissait seul avec mes pensées jouir d'une liberté que peu de gens sont aptes à connaître.

J'étais chez moi dans le silence vespéral. Le temps ne voulait plus rien dire. C'était comme si j'avais habité ici toute ma vie.

*

Par la fenêtre, je vis un taxi approcher phares allumés sous la neige.

Quelques secondes plus tard, Lori se matérialisa, chaussée de moon boots et drapée dans un long manteau. Elle eut un peu de mal à sortir son sac, puis elle se pencha dans l'habitacle pour régler sa course.

Je fus un instant tenté de fermer toutes les lumières et de faire semblant de ne pas être là. Elle traversa la cour et sonna en bas. Ce fut comme un choc électrique. En me tournant vers l'intérieur de ma chambre, je fixai l'écran de l'ordinateur qui luisait dans le noir, y cherchant une source d'inspiration ou de courage, mais pour finir, je me contentai d'appuyer sur le bouton de l'interphone.

Je m'étais tenu sur le seuil d'une vie nouvelle pendant seulement trois jours.

Sur le palier, je me penchai pour regarder Lori monter l'escalier en double hélice d'ADN, ignoble métaphore de notre situation, même si ce n'était pas le moment de jouer sur les mots. Alors qu'elle achevait son ascension, pour briser la glace, je dis : « Qui a besoin d'un Stairmaster, quand on habite au quatrième ? Les gens ne savent plus ce que c'est que l'exercice naturel. »

Lori était toute rouge, moins sans doute à cause de l'effort physique qu'elle venait de fournir que des suites de l'interminable démêlé qu'elle avait inévitablement eu avec Deb.

Je la soulageai de son sac en bandoulière et de son journal sans plus de cérémonie que si elle rentrait du bureau. Elle avança d'un pas hésitant dans le séjour en étudiant de loin la kitchenette. Je me rendis compte soudain qu'elle ne connaissait pas l'appartement.

Dans la petite chambre à coucher, le fichier sur lequel je travaillais était ouvert, et il y avait des feuilles de papier en désordre, des photos et le classique abrégé de Tolstoï.

Lori passa le doigt le long de la tranche et articula comme si les mots lui coûtaient : « Qui lit Tolstoï ? » Et se tournant vers moi, elle ajouta : « Tu as l'air installé… Je m'en voudrais de t'interrompre en plein travail.

— J'avais fini pour aujourd'hui, de toute façon. »

Après une légère hésitation, elle prononça : « Je pourrais tout mettre sur le dos de Deb… Ce serait la manière la plus facile de m'en tirer, non ? »

Elle avait sûrement répété ces deux répliques dans le taxi en venant de la banlieue. Je ripostai : « C'est ta sœur. Je suppose que c'est le rôle des sœurs, de veiller les unes sur les autres. »

Sans cesser de jeter les yeux autour d'elle, elle précisa : « Ce n'est pas moi qui ai voulu venir. C'est à cause de Ray. Il m'a jetée de chez Deb.

— Ray est le seul qui ait un peu de jugeote. Cela confirme ce que j'ai toujours pensé.

— Tu crois ça… Ray a fini par se retrouver coincé sur l'Eisenhower Expressway derrière un chasse-neige. Il a perdu le contrôle de la voiture. Tu sais qu'il a un permis de conduire conditionnel. Il n'a pas le droit de rouler sur l'autoroute. Un motard l'a arrêté. On a dû attendre trois heures sur la bande d'arrêt d'urgence de l'Eisenhower qu'une dépanneuse veuille bien venir nous remorquer, et pendant ce temps, Ray s'est mis à chialer comme j'ai encore jamais vu personne chialer, il tapait sur le volant. »

14

Vers deux heures du matin, je me réveillai pour m'apercevoir que Lori était sortie sur la pointe des pieds, en laissant la porte d'entrée entrouverte. Immobile sous les draps, je tendis l'oreille vers le palier, mais je n'entendais pas ce qu'elle disait. À cette heure, elle parlait sans doute à Deb : elle lui livrait un compte rendu de l'accueil que je lui avais ménagé.

Je ne décollai pas du matelas gonflable jusqu'à ce que Lori soit revenue dans l'appartement. Puis je me levai, me soulageai dans le minuscule WC et revins par la kitchenette.

Lori, assise à la petite table, faisait des mots croisés en mangeant un des croissants au sucre que j'avais réservés à mon petit-déjeuner dominical, pour accompagner mes œufs, bacon et lait, le tout acheté dans le but de me prouver que je pouvais très bien vivre seul parfaitement heureux.

« Je ne voulais pas te réveiller… » Elle se tourna vers le radiateur qui sifflait et ajouta : « On crève de chaud ici.

— Toutes les charges sont comprises. Tu peux rester sous la douche une semaine sans jamais manquer d'eau chaude. Nous profitons des largesses de la communauté. Il y a une chaudière d'une taille monstrueuse au sous-sol. »

La conversation était poussive. Lori retourna à son journal et je lui tournai le dos pour prendre la cafetière.

« J'ai vu quelque chose qui pourrait t'intéresser. »

Je lui tournais encore le dos. « Quoi donc ? »

J'entendis un froissement de papier journal. « Tu n'as pas interviewé une Russe ? »

En évitant de croiser son regard, je fis toutefois volte-face pour répondre d'un ton détaché : « Dis plutôt que c'était un reportage sur une compagnie de théâtre. »

Lori me regardait à présent comme si de rien n'était, comme si nous ne nous étions jamais disputés.

« C'est bien ce que je pensais, et tu prétends que je n'écoute jamais ce que tu dis. »

Elle tourna quelques pages et me tendit le journal.

Le chapeau d'un article était entouré au crayon. *Meurtre brutal d'une artiste russe. La police mène l'enquête.* Je fus parcouru d'une vague de nausée.

> *La police de Chicago recherche les individus qui ont violé et tué une femme avant de tenter de mettre le feu à sa dépouille dans une voiture volée.*
>
> *À 3 h 30 ce vendredi, la police et les pompiers ont répondu à un appel signalant une voiture incendiée dans la cité de Cabrini Green. À leur arrivée, les intervenants ont découvert dans le coffre de la voiture le corps d'une femme. La victime était morte.*
>
> *Des effets personnels retrouvés non loin de la scène de crime ont permis à la police d'identifier la victime comme étant Marina Kuznetsov, vingt-quatre ans, une citoyenne russe qui voyageait aux États-Unis.*

Elle appartenait à une compagnie de théâtre de rue d'avant-garde et avait fait sensation dans une performance où elle se montrait nue.

D'après les déclarations des comédiens de la compagnie, Marina Kuznetsov a quitté seule l'United Center à pied au cours du match des Bulls de jeudi soir. Ne connaissant pas les lieux, elle se serait perdue dans Cabrini Green.

Une note de bas de page tragique de plus à mettre aux chroniques de la violence omniprésente dans la cité. Des témoignages anonymes laissent à penser que Marina Kuznetsov a subi plusieurs agressions en l'espace de quelques heures, de la part de multiples individus et en plusieurs lieux.

Au moment où je posai le journal, Lori déclara d'un ton neutre, comme si ce n'était rien : « Alors, elle était comment ? »

Je la regardai. Je respirais péniblement. « … *Comment ?*

— Ils disent qu'elle se montrait nue pendant ses performances. C'était quoi… une allumeuse ? »

Mon sang se glaça. Mais je me retins. Après ce que nous venions de traverser, je préférais éviter un conflit et céder à son aimable enjouement. Soit dit en passant, elle est le genre de nana qui, en dépit des turpitudes de son adolescence, n'aime que les films insipides et hors réalité comme *Risky Business* et *Pretty Woman*, de la grosse « daube » anti-intellectuelle qui n'a pas empêché dans la vraie vie Tom Cruise d'embrasser la scientologie, ni un autre acteur de se fourrer une gerbille dans le cul avant de trouver la paix et la rédemption auprès des moines tibétains.

Je ravalais la diatribe qui me montait aux lèvres pour prononcer d'une voix songeuse, en opinant du chef : « Tu as raison, dans un sens tu aurais pu la prendre pour une allumeuse, mais pas dans le sens américain… plus… à l'européenne. »

Lori croisa les jambes, l'air passablement intriguée. « Comment ça… à l'européenne ?

— Je ne sais pas, répondis-je en haussant les épaules. Je la qualifierais plutôt de contestataire… les doux rêves utopistes des années soixante, tu vois. Elle avait assisté à la chute du mur de Berlin.

— Et alors, c'est une raison pour se promener à poil ?

— Je n'ai pas eu l'occasion de lui poser la question, lui répondis-je franchement. À mon avis, dans son univers, dans son théâtre imaginaire, tout était métaphore. Peut-être la nudité était une image de la vérité. »

Lori émit un bruit de bouche, comme pour mettre un point final à la discussion.

Sa chemise de nuit s'ouvrit légèrement, et je remarquai pour la première fois que sa jambe présentait des veines apparentes.

« Je trouvais que c'était, tu sais, *bizarre*, que tu l'aies interviewée justement.

— J'ai plus interviewé la troupe qu'elle, si tu veux savoir. »

Je lui offris un croissant : « Tiens, manges-en un autre. Ils sont bons, tu trouves pas ? »

Lori prit un air faussement horrifié : « Tu veux me faire grossir ?

— *Moi* ? » m'exclamai-je en la regardant avec des yeux ronds.

Je voyais d'ici l'enfer qu'était la vie de Deb, et les circonstances qui m'avaient ramené Lori.

Quelques minutes plus tard, Lori déclara : « Je crois que je vais prendre une douche. »

J'entendis l'eau couler. Nous étions condamnés à la promiscuité. Voilà la nouvelle réalité de notre proche avenir.

Elle cria de la salle de bains : « J'espère que l'eau n'est pas dure. Sinon je vais avoir les cheveux esquintés… »

Elle s'encadra dans la porte en se brossant les cheveux, déjà complètement nue.

Je ne pus m'empêcher de revoir Marina avançant avec sa pancarte, l'image indélébile du V parfait sur sa toison pubienne, la courbe de ses côtes et de ses petits seins, la phrase tenue à bout de bras : *Je n'ai rien à vous vendre !*

Lori continuait à parler : « Quand j'étais petite, on avait de l'eau dure à la maison.

— Du calcaire ? proposai-je.

— *De la chaux…* »

Elle retourna dans la salle de bains.

Je fermai les yeux et tentai de sonder mes émotions véritables au regard de la mort de Marina. Elle n'était plus là. Je m'assis à la table et tirant le journal vers moi, je laissai mon doigt s'attarder sur son nom, Marina, comme si ce contact tactile avait le pouvoir de m'apporter quelque clairvoyance sur la nature de nos relations.

Mon regard s'arrêta sur l'heure du meurtre – 3 h 30 du matin.

Je relus l'article, jusqu'au paragraphe : *Une note de bas de page tragique de plus à mettre aux chroniques de la violence omniprésente dans la cité. Des témoignages ano-nymes laissent à penser que Kuznetsov a subi plusieurs agressions en l'espace de quelques heures, de la part de multiples individus et en plusieurs lieux.*

Une nausée me tournait le cœur à la pensée de ce qu'il était advenu d'elle pendant ces heures de cauche-mar où elle avait été captive, ses idées politiques aux prises avec le rictus et les dents en or de ses tortion-naires, dans le no man's land répugnant du ghetto.

En lisant entre les lignes, on comprenait que son cadavre avait été déplacé après le meurtre, qu'il s'agis-sait d'une tournante perpétrée par un gang, et que cette femme blanche traînée d'un lieu à l'autre était à la fois une victime et un trophée.

Étant donné le vent d'orage qui soufflait dans mon couple, je me disais que j'avais une sacrée chance, alors que j'avais téléphoné à Marina quelques heures seule-ment avant sa mort, de ne pas avoir été convoqué au poste de police. Je savais en effet que ce serait fini entre nous si jamais Lori apprenait que j'avais dragué une comédienne, ou que Marina m'avait rappelé au cours de la nuit la plus noire de sa vie, la vie de Lori, la nuit où elle avait compris qu'elle n'enfanterait jamais.

Ce qui était arrivé à Marina avait la tristesse de l'évi-dence : la sous-culture du ghetto avait eu sa peau, une tragédie, la naïveté d'une étrangère, ivre et à pied, *à pied !* ignorante des subtiles nuances du mode de vie américain, car qui d'autre qu'un citoyen de notre grande nation pourrait imaginer que l'on songe même à construire une salle omnisports aussi prestigieuse que l'United Center, domicile des Bulls de Chicago, au milieu du ghetto ?

Apparemment pas la belle et exaltée Marina Kuznetsov, paix à son âme, rescapée de la guerre froide, témoin de la chute du mur de Berlin, morte loin de son pays pour n'avoir pas été avisée du principe de précaution le plus élémentaire.

15

Le lundi matin, je reçus un appel de routine d'un enquêteur à propos des coups de fil que j'avais passés à Marina après minuit.

L'interrogatoire dura dix minutes chrono. Tout en lui expliquant que l'hebdomadaire *L'Étranger* m'avait commandité un reportage sur la compagnie de théâtre, j'eus l'impression que le type à l'autre bout brillait plutôt par la lassitude : une affaire sitôt ouverte, sitôt close, vu l'endroit où Marina était morte.

Tout ce que j'avais à lui fourguer, c'étaient les détails de notre dernière conversation quand elle m'avait appelée, soûle et d'humeur chagrine. Je ne m'étendis pas sur le sujet, évoquant surtout notre discussion philosophique et politique. Je savais que le policier avait écouté les messages du répondeur. Mais ce que je lui disais n'eut pas l'air de l'intéresser. Il me coupa finalement la parole au milieu d'une phrase : il devait prendre un autre appel.

Un épilogue abrupt : mon implication tangentielle dans la triste fin de Marina passait à la trappe, et par la même occasion j'avais eu un aperçu de ce à quoi ressemblait le fameux surmenage des services de police.

Choisissant d'oublier qu'elle m'avait traité de « couillon de mari », je rendais à Marina son flambeau de candeur intellectuelle. Son antagonisme était dicté par des intentions philosophiques, non dans le but de vous désarçonner ; elle vous poussait à réévaluer ou à prendre la défense de vos opinions. Il y avait sans aucun doute quelque chose en elle de mercurien, une curiosité dont la hardiesse à la fin lui avait coûté la vie.

Je passai ma matinée à coucher par écrit cet ensemble de réflexions, dans une simili-nécro à ajouter à mon article sur elle que j'avais intitulé « Je n'ai rien à vous vendre ».

Je décidai de me rendre à *L'Étranger* afin d'avoir une vraie entrevue avec Nate et m'assurer que mon article, à cause du décès, ne serait pas sabordé. J'en fis un tirage papier avec une page de titre et y agrafai la photo de Marina marchant, ses jambes effectuant un mouvement en ciseaux, dévoilant le V de sa toison pubienne rasée tel le bouc de Lénine.

*

Le loft de l'immeuble en briques rouges éveillait le souvenir des gigantesques machines industrielles qui jadis en ce lieu même produisaient à la chaîne, à l'époque où on fabriquait vraiment des choses. Un peu comme un musée vivant, il retenait entre ses murs une esthétique d'un autre temps, moins la crasse et la sueur.

C'était un peu irréel. Et le plus troublant, c'est que les occupants de l'immeuble avaient tous l'air d'avoir moins de vingt-cinq ans.

Le premier étage avait fait l'objet d'une « renaissance urbaine », autrement dit on y trouvait de petites entreprises annoncées par des plaques en cuivre, des snacks, une boutique de T-shirts, une agence de pub, un salon de coiffure, une boutique de produits pour le bain, un magasin de cycles, une boulangerie bio qui diffusait une odeur de modernité domestique idéalisée.

L'ascenseur qui menait à *L'Étranger* était un tube en verre à la machinerie apparente exposant un système complexe de treuils, de pistons et de poulies.

Une punkette à la crête iroquoise vert fluo, en collants résille et T-shirt Sex Pistols, s'opposa à ce que je parle à Nate, sous prétexte qu'il était « indisposé ».

Je lui demandai poliment : « Quand sera-t-il disposé ? »

Elle n'épilogua pas, se bornant à se tourner vers l'écran de son ordi.

Son accoutrement ne trompait personne : elle était moche, et son agressivité n'était qu'une façade. Je souris toutefois : il me fallait ce job.

Sur son bureau, le porte-nom indiquait *Chastity*.

« C'est un nom ou une devise ? » dis-je.

Elle leva brièvement les yeux.

« Vous êtes *vieux*. »

Dieu merci, Nate eut alors la bonne idée de sortir de son vaste bureau, attiré hors de son antre par le layout d'une pub pour la multinationale American Express. L'image d'une femme en tailleur manifestement bonne cliente d'une banque luxueuse donnait une touche de légitimité à l'entreprise – car de quoi s'agissait-il d'autre que d'un hebdomadaire de la presse gratuite ? On avait du mal à imaginer que l'argent coulait assez à flots dans notre économie pour permettre à un magazine de se financer uniquement à coups de publicités, et pourtant c'était le cas.

Dans un bref aparté sur le chemin de l'ascenseur transparent, Nate m'informa que l'article sur Marina n'était pas sur la liste de ses priorités. Il préférait ne pas compliquer l'enquête en cours. En plus, ce reportage n'était pas grand-chose. Il n'avait pas de place pour les chiens écrasés, mais il ferait tout son possible…

Je lui montrai la notice nécrologique que j'avais écrite. Nate sourit aimablement, et me prit mon papier.

Il était pressé. Il avait à la main la maquette du journal avec la pub pour American Express. Ça sentait la colle, le vrai travail.

*

Pour m'en tenir à ma résolution de devenir un bon mari, je me mis à me lever tôt pour préparer à Lori son petit déjeuner. Nous voilà, après tout ça, de nouveau réunis. Avant de quitter l'appartement, nous nous étions débarrassés du trop-plein chez Goodwill[1]. Nous avions littéralement allégé notre fardeau.

Nous étions comme de jeunes mariés. Nous dormions sur un matelas sans sommier. Notre lampe de chevet avait une ampoule faible et un abat-jour ébréché – je l'avais récupérée dans la poubelle. Elle marchait ! J'achetai une petite télé que je posai sur sa boîte d'emballage.

Nous économisions en dépensant le moins possible. J'avais réussi à la convaincre. Une habitude que nous

1. Magasin de type Emmaüs. *Good will* signifie « bonne volonté ».

étions loin d'être les seuls à avoir perdue. Ce que nous avions laissé derrière nous ne nous manquait pas. Tous les jours, je lui disais des trucs comme : « Bon, dis-moi maintenant, qu'est-ce que tu n'as pas acheté aujourd'hui ? »

Je faisais comme si c'était un jeu, de sorte que nous ayons l'impression de gagner. Nous étions des initiés, plus malins que tout le monde. Nous avons ainsi regagné une aisance que nous n'avions pas connue depuis longtemps. Parfois, en sortant de la douche dans l'espace exigu de notre logis, Lori me prenait dans sa bouche comme aux premiers jours de notre amour, les cheveux aussi lisses que le pelage d'un phoque, rien que pour me faire plaisir.

Le seul problème était la chaleur d'étuve qui régnait dans l'appartement. Les robinets des vieux radiateurs étant bloqués par une couche de peinture, on ne pouvait régler la température. Lori me tannait pour que je demande à Ivan de monter les réparer.

*

Dans les jours qui suivirent, je subis une métamorphose aussi profonde que celle du cancrelat de Kafka, mais à l'envers, puisque je redevins un homme et tournai le dos à l'insecte que j'avais été.

En observant dans la cour les vies compartimentées de mes voisins, le sentiment d'intimité que j'éprouvais me donnait l'impression d'appartenir à une communauté, ce qui me changeait radicalement de l'anonymat de notre ancien appartement. Je me mis à parler de notre existence passée comme d'une maladie. « Le syndrome de la tour d'ivoire. »

Ce lieu-ci me rappelait *Fenêtre sur cour* de Hitch-cock. J'avais la nostalgie d'une époque où les adultes s'habillaient avec élégance, où les hommes distingués comme Jimmy Stewart portaient du tweed et les femmes des perles – une époque où les grandes personnes se conduisaient en grandes personnes.

Cet amalgame avec *Fenêtre sur cour* me donnait l'illusion de me découper dans l'œil d'une caméra qui se serait tenue braquée sur moi dès le saut du lit : dès que je faisais mon entrée en scène sur le plateau de ma propre existence. Je me mis à m'exprimer en construisant des phrases grammaticales, m'écoutant parler certes, mais avec ce timbre léger, spirituel et sympathique des sitcoms des années cinquante. Je me donnais à fond à ce rôle, m'imaginant en train de saluer sous le crépitement des applaudissements, galvanisé par l'enthousiasme de tous ces braves gens sans histoires, et par les rires en boîte.

Je confiai à Lori que j'avais envie de vivre en pleine lumière, toutes fenêtres ouvertes, d'entendre le rire et les larmes, d'écouter aux portes, de dénicher l'émotion des hommes dans leur forme la plus authentique. Par exemple, deux voisins gays semblaient avoir entamé un flirt alors que tous les deux sortaient leurs chiens respectifs de bon matin.

Un matin justement, je tirai Lori vers la fenêtre en lui demandant : « Oublie tes préjugés discriminatoires et dis-moi si cela ne te rappelle pas ce que nous étions autrefois ? »

Même ici, dans ce quartier qui s'était choisi un mode de vie que l'on dit alternatif, il n'y avait pas un nombre infini de façons de se rencontrer. Je regardais les chiens se tourner autour, leurs laisses s'emmêlant, les deux gays de plus en plus relax ; les petits chiens levaient la patte, et quand ils pissaient il y avait une petite fumée.

Cela donnait du pathos à la vie.

Même en des lieux tels que celui-ci, le désir étendait son empire sur ces échanges mutiques.

*

Tous les matins, après le départ de Lori, je relisais quelques critiques du livre de Fennimore en buvant mon café, afin de retrouver la pêche que j'avais eue le jour où ils avaient découvert ce que mon travail avait de génial. J'en avais par-dessus la tête d'attendre que mon agent daigne me téléphoner. Je sentais que je devais persévérer et regagner ma vie d'écrivain.

Je fis du lieu lui-même la métaphore prédominante, écrivant pour écrire, m'efforçant de rendre une voix, à l'affût des jeux de l'ombre et de la lumière, des bruits qui montaient et descendaient comme des vagues dans le dédale des ruelles. Je consignais ce nouveau monde dans ma mémoire tel un aveugle apprenant un nouvel itinéraire entre son domicile et le supermarché, comme s'il s'agissait d'une question de vie ou de mort, et ça l'était en effet, dans un sens. Je traduisais des expériences au-delà du visuel, au-delà du littéral, laissant à tous mes sens le soin d'absorber la signification du lieu, la somme totale de sa véritable essence – ce que je tenais pour la fondation de l'Art.

Alors que je cherchais à donner une forme cohérente à ce flot d'images et de scènes, je me postais à la fenêtre et m'abîmais dans la vue de la cour. Je m'étais habitué à la voix râpeuse d'Ivan. En mon for intérieur, je le surnommais « Ivan le Pas-si-terrible ». Car tout bien considéré, il n'était pas le maître, sous la férule de sa babouchka pot de tabac, Dacha son épouse, à présent occupée à répandre du sel à la volée : une paysanne donnant à manger aux poules.

Elle crachait dans ses mains comme un homme avant de s'emparer de la pelle à neige. Je l'avais vu faire plus d'une fois.

Des personnages insolites, une anomalie dans ce quartier gay, d'autant plus qu'ils étaient une famille d'immigrants. J'avais aussi développé une certaine curiosité pour la fille d'Ivan, Elena, notant avec quelle application elle faisait le ménage dans les parties communes de l'immeuble après l'école, passant l'aspirateur et la serpillière dans les escaliers de cet agglomérat d'appartements qui se pressaient autour de la cour.

Elle ne semblait pas avoir de vie en dehors de l'école et du ménage.

Son arrivée chaque jour coïncidait avec le moment où je sortais prendre le courrier. C'est ainsi que j'ai fait sa connaissance, et celle de Serguei son frère, un gamin de sept ans irascible et maladif, à la bouille ronde d'orphelin du XIXᵉ siècle. Pendant qu'Elena trimait, Serguei jouait sans se lasser aux petites voitures sur le carrelage immaculé du hall d'entrée.

Il refusait de s'écarter en me voyant arriver, si bien que trois jours après mon emménagement officiel, je posai par inadvertance le pied sur une de ses voitures et tombai les quatre fers en l'air, au risque de me rompre le cou, un incident qui affola Elena, terrifiée à l'idée que je me plaigne.

Puisé dans le sentiment d'avoir un but ainsi que dans la sensation de commencer une nouvelle vie, peu à peu émergeait le fil d'une voix narrative.

La pauvreté, me disais-je, était la condition naturelle de l'artiste, après tout.

Dans les jours qui suivirent, je retrouvais une ancienne veine d'inspiration. Avec l'arrière-pensée que Chapman avait sans doute été mêlé à l'affaire des disparitions, de dessous une latte disjointe du parquet, je sortis le *snuff movie*. J'aurais dû bien sûr m'en débarrasser, mais cette cassette était pour moi un talisman possédant une fonction révélatrice, une source d'idées qui m'avait permis de dépasser la biographie plaintive de mon père. C'était cette vidéo qui avait intéressé Fennimore, ou plutôt la manière dont j'en avais tiré une parabole sur l'aliénation des Temps modernes.

Je fermai les rideaux, et j'attendis. Quelques instants plus tard, des lettres en gothique s'affichèrent – Le Chevalier de la Résignation Infinie.

Mon pouls s'accéléra.

Comme je connaissais le film par cœur, je savais d'avance quand arrivait le fondu enchaîné sur la victime encagoulée, ligotée à sa chaise dans une pièce nue. L'image possédait encore toute sa puissance d'impact, avec le côté surréaliste de la cagoule percée de trous grossiers pour la bouche et les yeux.

Ne pas savoir si c'était « pour de vrai » rendait la chose d'autant plus piquante. Surtout depuis que je savais que Chapman avait fait de la taule pour crime sexuel.

À un moment donné, j'en étais venu à assimiler la victime à la maîtresse de mon père que ce dernier avait étranglée, quoique, paradoxalement, le contenu de cette cassette m'avait aussi permis de prendre une distance narrative entre moi et eux, entre moi et *leur* histoire.

Cet effet de distance psychologique me menait au-delà de la campagne du Michigan au cœur du cauchemar urbain de Chicago, dans un appartement anonyme.

Cet après-midi-là, solitaire en mon gîte, je retrouvais la voix cachée, le flux de pensée du criminel s'écoulant dans ma conscience, trahissant le désir abject de conquérir ce qui lui avait manqué toute sa vie : le *Respect*.

En observant la lente asphyxie par strangulation, je compris que celui qui commettait ce geste évoquait le pouvoir, vieux comme le monde, *d'imposer les mains*, produisant dès lors un effet euphorique, onirique, tel un attrapeur de rêve. L'agonie en perdait de son intensité, la conflagration des regrets et des amours sombrant dans le lent naufrage du continent de sa mémoire, sa conscience s'écroulant littéralement sur elle-même.

C'était l'inverse de la création, une lente dissolution vers le néant qui me donnait presque envie de croire en un au-delà.

Cette VHS, chaque fois que je la regardais, c'était toujours le même choc. Je fus brusquement ramené en arrière, au temps de mes premiers contacts avec Fennimore. Lors d'une de ces séances initiales de collaboration littéraire, il avait ajouté à l'intrigue un nœud subtil : son flic, Harry, recevait par la poste une série de *snuff movies* accompagnée d'une demande de rançon le sommant d'ôter le K à *knight*[1] et de l'accrocher à sa fenêtre en guise d'accusé de réception des cassettes.

Par la vertu d'un simple glissement orthographique, on obtenait une métaphore magnifique, et ce titre, *La nuit de la résignation infinie*[2], qui plaçait le roman dans une optique résolument « anti-Graal », le cavalier (*knight*) disparaissant au profit de la nuit (*night*), du « noir » à l'infini, et transformant la nature ésotérique de la fable de Kierkegaard pour accoucher d'un texte contemporain sulfureux.

C'est en fin de compte ce changement subtil qui retint l'attention des critiques comme des lecteurs, un trait de génie narratif qui souleva chez moi une admiration mêlée d'effroi non seulement devant la connaissance que Fennimore avait du genre, mais encore devant sa capacité à se servir des influences extérieures, afin de les incorporer à son œuvre.

Je me rappelais un de mes grands moments de percée littéraire. Un meurtre particulièrement brutal venait de se terminer sous l'œil de la caméra. J'étais en train d'acheminer mon assassin vers le WC au fond d'un couloir. Encore un peu languissant après le soulagement sexuel et toujours affublé du masque grotesque de Nixon qu'il portait pendant le meurtre, en passant devant un miroir, il s'arrêta net et leva les bras en l'air,

1. *Knight* signifie « cavalier ». En ôtant son K à *knight*, on obtient *night*, « nuit ».
2. *Night of Infinite Resignation.*

mimant le célèbre salut victorieux de notre ancien président.

C'est alors que j'avais vu les yeux reconnaissables entre tous de mon père, ces mêmes yeux qui m'avaient observé dans le rétroviseur sur les routes du Nord. Je ne lui avais finalement pas échappé, à ma muse noire.

Je l'entendais pisser en sifflotant. Se laver les mains.

Je consignais tout cela dans ma mémoire, sans cesser de taper sur mon clavier.

Lorsqu'il était sorti de la salle de bains, il avait enlevé le masque et s'était tourné lentement vers moi en disant : « Chacun démarre dans la vie avec de si grandes espérances ! »

Je l'avais regardé et murmuré un « Pardon. » J'aurais voulu ajouter quelque chose, mais j'étais paralysé.

Il m'avait dit d'un ton neutre : « Il est trop tard. Tu ne m'as pas laissé le choix, mon bonhomme ! »

Puis il avait collé le canon du flingue contre son palais et s'était fait sauter la cervelle.

16

En revoyant la vidéo au cours de l'après-midi, j'étais de nouveau à la recherche de mon père, afin de désamorcer son antagonisme, car je voulais l'attirer dans le cours de ma vie actuelle, cristalliser ses perceptions dans mon écriture, bref prêter une voix et une perspective à ce qui n'était encore que reportage et pas encore récit.

Je dénichai le masque en caoutchouc à l'effigie de Nixon dont je m'étais servi pour appliquer « la méthode[1] » et m'en revêtis. Il faisait déjà une température torride dans l'appartement. J'injectai à ce que j'avais déjà écrit du désespoir, un souffle court, jouant des staccatos sur mon clavier, en proie à une sensation de suffocation quand je parvenais jusqu'au bout d'une pensée.

Par moments, épuisé, j'ôtais le masque, rien que pour pouvoir respirer. C'est ainsi que j'ai révisé certains passages pondus la semaine précédente, en plaçant mon père dans le Chicago d'aujourd'hui, dans cet appartement même, pour qu'il voie à travers mes yeux, écoute grâce à mes oreilles, dans le but de provoquer

---

1. La méthode Stanislavski employée par l'Actors Studio.

en moi un regain de détachement artistique, de clair-voyance, d'aptitude à être un autre.

Souvent dans la vie, quand les choses se passent bien, elles se passent très bien, et à cette heure de percée créative cela se vérifia une fois de plus. Un matin, alors que je travaillais avec la radio en bruit de fond, les conneries d'une auditrice sur la déclaration évasive de Clinton à propos de l'affaire Lewinsky captèrent mon attention.

Je suspendis tout. Fermant les yeux, je laissais résonner sous mon crâne la voix de cette femme, comme si elle ne s'adressait qu'à moi. Une voix issue d'un mouvement de violente réaction chrétienne : car la nation était embarquée dans un mélodrame clinquant avec en tête d'affiche le président des États-Unis, Monica Lewinsky et la confidente maléfique, Tripp, sauf que Monica n'était pas Marilyn, et l'épopée chevaleresque du « nouveau Camelot » de l'ère Kennedy avait été supplantée par une sordide réalité de salle de garde où un président se tapait une grosse nana dans le bureau ovale.

Oui, j'étais en verve, mais pas dans le droit fil du matériau qui avait tant fasciné Fennimore. Et tout à coup, cela me frappa comme un trait de lumière : Nixon, c'était du passé ; la psychose de ma muse, comprenez mon père ; trop guerre froide, trop daté. J'avais perdu un lien essentiel avec la modernité.

Pour la beauté de l'expérience, j'opérai une mue complète en achetant dans un magasin de farces et attrapes un masque de Bill Clinton avec un gros nez du dernier grotesque.

Bien entendu, je mis un certain temps à me dépouiller de l'abnégation zélée de Nixon, de sa réaction viscérale à l'infiltration communiste. Il était, et restera à jamais, un personnage aux intentions aussi nobles que ses actes furent brutaux. Au début, j'eus beaucoup de mal à me brancher sur la vacuité de Clinton. Il m'apparaissait comme le plus bas des présidents, toute sa stratégie étant centrée sur son autopréservation, alors qu'il se servait du jargon juridique pour mentir.

Qu'est-ce que sa popularité disait sur nous en tant que peuple ?

J'écrivais alternativement de la plume de Nixon et de Clinton, en retravaillant les mêmes passages, en quête d'un registre qui sonne juste, style et problématique compris, en me servant moins de Clinton pour faire une étude des mœurs du siècle, que comme d'un symptôme.

Fort de cette nouvelle percée, j'osais faire appel directement à Fennimore. Si seulement je parvenais à lui parler, d'artiste à artiste, j'avais des chances de cartonner. Il me prêterait son honnêteté, sa perspicacité et son génie du genre, car il était un maître du suspense.

Et surtout, je savais que sans son nom sur la couverture, rien de ce qui sortait de moi ne rencontrerait le moindre écho.

En utilisant un numéro qui par inadvertance n'avait pas été effacé de notre correspondance au cours des dernières phases de notre collaboration, je lui faxai une lettre manuscrite, en l'adressant non pas à Fennimore, mais à son personnage, Harry, et en empruntant l'identité de notre adversaire, Charles Prescott Morton, le méchant du dernier roman en date.

C'était une lettre provocante, du style attrapez-moi si vous pouvez, une entrée en matière pour un nouveau roman, et un nouveau duel de l'esprit. En me référant au dénouement du précédent ouvrage, je lui expliquai comment Charles Morton avait, contre toute probabilité, survécu à l'incendie de l'entrepôt qui aurait dû en principe le tuer.

J'insistais sur les souffrances abominables de la série d'opérations qu'il avait endurées dans un centre médical de Mexico, où, si l'on était prêt à en payer le prix, tout était possible, et dont il était sorti un homme neuf.

J'évoquais en passant sa morphinomanie, les interminables nuits de convalescence dans la chaleur d'étuve d'un motel mexicain glauque à souhait, Morton livré aux soins attentionnés d'une beauté aux yeux bruns qui lui changeait régulièrement sa chrysalide de gaze stérile tandis que notre adversaire se remettait à vivre littéralement dans une nouvelle peau.

Je poursuivais en décrivant son périple vers le nord, reprenant en les prolongeant les passages écrits à l'appartement qui mettaient en scène mon père, seul et encore convalescent. Je remodelais les portraits d'Ivan dans la tourmente de l'ivresse et de l'énigmatique Vladimir, pour finir par une vision de la pubescente Elena avec son seau et sa serpillière. Un suspense à donner des sueurs froides s'installait dès sa troublante apparition, ainsi que dans la description du petit Serguei faisant *vroum vroum* avec ses petites voitures rouges dans le couloir, et un croche-patte à Morton.

Quant à Serguei, il disparaîtrait dans les premières pages. Pas de doute là-dessus.

C'était ici que Charles Prescott resurgissait, en même temps qu'une nouvelle esthétique de l'amour et de la politique qui n'avait plus rien à voir avec le réel refroidissant de Harry, le flic vétéran du Vietnam.

Dans la lente maturation de ce que je percevais comme un authentique roman, je mis de côté le projet de non-fiction, qui n'avait d'ailleurs jamais décollé, même si la nature débilitante de mes relations avec Goldfarb et la froideur clinique de l'insémination artificielle affleuraient dans quelques pages naufragées.

Je ne voyais pas trop bien comment j'allais pouvoir caser ce thème jusqu'au jour où en parcourant le cinquième volume de la série de Fennimore, je tombai sur une allusion à une fille que Harry aurait eue et avec laquelle il était brouillé : Tiffany.

D'une indépendance farouche, la trentaine et célibataire, voilà comment je me figurais Tiffany, reprenant pied dans la vie de son père et cherchant à procréer par des moyens artificiels. J'esquissais une scène où Morton suit Harry et Tiffany dans une clinique de la fertilité, et après leur départ se porte volontaire comme donneur de sperme, disséminant le mal à une échelle que seule la technologie médicale était en mesure de permettre. À la fin du roman, j'imaginais une série de naissances indépendantes, un éparpillement de baigneurs emmaillotés dans différentes maternités – puis un plan rapproché sur Tiffany et son bébé, assurant une suite au roman sur le mode « Fils de… ».

Voilà pour les thèmes sous-jacents et les sous-intrigues qui fermentaient sous ma plume, même si au quotidien, je me focalisais sur la sinueuse structure narrative, sur l'atmosphère et le rythme, sur les impressions visuelles et auditives de mon nouveau quartier.

Ce furent donc des pastiches de ces petits morceaux de bravoure, une sorte de *Fenêtre sur cour* des temps modernes, que je finis par lui faxer, avant d'attendre sa réponse avec une sérénité à laquelle je n'avais pas goûté depuis longtemps : j'étais de nouveau un écrivain à son affaire.

Je ne connais pas de plus grande émotion.

17

Tout en écrivant, avec la radio qui déblatérait sur les difficultés à prévoir pour ceux qui reprenaient le chemin de leur domicile alors qu'on annonçait quinze centimètres de neige, j'observais Vladimir au travail avec la vaillante Elena, qui, de nouveau, séchait l'école.

Il y avait chez elle quelque chose de fascinant. Je n'aurais su dire quoi, puis, soudain, je compris : elle m'évoquait ce que Marina avait dû être, jeune, il y a bien longtemps, en Russie.

Lori téléphona, m'arrachant à mes pensées, et me parla de cette voix étouffée qu'elle prenait quand elle appelait du bureau. Je n'y étais allé qu'une fois, un dédale de cellules compartimentées sous le règne de la promiscuité, pourtant elle ne s'était jamais plainte de son travail depuis que nous étions ensemble, pas même pendant l'OPA litigieuse.

Préférant éviter l'heure de pointe, elle resterait au bureau où elle avait quelques petits trucs à terminer. Elle mangerait les restes de son repas chinois de midi. Elle me parla aussi d'un film étranger dont elle avait lu une bonne critique dans le *New Yorker*. Le seul fait qu'elle mentionne cet hebdomadaire indiquait qu'elle s'exerçait courageusement au cosmopolitisme.

Nous irions donc au cinéma vendredi, et dînerions dehors.

C'était d'une banalité criante, et pourtant parfaite. Je dis : « D'accord pour vendredi ! » ajoutant d'un ton empreint de sollicitude : « Lori, prends un taxi ce soir s'il neige trop fort. »

Je raccrochai. Aucune allusion n'avait été faite à ce qui s'était passé entre nous au cours des cinq derniers mois : on passait l'éponge pour mieux réévaluer notre couple.

Voilà au moins une qualité que j'avais toujours admirée chez elle : elle savait aller de l'avant.

*

Une heure et quelques plus tard, alors que j'étais en train de relire mes pages sur un tirage papier, j'entendis le bruit du fax. Une unique feuille blanche se déroula avec ces mots : *Discutons… Votre téléphone ?*

C'était signé, *Fennimore*.

Deux jours s'étaient écoulés depuis que je lui avais envoyé ma prose.

Pendant toute la durée de notre collaboration, pas une fois nous n'avions dialogué, même pas par téléphone. Fennimore vivait en reclus. Il n'avait jamais accepté qu'on le prenne en photo pour la promotion de ses livres. Son identité était un personnage qu'à l'époque je pensais pouvoir incarner. Au début, en effet, il avait été question que je reprenne carrément la série, du moins c'est ce que mon agent avait laissé miroiter, en observant que la santé de Fennimore était compromise.

Boniments ou pas, quoi qu'il en soit, la célérité avec laquelle Fennimore répondait prouvait un certain degré de désespoir.

Il n'avait rien publié depuis que nous avions travaillé ensemble.

Je lui faxai une réponse laconique, *Je suis seul*, avec mon numéro de téléphone.

Quinze minutes plus tard, il m'appelait. Un numéro caché.

J'étais sur le point de décrocher, quand je me souvins de la question de Marina à propos de nous autres Américains qui, pour montrer que nous n'étions pas seuls, laissions sonner trois fois avant de répondre. J'attendis la troisième sonnerie.

Fennimore semblait décontenancé.

« J'allais raccrocher. »

Je fis preuve de retenue :

« J'étais perdu dans mes pensées… j'écrivais. »

Une petite pique qui lui coupa le sifflet. Il reprit d'une voix plus amicale :

« Ainsi vous avez déménagé… Pouvez-vous voir la cour que vous décrivez ?

— Il neige. La famille que je vous ai décrite est en train de déblayer la neige à l'heure où je vous parle. »

D'un ton soudain nostalgique et plus tranquille il dit :

« J'ai gagné mes premiers dollars en déblayant l'allée d'un garage ! C'était à l'époque où si on voulait de l'argent de poche, il fallait le gagner. À onze ans, j'étais livreur de journaux. Rien n'était gratuit pour nous les enfants. J'étais dehors, même par moins vingt, en combinaison de ski. Les gens avaient besoin de leur journal, il n'y avait pas d'excuse.

— Où êtes-vous maintenant ? » dis-je.

Il stoppa net.

« Dans ma tête… là où je suis toujours. »

Je n'arrivais pas à voir l'intérêt de tous ces faux-fuyants – pour quelle raison retenait-il aussi obstinément une information somme toute mineure ? Pourtant je ne le contredis pas. C'était déjà incroyable qu'il ait répondu à mon message ! En soi, cela valait une reconnaissance.

Pour mieux l'amadouer, je m'exclamai :

« Vous devez être fier de votre célébrité !

— Fier ! » Il était monté aussi sec sur ses grands chevaux. « Qu'est-ce que c'est que ces salades ? Autant que je raccroche tout de suite ! »

Je jugeai plus prudent de me taire.

« Je parie que vous n'avez même pas lu les cinq premiers de la série ? Encore un dernier, disaient-ils à chaque fois. J'en étais au numéro sept. Six romans, et vous savez ce qu'ils ont fait à Harry ? Une vraie claque, je vous jure ! Ils m'ont traité comme si j'étais un dictateur gâteux. Je n'ai jamais reçu de feedback, vraiment. Tout ce que j'ai obtenu, c'est des couvertures conceptuelles pour la réédition *Ad infinitum* de mes anciens titres sous des formats plus modernes ! Dans ma carrière, j'ai eu vingt éditeurs, dont neuf au cours de ces dernières huit années, et vous savez ce que la nouvelle vague a en commun ? Ils sont tous mariés à des gens dans la banque ! »

C'est ainsi que lors de notre première conversation, Fennimore m'instruisit en filigrane de ses succès et de ses insuccès.

De ces divagations émergea sa lutte pour son legs littéraire, et contre sa propre mortalité, le tout ouvrant une brèche sur l'abîme du mal-être d'un autre que moi. Il paraissait explorer le revers de la médaille de l'inspiration, sonder le sens de son art, lui chercher un contexte.

Au terme de quelques digressions, il conclut : « Voyez-vous, en regardant l'autre jour le programme de mon petit-fils, j'ai trouvé ce par quoi un chef-d'œuvre se définit : quelque chose ne dépassant pas cent quarante à cent soixante pages, assez accessible pour qu'un élève de quatrième puisse en faire une explication de texte. Qu'est-ce que cela prouve sur nous en tant que société ? »

Il ne me laissa pas le loisir de répondre.

« Si vous voulez mon avis, ce qui a tout fait capoter dans ce pays, eh bien, c'est *L'Attrape-cœurs*, de Salinger. Holden Caulfield augurait de la désaffection prochaine des adolescents. Quand on y réfléchit bien, ce gamin de dix-sept ans interné dans un hôpital psychiatrique, qui en racontant sa propre histoire snobe la culture et le génie du XIXᵉ siècle qu'il qualifie de "toute cette salade à la David Copperfield"... » Il se tut puis reprit avec moins de véhémence : « Pouvez-vous me citer un seul autre pays où un adolescent se pose en prophète de la conscience collective ? Nous avons déraillé quelque part entre les deux Grandes guerres, ou pendant la Dépression, peut-être est-ce à ce moment que cela s'est produit. Depuis Steinbeck personne n'a été capable, pour dire ce qu'il avait à dire, de camper des personnages comme George dans *Des souris et des hommes* ou bien Tom Joad. À une époque de notre histoire, on a eu ce talent... ç'a été le génie de notre littérature, la langue de tout un peuple, pour le peuple, par le peuple. Mais les temps ont changé...

« Où est notre Steinbeck, je vous le demande ? Et vous savez quelle est la vraie tragédie ? Cette voix ne nous manque même pas… Nous l'avons perdue sous le maccarthysme, dans la bipolarité de la guerre froide. Nous avons abandonné le sentiment collectif exprimé par la devise de nos pères fondateurs, *E pluribus unum*, « Un à partir de plusieurs ». Nous l'avons remplacée sur notre monnaie par *In God We Trust*. Nous avons violé ce qui aurait dû rester la règle d'or de notre constitution : la séparation de l'Église et de l'État. Dès lors, nous nous sommes perdus de vue en tant qu'animaux politiques. Nous n'avons plus raisonné qu'en termes de patriotisme : Dieu et le drapeau. Nous nous sommes coupés les uns des autres, sous prétexte de libertés individuelles, ou plutôt de l'individualisation du rêve américain. Nous avons été conditionnés à éviter la foule. Si vous ne me croyez pas, rappelez-vous combien Reagan a eu peu de mal à démanteler nos syndicats, en se servant du levier de la guerre froide pour nous faire quitter la table des négociations…

« Dans les grandes démocraties, où on pouvait plus ou moins dire ce qu'on voulait, personne n'écoutait vraiment. »

Voilà des paroles que j'aurais pu aisément replacer dans la bouche de Marina.

Finalement, il trouva un biais pour aborder la question de son œuvre, en me décrivant un raid auquel il avait participé contre un village Viêt-Cong. Une mère avec *quelque chose* sanglée dans son dos avait jailli d'une masure et couru vers les soldats ; cela avait été comme un réflexe, il avait ouvert le feu ; il l'avait abattue.

Le *quelque chose* s'était avéré être un enfant.

Sa vie n'avait jamais été la même depuis. Il avait introduit cet épisode dans son premier roman, la complainte d'un homme à l'épreuve de l'intenable, ce qu'il appelait « une quasi-autobiographie de la quête de soi ».

Sauf que dans le roman, la villageoise avait une bombe attachée dans le dos. Il n'y avait pas d'enfant. Son éditrice avait coupé le passage.

Il continuait à parler d'une voix songeuse. « Quand je suis rentré, on m'a dit de taire la vérité sur ce que j'avais vu. Ce fut ma plus grosse bêtise, de les avoir écoutés. Je m'étais battu et j'avais vu des gens mourir, et j'y étais retourné une deuxième fois. Je n'avais pas peur de la mort ! J'avais été prêt à donner ma vie pour mon pays, mais quand il s'est agi du livre, je leur ai permis d'arranger la vérité. Je les ai laissés faire !

« Harry, me disaient-ils, ce n'était pas moi. Il avait sa propre histoire. C'est ainsi qu'ils m'ont présenté les choses. Ils ne m'ont pas contrarié de but en blanc. Dès le départ, il était question de produire une série. Quand j'ai reçu les épreuves, je me suis aperçu que ce n'était pas le livre que j'avais souhaité. Il manquait la seule véritable raison qui m'avait poussé à l'écrire. Je voulais rendre hommage à cette femme, à cet enfant, que j'avais tués. Je voulais dénoncer ce qui s'était réellement passé là-bas. Mais vous savez le plus drôle — mes éditeurs n'ont pas eu tort de changer cette scène. Le bouquin s'est vendu à plus de deux millions d'exemplaires. Grâce à lui, j'ai eu tout ce dont j'avais jamais rêvé. »

Il se tut et fut pris d'une toux glaireuse. « Pendant des années, je m'en suis contenté, de tout cet argent, du moins je voulais bien le croire. J'avais deux ex-femmes et une fille. »

C'était la première fois de ma vie que je parlais aussi longtemps au téléphone. Sans doute le signe que tout cela avait un sens profond. Je me rapprochais de mon but dans la vie : écrire. Je discutais avec Perry Fenni-more. Il y avait un côté tout à la fois réel et irréel dans ce revirement surprise en ma faveur.

J'écoutais en silence Fennimore citer la fascination de Hemingway pour la corrida, la mise à mort rituelle du taureau et le toréador en ordonnateur de la mort et de la cruauté dans un monde dépourvu de sens. Il se reconnaissait dans les valeurs existentielles où l'homme à la fois endurait et défiait ce que Camus appelait l'Absurde. Une sensibilité qu'il retrouvait dans *Crainte et Tremblement* de Kierkegaard, dont la quête de sens empreinte de nostalgie provoquait chez moi un mélange d'effroi et d'émerveillement.

« Les scènes que votre agent m'a envoyées étaient extraordinaires ! Les crimes de Charles Morton for-çaient Harry à élargir son champ psychologique. Il avait dès le milieu de la série perdu le nord, si je puis dire. Morton a donné à Harry une nouvelle raison de vivre. Le Vietnam, c'était de l'histoire ancienne, les vétérans des naufragés d'une époque révolue deman-dant l'aumône au coin des rues. Sur leurs visages ne restait plus rien de leur jeunesse. Notre pays s'est lassé de son passé.

« Je savais dès le tome trois que Harry était foutu. Je lui attribuais la conscience politique d'un jeune idéa-liste des années soixante qui avait fait son devoir et servi sa patrie ! Alors qu'en fait il n'était plus qu'un vieux, plein de rancœur, "plein de pisse et de vinaigre[1]". J'avais fait de mon personnage le stéréotype de la colère rentrée, un justicier agissant au nom d'un ordre moral caduc. »

Il se tut quelques instants.

« Savez-vous ce que l'on ressent à se répéter indéfiniment ? »

J'aurais bien voulu dire quelque chose, mais je m'abstins.

« De toutes mes années ici-bas, j'ai retenu une vérité. Le lieu qui porte notre entité plonge ses racines dans un fragment du temps qui est personnel à chacun. À partir de là, nous n'évoluons plus. Cela se vérifie pour tout le monde. Je pense que le passé nous en offre des exemples flagrants. Prenez les Grands, essayez de comprendre l'engagement social de Steinbeck, ou Conrad et la mer, ou bien Kafka, l'empire du minimalisme austère de sa bureaucratie sans visage dans *Le Procès* ou *Le Château*, et vous constaterez que c'est toujours la même histoire qui revient. Quand vous écrivez, plus que dans n'importe quelle autre profession, vous survivez à votre propre pertinence culturelle et, par conséquent, à votre utilité dans le monde. »

Un bilan glaçant qui confirmait ce que je ressentais intuitivement.

Vers la fin de la conversation, il mentionna mes deux romans, où il percevait un récit de nature autobiographique : le suicide de mon père. Cette remarque me troubla d'autant plus que je n'avais nulle part fait la moindre allusion à mon père ! Sans s'appesantir, il se prétendit en mesure de distinguer la réalité de la fiction, et nous qualifia lui comme moi de « prisonniers

1. John Steinbeck, *Les Raisins de la colère*.

de nos perceptions, témoins obsessionnels de la vie »,
d'un ton d'aimable familiarité qui m'attirait dans sa
sphère d'influence.

Il semblait inquiet pour sa santé, sans doute parce
qu'il traversait une crise spirituelle et qu'il était hanté
par la peur de l'au-delà. Il n'était pas convaincu que sa
médaille militaire pour service rendu au Vietnam allait
le nimber de gloire une fois au Ciel. Tout chez lui
convergeait, je pense, vers ce seuil.

Je tentais de me le figurer, un teint hâve de fumeur
invétéré, un squelette ambulant baignant dans les
ombres du doute, un reclus à la machine à écrire en
panne de mots, enterré dans un paradis floridien, dans
un site où le bonheur aurait dû être de mise, mais ne
l'était pas.

Quand j'abordais la question financière, cela parut
le mettre dans tous ses états. « C'est vous qui m'avez
contacté. »

J'eus presque un mouvement de recul. Je ne savais
plus que dire, même si au bout du compte il accepta de
m'envoyer ce qu'il appela « un à-valoir sur l'à-valoir »,
seulement quatre mille dollars, répéta-t-il calmement.
« Trouvez-moi une victime qui touchera le cœur de
Harry, Karl, quelqu'un pour qui ça vaudra le coup
qu'il se batte, quelqu'un qui mérite d'être sauvé. »

Autrement dit, il me passait commande.

18

Immédiatement après avoir conclu ce marché avec Fennimore, je téléphonai à Lori au bureau pour lui annoncer que ma carrière allait connaître une notable embellie. Pour une fois que j'avais à lui dire quelque chose de vrai à propos de mes écrits !

Je ne suis pas entré dans le détail.

Lori me parut bien silencieuse.

« Tu es là ?

— Oui.

— Qu'est-ce qu'il y a ?

— Je pense que tu as eu raison de t'accrocher, dit-elle après une hésitation. Tu as toujours raison. Je me suis trompée ! »

Je n'avais pas prévu cette réaction.

« Personne n'a tort ou a raison dans cette affaire, Lori ! Tu m'as soutenu !

— C'est le gros lot, alors ? me coupa-t-elle.

— Le gros lot ! Il n'y a pas de gros lot dans l'écriture. Et tu le sais ! Mais c'est génial, non ?

— Oui, m'assura-t-elle d'une voix neutre, manifestement pas convaincue du tout. C'est juste que…

— Juste que quoi ? »

J'entendis un froissement de souffle.

« Je sais que c'est égoïste de ma part. Tu vas me haïr. J'ai toujours eu peur que le succès venant, tu me quittes ! Tu me détestes, alors ?

— Non, pas du tout. Je voudrais qu'on sorte fêter ça ce soir. C'est un grand moment pour tous les deux. »

Je passai le reste de l'après-midi à écrire, ne m'arrêtant que lorsque j'entendis Elena et Serguei en bas dans le hall.

Je descendis l'escalier.

Serguei était de très mauvaise humeur parce qu'on ne lui permettait pas de s'acheter une nouvelle petite voiture. Il s'adressait en anglais à Elena qui passait la serpillière par terre. Elle lui répondait en russe.

Quand je passai près d'eux pour aller prendre mon courrier, Serguei me tira carrément par la manche et me demanda de lui acheter une nouvelle voiture. Il m'exposa les faits. Ce jouet avait fait l'objet d'une publicité monstre à la télé. Je l'avais vue, sûrement… Il me tendit la main comme pour une aumône.

Elena, morte de honte, lui parla durement en russe, mais Serguei fit non de la tête. Il gardait la main tendue.

Je tournai vers Elena un visage sévère :

« Ouste ! Je veux parler avec Serguei.

— Il a une voiture ! dit-elle en anglais. Il a plein de voitures ! » Elle était toute rouge.

Je regardai Serguei très sérieusement.

« Elena me dit que tu as déjà une voiture. » Je lui montrai celle qu'il avait dans son autre main.

Mais Serguei tapa du pied comme un enfant gâté :

« Non ! J'en veux une nouvelle !

— Écoute, si tu veux une nouvelle voiture, il faudra que tu travailles dur. C'est comme ça que ça marche ici. Alors, dis-moi un peu, qu'est-ce que tu crois que tu pourrais faire pour gagner cet argent ? »

Serguei me fixa droit dans les yeux d'un air de défi.

« Bon, ajoutai-je, puisque tu ne vois rien, que dirais-tu de sauter sur un pied pendant une minute entière ? »

Elena s'écria, scandalisée : « Mais ça n'est pas du travail !

— Je vois que tu ne sais pas ce qu'on qualifie de travail de nos jours. La vie n'est pas seulement faite de seaux et de serpillières, ma petite Cendrillon. »

Puis, me tournant de nouveau vers Serguei :

— À nous deux… Vas-y, compte jusqu'à soixante, et saute ! »

Pendant qu'il sautait et comptait, je prononçais d'un ton prosaïque, sans regarder directement Elena.

« Alors toi tu souhaites quoi ? » Butée, elle refusa de répondre. J'ajoutai pour la taquiner un peu : « Alors, comme ça, tu n'as pas d'imagination ! Je me trompe ? Tu n'as pas de rêve dans la vie ? Tu es une petite paysanne butée ? » Et sans lui donner le temps de répondre, je dis en haussant la voix : « Continue à compter, Serguei ! »

Je me glissai derrière elle et lui mis mes mains sur les yeux. Elle se crispa des pieds à la tête tandis que je rapprochais ma bouche de son oreille et murmurai : « Je vais te confier un secret, Elena. Ce ne sont pas ceux qui le méritent le plus qui obtiennent ce qu'ils veulent dans la vie, mais ceux qui insistent le plus. Ne l'oublie pas ! »

Et soudain, je fus bouleversé : m'était revenu d'un seul coup le souvenir d'Aleksei me mettant la main sur les yeux ; je revoyais Marina.

Elena laissa échapper un petit cri.

Involontairement, j'avais serré trop fort.

Me ressaisissant, je me tournai vers Serguei, afin de ne plus faire attention qu'à lui, quand, horreur et consternation, j'aperçus Dacha, debout de l'autre côté de la baie vitrée qui donnait sur l'extérieur.

Je lâchai Elena.

Je partis d'un petit rire forcé et ironique, tout en remuant de la menue monnaie dans ma poche. « On jouait à un jeu stupide. »

Dacha passa devant moi sans un mot.

D'un geste d'une violence inouïe, elle tira Elena par les cheveux et la gifla avant de la traîner dans la cour.

Je restai pétrifié. Quant à Serguei, il les suivit des yeux puis, fauchant l'argent dans ma main, courut après elle comme un rat.

*

Le temps que Lori rentre, ce qui s'était passé avec Elena avait relégué au second plan ma discussion avec Fennimore.

Elle mit ma mélancolie sur le compte de sa réaction au téléphone.

J'étais bien en peine de la détromper. Elle avait fait le plus vite possible pour être auprès de moi.

Je la regardai troquer sa tenue de bureau pour un jean et un sweat-shirt, puis endosser son parka trop large qui me faisait penser à un sac de couchage.

Je faillis lui demander de mettre autre chose, mais il neigeait et on gelait, alors qu'est-ce que cela pouvait bien faire ?

Nous sommes partis presque tout de suite.

*

Par une petite fenêtre grillagée, presque un soupirail, qui donnait sur la cour, je vis que la lumière était mise dans l'appartement du sous-sol où Elena dormait, et il me vint la plus étrange des pensées. En d'autres lieux et en d'autres temps, à treize ans ou presque, Elena eût été en âge de convoler, vulgaire marchandise cédée à l'issue d'une tractation agraire à un homme mûr bien nanti, évaluée à l'aune de sa dot, en dehors de toute considération amoureuse.

Je voyais à présent la réaction violente de Dacha sous un autre angle. Comment établissait-on la valeur de quelqu'un dans ce nouveau monde ? Quel prix attacher à Elena ?

J'avais dû marquer une légère hésitation, car Lori me tira par le bras. « Ça va ? »

J'opinai, et chassai Elena de mes pensées.

Au-delà de la cour, sous la neige qui la recouvrait d'une faible luminescence, la ville ressemblait à une carte postale.

Nous avons longé un fleuriste, un salon de coiffure, une herboristerie – petites enclaves discrètes dans le consumérisme outrancier, ces boutiques apportaient une touche plus personnelle.

On se serait dit un peu dans un décor à la Dickens revu par Hollywood, sauf que j'étais encore en pensée avec Elena quand Lori s'arrêta devant une agence de voyage.

Dans la vitrine un sympathique néon clignotait comme une décoration de Noël, avec cette devinette digne d'une blague de potache : *Qu'est-ce qui est long et dur et plein de séminaristes ?*

La réponse apparaissait aussi par intermittence, éclairant un modèle réduit de navire de croisière voguant silencieusement sur une mer d'azur. Des visages regardaient par les hublots, tandis que sur le pont supérieur, des gens étaient allongés sur des serviettes. Les figurines représentaient toutes de minuscules hommes nus.

C'était une réclame pour une croisière gay.

Lori me serra la main et me souffla avec des airs de conspirateur : « Oh, la, la… je trouve ça d'un *malsain* ! »

J'envisageais cette fois de la contredire. Je commençais à avoir du mal à maintenir une façade de brave mec tout ce qu'il y a de plus normal. « Je sais pas, tu crois ? C'est la conséquence logique d'un choix de vie, Lori… Mais dis-moi, combien tu penses qu'on a détruit d'hectares de forêt pluviale et combien d'espèces végétales ont été englouties, tout cela pour fabriquer des couches-culottes ? »

Lori ralentit le pas. Je poursuivis : « Qu'est-ce qu'il y a de plus honteux pour la virilité masculine que de voir un homme pousser une poussette ? Ça me donne envie de brandir une pancarte avec Oh, là ! Les gars ! Vous venez ? On va à la chasse ! On va massacrer quelques cerfs ! »

Lori regarda autour de nous pour vérifier s'il n'y avait aucune oreille qui traînait dans les parages, puis elle me lança : « Tu rigoles... dis ? Tu fais juste ton *écrivain* !

— Qu'est-ce que tu crois... » Et la prenant sous le bras, je l'entraînai avec moi dans le rideau de flocons blancs.

*

C'était la première fois que nous allions dans ce douillet petit restaurant italien, en tout neuf tables derrière une vitrine doublée de velours. J'ai eu l'impression d'entrer dans une société secrète : tous les couples sauf un étaient mâles.

Il régnait là-dedans une atmosphère de dîner aux chandelles – yeux éblouis par la flamme de l'amour, main dans la main, rires en sourdine ; la carte des apéritifs était tout aussi veloutée : *Velvet Hammer, Old-Fashioned, Mint Julep* et *Chocolate Martini*.

Je vis que Lori s'efforçait de faire bonne figure tandis qu'à l'issue de manœuvres de contournement de tables et de chaises – on aurait cru un Rubik's cube –, nous avons fini coincés contre le mur.

On nous regardait comme des bêtes curieuses, c'est que nous étions une minorité ; des *breeders*, qualificatif péjoratif pour désigner des gens comme nous, ce qui, en l'occurrence, était plutôt ironique[1].

Comme nous n'avions bizarrement pas grand-chose à nous dire, nous nous sommes plongés dans la lecture du menu, feignant ne pas remarquer les roucoulades et les mamours de nos voisins de table.

1. *Breeder* signifie « éleveur » ou plutôt, ici, « reproducteur ».

À vrai dire, en authentiques spécimens du débraillé hétérosexuel, nous étions habillés n'importe comment. Notre relation semblait aller de soi, alors qu'ils vivaient des histoires d'amour romantiques et tape-à-l'œil.

Dans un esprit de solidarité sans doute, je lorgnai du côté de l'autre couple hétéro. La femme était d'une beauté sculpturale et exotique, d'une élégance raffinée qui m'embarrassa pour Lori, laquelle surprit mon regard.

J'adressai un petit sourire à cette belle femme, qui me le rendit aimablement. Elle avait des yeux laiteux de louve, sûrement parce qu'elle portait des verres de contact, qui la rendaient étrangement séduisante et érotique. Puis, tout d'un coup, je me rendis compte que je la connaissais.

Détournant aussitôt les yeux, j'essayai de me rapetisser sur mon siège.

Lori se pencha vers moi d'un air soupçonneux. « Tu la connais ?

— Non… » Je chuchotai, terrifié, redoutant que cette femme s'approche de nous. Si le restaurant avait été moins riquiqui, je me serais levé pour partir, mais dans un espace aussi intime, il n'y avait pas d'échappatoire.

Car cette femme était en réalité un homme, Glen Watson, dit l'*Herm-aphrodite*, personnage vacillant entre travesti et énigme. Il avait figuré dans un roman-photo pour transsexuels fétichistes publié par le Portail, où on le voyait entrer dans des lieux hétéros, en général des sports bars, fréquentés par des athlètes et des hommes mariés, puis mener inexorablement ses conquêtes à la séquence finale où les mecs horrifiés découvraient sa verge charnue écrabouillée par la soie du collant.

Lori continuait à jeter des coups d'œil dans sa direction.

Je savais Glen dans son élément. Il m'avait invité à sortir avec lui à l'époque où j'étais au Portail. Il avait même déclaré à Max qu'il était capable de me « changer ». C'était la mission qu'il s'était assignée dans la vie, ce qu'il appelait : « Exhumer la vérité sous le mensonge. »

Je n'avais jamais dit à Lori que j'avais travaillé pour le Portail.

Je me plongeai de nouveau dans le menu. « Qu'est-ce qui te paraît bon ? »

Lori était toujours fascinée par Glen. Elle chuchota : « Elle te regarde… Elle te connaît… »

Je lui pris la main sur la table, mais il lui avait suffi de quelques coups d'œil de plus à Lori pour comprendre ce qu'elle avait sous les yeux, surtout compte tenu de l'endroit où nous étions. « C'est un *homme*…

— Elle… Il a fait partie des interviews que j'ai faites autrefois pour *L'Étranger*. »

Lori me dévisagea :

« Ce même magazine pour lequel tu devais écrire un article sur la Russe… *l'allumeuse* ? » Lori hocha la tête. « Pourquoi est-ce que tu écris pour des torchons pareils ? » Elle prenait subitement un ton accusateur.

« C'est ce que tous les écrivains font entre deux livres, un point c'est tout. »

Pour parler d'autre chose, je lui racontai ce qui était arrivé tout à l'heure avec Elena, et lui expliquai pourquoi j'avais hésité sur le seuil de l'immeuble avant de traverser la cour.

Je m'enquis : « Si nous avions eu un enfant, l'aurais-tu élevé sévèrement ? »

Lori mordit à l'hameçon et s'embarqua dans une histoire compliquée concernant son éducation, où il était question de Deb, d'un gros joint et d'une boîte de Tampax. C'était comme écouter une mauvaise blague sans jamais parvenir à la chute comique. Pourtant j'écoutais avec un enthousiasme forcé, dans le seul but de la distraire.

Je n'arrêtais pas d'opiner du chef.

Deb aurait été, pour la forcer aux aveux à propos du gros joint, enfermée une semaine entière dans le grenier avec un régime carcéral pain et eau, mais elle n'avait rien avoué du tout. Finalement, elle avait été battue par son père : une scène de cauchemar où elle avait poussé des cris à glacer le sang.

Lori se tut. Elle me considéra d'un air embêté. « Vas-y, dis-le, qu'on était des ploucs.

— Pourquoi tu cherches la bagarre ? » rétorquai-je sans cesser de surveiller Glen du coin de l'œil.

— En fait, tu vois, j'enviais la relation que Deb avait avec papa. Au moins, avec elle, il a essayé. »

Je vis que Glen se levait en même temps que son compagnon de table. Au serveur il jeta un « *Bye* ! ». Et à moi un sourire tandis que je me détournais.

Lori le suivit du regard et énonça comme un juge prononçant sa sentence : « Je pense qu'on a parfois trop de choix. Mais aussi je suis vieux jeu. »

Heureusement, Glen était hors de portée de voix, ou fit la sourde oreille.

Après son départ, Lori se tourna de nouveau vers moi et reprit le fil de son histoire. « Si seulement mon père avait eu le cran de me frapper avant tout ce qui s'est passé avec Don. » Elle battit des cils et des larmes roulèrent sur ses joues. « Tu sais, je me sens tellement amoureuse et perdue en même temps…

— C'est le lot de nous autres adultes. Rien n'est simple », dis-je en me penchant en avant.

Mais elle continua sur sa lancée : « Je sais que tu me prends pour une idiote… mais je ne le suis pas. Je n'ai jamais l'occasion de parler de tout ça… Au bureau et dans le métro je me surprends à avoir des conversations avec toi dans ma tête. Je cherche les mots justes… »

Je ne l'interrompis plus. Le serveur se tenait non loin. Je me détournai de lui en espérant qu'il nous laisserait tranquilles.

Elle me regarda droit dans les yeux. « Je peux te dire quelque chose d'important, qui me concerne ? C'est une bonne nouvelle. »

Je sentis mon pouls battre à mes poignets quand elle les prit entre ses mains pour les porter à ses lèvres.

« Ce n'était pas à cause de mes ovocytes. Mes ovules n'ont rien. C'est mon utérus. Nous *pouvons* avoir un enfant… Tout ce qu'il nous faut, c'est une femme pour mener la grossesse à terme. Ça s'appelle la "gestation pour autrui". Et le plus génial, c'est que, d'un point de vue génétique, l'enfant sera toujours *nous*. »

Que pouvais-je dire ?

19

La perspective d'avoir un enfant ne me semblait plus si accablante maintenant que se profilaient à l'horizon argent et sécurité, à moins que le choc m'ait anesthésié.

L'idée d'employer une mère porteuse amenait une note conclusive, qui n'avait plus rien à voir avec les tâtonnements de Lori essayant de tomber enceinte. Je revoyais tout d'un coup le petit Frank Klein Junior sous l'aspect d'un bricolage médical : le legs posthume de Denise Klein.

Cette histoire concordait avec ce que j'écrivais pour Fennimore, les méthodes d'assistance médicale à la pro-création prenant une importance croissante dans le thème d'ensemble. Je voyais notre expérience se trans-former en sous-intrigue dans un plan beaucoup plus ambitieux, puisqu'il s'agissait de chercher un sens philo-sophique à la vie.

En accord avec Lori, je peaufinai l'art de la frugalité. Je repoussai à plus tard le versement de l'énorme à-valoir qui m'était dû. J'étais aux derniers stades de l'*accouchement*, un mot dont le double sens n'échappa pas à Lori.

J'exhumai un stratagème de ma mère quand elle voulait « allonger » la paie de mon père : on fait les courses tous les huit jours, de sorte qu'au bout de sept semaines, on a économisé l'équivalent d'une semaine de commissions. Un vestige des temps jadis qui montrait bien comment, il n'y a pas si longtemps, les gens survivaient, ce qui me donna l'occasion d'expliquer à Lori pourquoi je tenais tant à ma mère et pourquoi j'avais envoyé la plus grosse partie de l'avance consentie par Fennimore à la maison de santé pour qu'ils continuent à s'occuper d'elle.

Je ne lui avais encore jamais parlé de l'existence nomade que nous avions menée après que mon père eut assassiné sa maîtresse et se fut donné la mort, ni de la résilience de ma mère qui avait surmonté sa détresse devant la trahison de son mari pour toujours aller de l'avant et ne penser qu'à mon avenir. Ce sacrifice, je le mettais sur le compte du serment qu'un parent se fait à lui-même en livrant au monde des enfants, un serment ni pour l'honneur ni pour la gloire, puisqu'il consiste à remballer ses rêves et ses ambitions pour se dévouer à un plus grand bien.

Ce discours fut reçu avec une compréhension qui m'étonna, mais aussi je ne lui avais encore jamais parlé ainsi du fond du cœur.

*

Dans un état de contentement qui était nouveau pour moi, je réussis à écrire près de trois heures par jour, en me levant aux petites heures du matin, laissant Lori dormir pour m'asseoir en caleçon à mon ordinateur.

Aux premières lueurs de l'aube, je faxai à Fennimore des esquisses de scènes et de fiches signalétiques de personnages, rien qui ressemblât encore à une histoire, mais rédigées avec l'arrière-pensée de me servir du registre de la lettre pour mieux étoffer cette dernière et en faire le prologue du nouveau roman.

C'était pour moi l'idéal, cette vie en sourdine, d'où chez moi un regain de détermination.

Un matin de la deuxième semaine, j'entendis le bruit de la grille qui donnait sur la rue. Par la fenêtre, je vis Glen qui se battait avec la clé de la porte d'entrée du bâtiment d'en face. Il rentrait avec un type en costume cravate.

Nous étions donc voisins. Il ratissait large, le hasard qui reliait la vie des uns à tant d'autres vies. Les jours suivants, je me mis à guetter les retours de Glen le matin de bonne heure, ses errances nocturnes se coulant dans la trame des nombreuses scènes que j'écrivais. J'avais une conscience exacerbée des vies parallèles que générait la grande ville, ce qui faisait résonner dans le roman une multitude de voix qui ne s'y trouvaient pas auparavant, et, du coup, éclipsait l'originalité de *L'Opus*.

J'avais en permanence à l'esprit le flic de Fennimore, Harry ; je ressentais ses manques, ses insomnies, dans les bars et les *diners*, où, en se gavant de cachets anti-acides pour l'estomac, il relisait encore et encore la lettre qui lui avait été adressée, ruminait son contenu, en attendant avec appréhension l'entrée en scène de Charles Morton.

*

Je me préparais à ma petite discussion de la mi-matinée avec Fennimore quand je reçus un appel de Lori.

Elle avait pris rendez-vous avec Goldfarb et l'agence de mères porteuses. Quelque chose en moi se crispa.

Elle semblait un peu inquiète.

Je savais qu'elle s'attendait à ce que je la rassure en lui disant que nous avions pris la bonne décision. Je lui dis : « Bien », d'un ton qui ne la rassura pas du tout.

Elle me demanda si j'avais parlé à Ivan du chauffage.

Je mentis, dans le seul but qu'elle raccroche : je ne voulais pas louper le coup de fil de Fennimore.

Pour plus de discrétion, me précisa-t-elle, elle appelait du téléphone public de la cafétéria.

Je lançai allègrement : « Bon, tu n'as qu'à te payer un bon repas. Trêve d'avarice ! Mets toute la gomme : purée, viande, tarte aux pommes. Tu vas en avoir besoin.

— Pour quoi faire ? » Elle marqua une pause. « Je ne vais pas être enceinte, ou tu as oublié ? »

J'avais oublié.

C'était bien sûr la raison de sa mélancolie, la raison pour laquelle elle me téléphonait.

« Qui s'intéresse à la grossesse maintenant, Lori ? Qui s'intéresse même à la naissance ? Regarde plutôt la chose d'un point de vue égalitaire : Tu ne vas pas vivre ce que je ne vais pas vivre.

— Tu as raison », dit-elle, sans conviction.

J'avais l'esprit ailleurs ; je n'avais qu'une envie, c'était de me remettre au travail. « Loin de moi l'idée de minimiser ce que tu traverses… Ce n'est pas du tout mon intention. »

De nouveau un silence indécis. Elle n'avait pas encore vidé son sac.

« J'ai lu que les mères porteuses refusent parfois de se séparer du bébé… C'est déjà arrivé. Elles s'attachent. Elles deviennent la vraie mère.

— C'est pourquoi il faudra que nous fassions très attention en la choisissant, Lori. Nous en verrons autant que nécessaire jusqu'à ce que nous trouvions la bonne. »

Elle soupira en soufflant fort dans le téléphone. « Encore une chose. Il faut décider si oui ou non je porterai un faux ventre… si nous voulons que j'aie l'air enceinte. Cela peut avoir une influence sur la façon dont nous nous adapterons à notre rôle de parents.

— Peut-être devrions-nous *relire* ce qu'il y a là-dessus, voir ce qui est écrit sur le sujet. » Je l'imaginais serrant le téléphone contre son oreille, réprimant de toutes ses forces ses vraies émotions.

Elle énonça calmement : « Je dois retourner au bureau, Karl. Occupe-toi du chauffage, c'est tout ce que je te demande, tu promets ? »

*

Quelques minutes plus tard, en passant par l'escalier de service, je descendais au sous-sol en découdre avec Ivan.

Dans la pénombre, on se serait cru parmi les entrailles d'un sous-marin. Une guirlande d'ampoules nues jetait un éclairage dansotant sur un enchevêtrement fantasmagorique de tuyaux rappelant un cauchemar à la Freddy Krueger. Des endroits pareils existaient encore dans ces vieux immeubles, avec un dédale de couloirs menant à une laverie et à un débarras communs jouxtant la monstrueuse chaudière, tapie, toute noire, derrière une porte métallique.

Il faisait une chaleur comme il doit faire en enfer !

J'avais peur de tomber sur la femme d'Ivan, Dacha, vu le malentendu à propos d'Elena ; et qui répondit ? Dacha.

Elle occupait toute la largeur du cadre de la porte, les bras croisés avec un air buté de paysanne. Elle avait des seins débordants et un visage charnu aux veines apparentes.

J'annonçai tout de suite la couleur : j'étais venu pour le chauffage. Comme Ivan, elle feignait ne pas comprendre ce que je disais. Alors que je n'avais pas encore terminé ma phrase, elle hurla quelque chose en russe à Ivan puis me tourna le dos et se dirigea vers le fourneau où deux casseroles fumaient.

Ça puait le chou dans ce taudis surchauffé au plafond bas parcouru par une tuyauterie sifflante qui claquait dans ses manchons isolants. J'avisai alors la douce Elena assise à une table dans un renfoncement de la pièce. Le misérable Serguei était là lui aussi. Et ni une ni deux, il me tira la langue.

Faisant celui qui n'avait rien vu, je continuai à fixer Elena, étonnante fleur de serre qui s'était épanouie dans cette fournaise souterraine, parmi ces trolls, si différente de Dacha, avec ce teint d'albâtre que vous prête la jeunesse et que le temps saccage. Une question me taraudait : Dacha avait-elle été ainsi ? Le destin génétique d'Elena était-il lié à celui de sa mère ?

Je songeais de nouveau qu'une enfant telle qu'Elena constituait un investissement en cas de coup dur. Je me figurais la rotondité du ventre de Dacha, comme une de ces poupées russes que l'on ouvre les unes après les autres pour trouver à l'infini un nouveau petit Serguei ou une Elena.

Encore attristé par la tournure des événements, j'adressai un signe de tête poli à Elena.

Elle me regarda nerveusement, puis se détourna.

Dacha se mit alors à crier dans un russe guttural qui me fit sursauter. Elle distribua quelques louchées de soupes dans quatre bols avant de trancher brutalement un chapelet de saucisses brièvement trempées dans une casserole d'eau bouillante, saucisses qu'elle disposa sur un énorme plat.

Leur apparition provoqua aussitôt des protestations de la part de Serguei, lequel grimpa sur le plan de travail, et au nez et à la barbe de Dacha, tira du placard une boîte de céréales Count Chocula. Dacha lâcha tout pour se ruer vers lui et le soulever à bout de bras, de sorte qu'il parut léviter, ses petits bras faisant des moulinets dans le vide comme sur une lithographie de Currier and Ives, une image d'un autre temps, *Réprimande maternelle*, Dacha en tablier, Serguei hurlant.

Au cri de sa mère, Elena se leva d'un bond et tenta d'arracher la boîte de Count Chocula des menottes de Serguei, lequel se défendit bec et ongles.

Alors que le drame battait son plein, Vladimir surgit de la chambre. Il était en marcel. Il prononça quelques mots d'un ton conciliant, ébouriffa les cheveux de Serguei, qui se calma d'un seul coup : l'ordre était revenu. Sa présence physique à elle seule avait du poids, surtout dans ce souterrain.

Une minute plus tard, Serguei faisait un bras de fer avec Vladimir.

Ce qui me frappa, ce fut la décontraction de Vladimir dans cette vie d'adoption : il prenait la saucisse que

Dacha lui tendait tout en laissant le petit Serguei s'acharner des deux mains sur son bras replié.

Sans se départir de son allure de femme des cavernes, jambes écartées et dos voûté, Dacha éclata d'un bon rire.

Il y avait de quoi devenir claustrophobe, d'ailleurs aucun de mes jeunes compatriotes ne l'aurait supporté, et pourtant c'était ainsi que se perpétuait le rêve américain, dans des taudis obscurs tels que celui-ci, un parent lointain jouant le rôle de tête de pont au cœur d'une ville lointaine. En l'occurrence, dans ce cas précis, Chicago.

Cela tranchait radicalement avec la comédie à laquelle j'avais assisté à l'hôtel-boutique où sous couvert d'anarchie et de contestation, des comédiens se pintaient à la vodka à douze dollars le verre. Ici respiraient les vrais émigrés, un clan à la dérive du pays natal, s'arrangeant avec ce qu'ils pouvaient sans recourir à l'agitation politique, vivant d'expédients, cherchant seulement à assurer leur survie.

Et voilà que presque à point nommé, Ivan, le patriarche à la démarche traînante, le bienfaiteur magnanime, fit à son tour son entrée, précédé par une forte odeur de vodka.

Sans son sempiternel anorak, il avait l'air malingre, une tortue à qui on a ôté sa carapace, et ses yeux étaient bouffis à faire peur.

Je l'apostrophai par son prénom, m'efforçant d'appeler son attention sur mon problème de chauffage.

Il me répondit depuis l'autre côté de la pièce, se protégeant comme d'habitude derrière l'écran de fumée virtuel de son inaptitude linguistique. Il marqua une halte devant une petite table avec un échiquier, contempla un moment ce dernier, lança une remarque à Vladimir, puis souleva une pièce qu'il fit rouler entre ses doigts avant de la déplacer.

Puis il s'assit à table, servie par Dacha, qui, avec une splendide soumission appartenant à une époque révolue, piqua une saucisse qu'elle disposa devant lui avec un bol de soupe et du pain, ce qui fit dire à Ivan à mon intention : « Monsieur Karl, nous manger maintenant. S'il vous plaît vous partir ! »

En définitive, cela ne servait à rien de discuter : la famille se réunit autour de la table tandis qu'Ivan baissait la tête pour un bénédicité silencieux.

J'étais l'intrus, l'Américain perdu en Amérique.

*

De retour dans l'appartement, je fonçai droit sur le fax. Je n'avais rien reçu, et cela me tracassa, surtout que devant moi s'ouvrait la gueule béante du week-end. Compte tenu de son degré de désespoir, je n'avais pas trouvé suffisante la première somme qu'il m'avait envoyée. Je souhaitais renégocier.

Je lui faxai un laconique : « Il faut qu'on parle ! »

L'œil rivé au plancher, je tentai de me persuader qu'il était de mon devoir, si je voulais lui soutirer plus, de me servir de cette cassette vidéo, pourtant je n'avais pas la moindre envie de ressortir l'histoire de mon père. Cela semblait tellement absurde d'essayer encore une fois de traduire l'éternelle souffrance de la victime anonyme.

J'avais soudain perdu le contact essentiel avec ce que ce film pouvait représenter sur le plan de la réalité artistique...

Donc, je m'assis à mon ordinateur et je me mis à écrire en me passant du masque de Clinton, et m'efforçai de retranscrire ce que je venais de vivre au sous-sol, les méandres de la tuyauterie et l'odeur de poussière brûlée, mais au bout d'un moment, je ne m'intéressai qu'aux vies contrastées de Vladimir et Serguei s'affrontant au bras de fer.

Pris au dépourvu par ma propre imagination, j'éprouvai une certaine émotion devant ce que l'avenir me réservait : la paternité, et cette forme unique d'intimité inconditionnelle qu'un humain peut accorder à un autre humain.

Assailli de nouveau par le silence de Fennimore et la pression insistante de ce qui était peu à peu devenu ma malédiction en dépit de ma résolution à la combattre, c'est-à-dire ma vie d'écrivain, je me dis qu'il me restait peut-être la solution de trouver ma rédemption en devenant père au foyer.

Je me figurais Frank Klein assistant un jour à la cérémonie de remise des diplômes de fin d'étude de son fils Frank Junior et pleurant en silence devant ce qui avait été engendré dans le dernier sursaut du « manque » de sa femme.

Frank avait produit sur moi une forte impression, d'autant plus forte qu'il y avait une contradiction entre sa dignité et le fait qu'il avait été piégé. Cela dit, il y avait longtemps que je n'avais autant respecté quelqu'un. Il m'avait montré qu'on pouvait avoir une bonne raison de vivre : un autre être humain, un petit Frank. Qui sait ce que deviendrait en définitive ce petit garçon, cette création à la Frankenstein de Denise Klein : président des États-Unis ? N'était-ce pas le vœu secret de tout parent ?

Je songeais à téléphoner à Frank, rien que pour bavarder un peu, voir où il en était, sans aucune autre arrière pensée maintenant que de me distraire.

Je me tournai vers mon ordinateur et écrivis encore un peu, puis m'arrêtai, toujours poursuivi par ce que j'avais perçu en Vladimir et Serguei, la familiarité, l'amour.

Il me faudrait seulement apprendre à mettre de côté mes ambitions personnelles et, héroïquement, comme ma mère et des milliers d'autres, récupérer cette énergie pour l'investir dans l'éducation de mon enfant.

Cela s'appelait l'ordre des choses.

J'enfouis mon visage dans mes mains et exhalai un grand soupir, soudain conscient de cette vie parallèle qu'avait menée dans l'ombre ma mère : tant d'années perdues avant de finir par attendre la mort, seule, à l'EHPAD Potawatomi.

Je me dis que peut-être avec l'arrivée d'un enfant, je pourrais invoquer mon statut de père au foyer comme raison légitime de cesser mes paiements à l'EHPAD, obligeant Lori à reconnaître que ma mère devait venir habiter chez nous. On aménagerait pour elle, par exemple, un studio au-dessus du garage. Une grand-mère à la maison, c'était un plus dans l'éducation d'un enfant.

Autrefois, cela aurait paru tout à fait naturel et évident. Tout ce qu'on vous avait prodigué dans votre enfance, eh bien, vous le rendiez à qui de droit plus tard dans la vie. Un échange a priori normal autant qu'équitable. Qui sait ce qui se passe entre un parent et son enfant, sinon les intéressés eux-mêmes ?

En levant la tête de l'écran, j'entendis le claquement sec de la grille en bas et les rires de Serguei et Elena réveillant la quiétude de la pâle lumière de midi.

C'était la musique des anges. Je me levai pour aller à la fenêtre.

De l'autre côté de la cour, je savais Glen endormi dans son sarcophage diurne après une nuit de vadrouille, ses volets tirés comme toujours jusqu'en fin d'après-midi sur cette vie d'oiseau de nuit que peu de gens en dehors de ce quartier gay étaient susceptibles de concevoir.

*

Lori me téléphona de nouveau en fin de journée. Elle était toujours sombre. Elle se plaignit : « Je sais que tu n'écoutes pas. Je t'entends taper sur ton clavier ! »

Je stoppai net. En fait, je n'avais pas entendu ce qu'elle m'avait dit précédemment.

Elle m'informa que Deb l'invitait à sortir au restaurant ce soir. Rien que d'entendre ce nom me fit tiquer. Aucun appel du pied pour que je me joigne à elles. Elle conclut en déclarant qu'elle passerait peut-être la nuit chez sa sœur.

Choisissant de fermer les yeux sur les interférences continuelles de Deb, je prononçai : « Je voudrais te lire quelque chose. » Je venais de terminer le passage sur Serguei et Vladimir et je voulais lui faire part de mes pensées sur notre avenir. J'entendis alors la voix de Deb, puis sentis qu'une main se plaquait contre l'écouteur.

Je ressentis cette intrusion comme une trahison : nous étions pourtant bien d'accord que notre vie nous appartenait en propre. J'ajoutai d'une voix forte :

« Deb est avec toi… ? À l'intention de Deb, bien entendu.

— Oui. »

Je respirai profondément et serrai les paupières. « C'est pour toi que je pense à tout ça, Lori. Qu'est-ce qu'elle fait là ? »

Lori répondit à côté de la plaque : « Tu crois au coup de foudre ? »

Je changeai le combiné d'oreille. « Qu'est-ce qui ne va pas ? »

Elle débita tout d'une haleine : « Figure-toi que ta pétasse de Russe fait la couverture de *L'Étranger* ! Ils se sont servis de la photo que t'as prise d'elle, *nue*.

— C'est donc ça ? m'exclamai-je. C'est pas croyable ! Écoute, j'ai pris cette photo dans le hall de l'hôtel ! Je n'étais pas en train de la draguer. J'étais en reportage, merde ! Pourquoi est-ce que tu te tortures comme ça... tu *nous* tortures ?

— Tu es la dernière personne qu'elle a appelée ! me hurla-t-elle à l'oreille, subitement hystérique. Alors que je perdais mon bébé, tu lui as téléphoné... espèce de salaud... tu l'as appelée et tu as flirté avec elle pendant que j'étais à moitié morte. C'est écrit, là, dans l'article, il y a tout... Tu lui as téléphoné, et elle t'a rappelé. »

Quelqu'un m'avait joué un sale tour. Ce n'était pas le papier que j'avais rendu au journal.

Elle sanglota pendant une éternité.

J'entendis la voix de Deb qui réclamait le combiné, mais Lori refusait de lui céder. Elle lui répondit d'un ton sec que je ne lui avais jamais entendu employer avec sa sœur :

« C'est mon problème, Deb ! Non ! »

Je hurlai à mon tour : « Lori, écoute-moi ! » Mais elle était butée.

Sa voix prit alors un timbre glacial et hostile qui ne lui ressemblait pas du tout : « Tu lui as tapé dans l'œil, on dirait, hein, Karl ? Je devrais peut-être me sentir flatté qu'une femme comme elle ait pu trouver mon mari séduisant ! Je devrais être contente que tu sois rentré à la maison après ça !...

— Elle était perdue dans un pays étranger et soûle, l'interrompis-je. Elle cherchait à comprendre comment nous vivons... Cela se borne là, je te le jure.

— Arrête de mentir, dit-elle avec des trémolos. Arrête ! J'ai lu l'article, tu vois. Je sais qu'elle n'était pas russe ! Pourquoi tu m'as épousée, hein ? Je ne suis pas assez bien pour toi. Tu n'as jamais été vraiment content avec moi. Je l'ai toujours su, mais j'avais préféré ne pas y croire. C'est ce que t'as toujours cherché : une gosse de riche à qui l'argent brûle les doigts. »

Je restai sans voix. Je ne voyais pas du tout de quoi elle parlait.

J'entendais dans le fond Deb qui glapissait. Lori avait sans doute laissé tomber le combiné. Un bruit mat. La voix de Deb de plus en plus lointaine, puis la ligne fut coupée.

20

La sensation d'une montée d'adrénaline me donna le vertige. Je venais de tirer un exemplaire de *L'Étranger* du bac à journaux gratuits du café Caribou. Marina en couverture, les mains en l'air, brandissant sa pancarte *Je n'ai rien à vous vendre !*

Un seul gros titre : *L'assassinat d'une étudiante de Yale se faisant passer pour une Russe.*

Je n'arrivais pas à y croire. C'était un mauvais rêve. La double page centrale du magazine était occupée par un collage de photos de la troupe, et de clichés de la scène de crime, dont une image horrifiante de voiture cramée, là-bas, à Cabrini Green, où le corps de Marina avait été découvert.

En parcourant l'article, j'appris que la véritable identité de Marina avait volontairement été cachée par Aleksei, jusqu'à une semaine après le meurtre.

Puis je tombai sur le passage où il était question de mon appel. Ils publiaient des extraits de mes messages en italique ! Apparemment, j'avais été la dernière personne à parler avec elle.

*

De retour à l'appartement, tout retourné encore par ma dispute avec Lori, je vérifiai le répondeur. Elle n'avait pas appelé.

Je songeais à la rappeler au bureau. Mais, bien entendu, elle n'avait pas téléphoné du bureau. Elle ne se serait pas permis de me parler comme ça, dans ce cauchemar de promiscuité. Non, elle était sûrement partie quelque part avec Deb.

Je m'assis. Je contemplai la photo de Marina. Elle avait bien en effet été tirée à partir de mon négatif couleur, mais manipulée au développement, et surexposée. Dans ses bottes militaires, Marina avait l'air d'une élégante va-t-en-guerre.

Bizarrement, sa mort, et maintenant cette révélation sur sa véritable identité, ravivèrent en moi le regret de ce qui aurait pu être. Son intuition n'avait pas trompé Lori. Cette étudiante fortunée correspondait au profil de femme que j'avais cherché toute ma vie. De me trouver ainsi indirectement associé à elle, d'avoir surtout été la dernière personne qu'elle ait appelée avant sa mort semblait valider son attirance pour moi.

C'était un honneur dont je sortais comme anobli.

Je ne m'étais pas attendu à ce qu'un lien aussi profond nous rapproche.

En contemplant son portrait, je fus la proie d'une forte émotion.

Le choc de sa mort, même à une semaine d'intervalle, me frappa de nouveau tandis que je caressais du bout du doigt son visage et ses lèvres de papier. Je sentais encore plus sa présence qu'avant.

Une brève note biographique retraçait les grandes étapes de sa vie, non que cela eût beaucoup d'importance, en fait, mais je la lus quand même, en articulant sans le son les mots imprimés en petits caractères.

> *Emily Piper Hampton, vingt-quatre ans, est née à Montauk, Long Island. Ses amis l'appelaient familièrement « M ». Elle était une élève brillante, aimée de ses camarades qui la qualifient de « pétillante et généreuse ».*
>
> *En 1997, elle a été diplômée avec les félicitations de l'université de Yale en science politique et en russe. Reçue en droit à Yale, elle a préféré partir en tournée avec une troupe de théâtre itinérante engagée, Les Bolcheviks révoltants, qu'elle avait fondée avec Eric Brandt, Ph.D., alias Aleksei Romanoff.*
>
> *La troupe préparait un « documenteur » sur l'apolitisme de la société américaine, afin de dénoncer l'arrogance de la politique intérieure et étrangère des États-Unis.*
>
> *Brouillée avec sa famille dès ses premières années d'université, elle n'en était pas moins la fille unique de Grace Heath-Hampton et de Timothy Hampton III, célèbre financier de Wall Street et PDG de Sterling, l'établissement de recherches financières.*

J'allais de surprise en surprise, mais cela ne changeait rien. En fait, tout cela ne faisait que me conforter dans mes sentiments.

Je me rappelle un de mes profs à la fac nous expliquant comment germaient les révolutions, non pas au sein du prolétariat, mais dans les idées généreuses d'une poignée de renégats des classes supérieures ayant renoncé à la richesse et aux privilèges de leur rang, si bien que lorsque survint la Révolution russe, on aurait entendu Lénine apostropher ses congénères de l'intelligentsia à propos du soulèvement des masses populaires, en disant : « Qui sont ces gens ? »

Sur la double page centrale était aussi publiée une interview de Brandt au sujet de la controverse provoquée par son mensonge par omission. Il avait, disait-il, caché la véritable identité de Marina pour des raisons philosophiques et politiques, son argument principal étant que le fait qu'elle était une jeune fille de bonne famille, riche de surcroît, n'avait rien à voir avec son militantisme contestataire.

Bref, une manière de se justifier que je jugeais macabre et quasi psychotique.

Sur un encart photo, Brandt portait les mêmes lunettes à la John Lennon, et un T-shirt *Je n'ai rien à vous vendre*, apparemment une phrase extraite d'un mémoire écrit par Marina en première année de fac, une sorte de programme politique, que Brandt allait utiliser comme titre provisoire du documentaire qu'il tournait, ainsi que sur le site web <http://www.jenairienavousvendre.com>.

En lisant et en relisant l'article, je me dis : et si j'avais été filmé à mon insu avec elle dans le hall de l'hôtel ? Et si cette séquence destinée à fournir le réalisateur en plans de coupe finissait par être mise en relation avec les messages que je lui avais laissés à l'hôtel ?

J'avais rencontré le fameux Brandt. Je savais de quoi il était capable. Avait-il vraiment filmé notre rencontre dans le hall d'entrée de l'hôtel ? De la part d'un opportuniste de sa trempe, on pouvait s'attendre à tout.

Je m'imaginais Lori devant des images de moi visiblement sous le charme de Marina.

Je serrai les dents à la pensée qu'elle pourrait me voir tendre à Marina ma carte de visite.

21

Héroïque, alors que dehors la nuit gagnait du terrain, j'ouvris Word et tentai de chasser Marina et Lori de mes pensées. J'avais du travail.

Je me mis à rapetasser ce que je voulais envoyer à Fennimore, cela me prit deux heures au cours desquelles je me bornai en fait à réviser la lettre initiale, le texte qu'il tenait déjà, allongeant ou raccourcissant des phrases.

J'espérais que Lori téléphonerait.

Distrait, je regardai de nouveau la photo de Marina en couverture.

Sans réfléchir, parce que je ne savais pas quoi faire d'autre et que j'avais l'esprit ailleurs, je pris mon téléphone.

L'Étranger était fermé. J'appelai la ligne directe de Nate et laissai un message. « Merci de m'avoir épargné, Nate, espèce de salopard ! Tu aurais quand même pu m'avertir ! » Je m'entendis soudain m'époumoner, alors que je n'avais même pas prévu de l'insulter. « Je vais te faire un procès, connard ! Pourquoi avoir parlé de moi ? Ma femme m'a quitté à cause de toi ! Pour qui te prends-tu pour te mêler de ma vie privée ? Et l'éthique du journalisme, alors, qu'est-ce que t'en fais ?

Ton magazine, c'est un putain de torchon ! Et toi, un branleur, tu m'entends, Nate ? Un putain de… »

Le répondeur bipa, puis la ligne fut coupée.

Je me sentais bien, puis quelques instants plus tard, moins bien. Ma colère retombait comme un soufflé. Je rappelai aussitôt. « Si tu pouvais m'envoyer mon chèque, Nate, ce serait gentil. Je m'excuse pour le message précédent. C'est juste que… ma femme a fait une fausse couche la nuit où j'ai rencontré Marina. Une de ces coïncidences fâcheuses. J'essaie de ramasser les morceaux, voilà tout. Je voulais que tu saches. »

Je raccrochai, encore sous le coup.

Je n'avais plus le courage de me remettre au travail.

Je feuilletai de nouveau *L'Étranger* jusqu'à ce que je retrouve l'adresse web du site créé par Brandt. Dans un même élan, je m'arrachai à l'appartement pour aller acheter un modem 56K au Radio Shack de Broadway.

Sur le chemin du retour, je m'installai dans la queue devant un restaurant thaï. Je n'avais rien mangé de la journée. En fait, je n'avais pas vraiment faim. Je n'avais plus envie de rentrer chez moi. Une fois mon tour arrivé, cependant, je m'entendis commander un dîner à emporter.

Je profitai du quart d'heure d'attente pour acheter deux canettes de bière grandes comme des bidons d'huile dans une minuscule épicerie tenue par une famille chinoise, le fils de la maison, dix ans, perché à côté de son père sur un tabouret en train de faire ses devoirs. Derrière le comptoir s'étageaient des magazines gays et des vidéos pornos. Il y avait aussi des cigarettes, une vieille radio cassette boombox des années quatre-vingt déchargeait à tue-tête *Billie Jean* de Michael Jackson. J'aperçus une télé au bout d'un étroit boyau où une vieille femme, sûrement la grand-mère, avançait en traînant des pieds vêtue du costume mao bleu marine des travailleurs de la terre.

Une autre version de l'histoire d'Ivan, la vie des immigrants trouvant à s'implanter dans les lieux les plus inattendus et réussissant là où mon père avait échoué : à survivre.

En rentrant, je pris le pouls de la vie nocturne tout en me sentant étrangement décalé, insensible au charme de ceux que je côtoyais, quelle que soit leur appartenance communautaire, *hunks*, *bears* ou *studs*. Si c'était ça la vie et l'amour, j'avais l'impression qu'il y avait en moi quelque chose qui ne tournait pas rond.

*

De retour à l'appartement, je mangeai à table, dans le noir. Une fois la première bière bue, j'attaquai la seconde, n'aspirant qu'au relâchement du sommeil, le monde extérieur réduit à la basse continue du Manhole, une boîte de nuit ouverte seulement le week-end.

J'attendais que l'alcool fasse sont effet, mais il n'eut pas celui que j'escomptais.

La tristesse m'envahit, à tel point que je bipai Lori. C'était lâche de ma part, mais plus fort que moi.

J'étais libre, mais figé dans ma solitude, un vendredi soir alors que la vie résonnait dehors avec fracas.

Je baissai la tête : Marina me fixait sur la couverture de *L'Étrange*r.

L'ivresse relâchant lentement son emprise sur moi, j'allai me soulager à la salle de bains, puis je me rassis, et j'attendis.

Je n'arrêtais pas de jeter des regards à Marina, comme si elle était en face de moi et avait choisi de se taire. Parfois, une gêne subite me poussait à regarder ailleurs, mais je revenais toujours à elle, et je buvais encore un peu.

C'était la photo que j'avais prise d'elle, mon image, et pourtant elle semblait lointaine. Comme si elle n'était pas de moi. Les graphistes de *L'Étranger* avaient durci mon cliché, l'avaient chargé politiquement. Une fois de plus, je me retrouvais dans le rôle du nègre, cette fois nègre photographe, ombre obscure derrière un viseur.

Je ne pus m'empêcher d'établir un lien avec mon travail pour Fennimore, ma patte décelable dans le résultat final, mais à peine, disparue dans le chassé-croisé de textes.

*

Il me fallut près d'une heure pour installer le modem et configurer une connexion AOL. Je lançai une recherche avec le vrai nom de Marina, Emily Hampton.

Un site en hommage à sa mémoire avait été créé par sa famille. On y voyait une photo d'elle au printemps de sa première année à Yale, un instantané qui l'avait surprise dans sa chambre de campus, penchée sur ses livres, les jambes repliées sur le côté. Son visage montrait encore les joues rondes et la fraîcheur de l'enfance, à cette époque où son physique ne s'était pas encore aligné avec ce qui se tenait tapi en son for intérieur. Quoique, en y regardant de plus près, sur le mur en pente de sa chambrette sous les combles, un collage réunissait Gandhi, Mandela, Bob Marley et le Che à côté du violent poster allégorique des Clash, *London Calling*.

Sous la photo de l'étudiante, une légende disait : *À notre fille chérie, M, si libre d'esprit, qui nous a été enlevée trop tôt !*

Et c'était signé : *Avec tout notre amour, maman et papa !*

Les premiers commentaires s'accordaient presque tous à accuser la mauvaise influence de Brandt, un homme de quarante-trois ans, qui se trouvait qualifié d'« égocentrique manipulateur », un maître de conf qui avait influencé de nombreux étudiants avec ses grandes idées socialisantes, et avait réussi à siphonner littéralement des dizaines de milliers de dollars grâce à l'édition à compte d'auteur, une presse militante gratuite et un projet de documentaire qu'au départ il comptait faire sur l'Union soviétique, mais qui, depuis la chute du Mur, s'était métamorphosé en docum*en-teur*, avec pour sujet la traversée de l'Amérique par une fausse troupe soviétique.

Un peu plus bas, d'autres désappointés décrivaient les événements qui s'étaient précipités avant le meurtre de Marina. Il y avait apparemment eu du tirage au sein de la troupe, Marina ayant fédéré une opposition au manque de finalité du projet et aux dépenses superfétatoires de Brandt.

En la regardant de nouveau dans sa chambre d'étudiante, je compris soudain quelle force de caractère il lui avait fallu pour se rebeller contre tout ce confort, ces privilèges, et pour en définitive se dresser aussi contre son mentor.

Je m'arrêtai à l'expression « libre d'esprit » employée dans la légende de la photo, ses parents faisant sans doute allusion chez elle à une prédisposition à la révolte, avec cette question sous-jacente : quel aurait été son destin si elle n'était pas tombée sous la coupe de Brandt ?

Ce qui me fit penser à la réflexion de Frank Klein à propos de Keith Richards et Jagger, comment au hasard d'une rencontre, deux personnes finissent par créer une troisième entité.

Ses parents en étaient visiblement arrivés à la même conclusion, et incriminaient Brandt, en particulier pour avoir mené la police en bateau au début de l'enquête.

Toujours sur Internet, je lançai une recherche avec *Je n'ai rien à vous vendre,* ce qui me donna plus de trois cents liens correspondant à ce qu'on appelait la deuxième vague d'Internet, l'explosion des blogs et autres forums, pour l'heure la quasi-exclusivité des campus universitaire et des aficionados d'Apple.

Sur la majorité des sites vers lesquels renvoyaient les liens, des étudiants de premier cycle, à la demande de Brandt, arboraient des T-shirts où ils avaient eux-mêmes calligraphié *Je n'ai rien à vous vendre,* et brandissaient des marqueurs.

Morte, Marina était devenue une figure culte.

Finalement, j'ouvris le blog de Brandt. Sur la page d'accueil une bannière animée retransmettait des extraits du docu*menteur* – le passage à tabac des « asticots », suivi d'un fondu enchaîné débouchant sur des images de Marina à Yale puis sa lente transformation en une artiste russe kitsch se terminant par un panneau brutal où s'inscrivait en lettres noires : RIP.

Je rejouai la séquence, me repassant en boucle les images de sa métamorphose. Je ne parvenais toujours pas à concilier la jeune fille innocente du dortoir de Yale, et cette dominatrice en bottes militaires et au sexe rasé dans le hall de l'hôtel de Chicago.

Tout en sachant que Brandt m'avait roulé et qu'il s'était servi de Marina, je me dis que de m'adresser à lui via son site me permettrait plus facilement de lui soutirer les bouts de film où je figurais.

J'ajoutai mon propre post à son profil, en transcrivant dans la fenêtre l'essentiel de ce que j'avais écrit pour *L'Étranger*, la comparant à Lady Godiva.

En quittant le site web, je savais que j'avais beau connaître maintenant son vrai nom, et tout ce qui la concernait, jamais je ne pourrais me résoudre à l'appeler Emily. Pour moi, elle resterait toujours Marina Kuznetsov, de Russie.

22

Au milieu de la nuit, je me réveillais dans le noir complet en entendant des voix. Je pensais que je rêvais, puis je me rendis compte que cela venait de la fenêtre.

Glen Watson, ivre et seul, gueulait en se bagarrant avec sa clé pour rentrer chez lui.

Je le vis disparaître à l'intérieur.

À la cuisine, je préparai du café et le bus, noir. J'ouvris mon ordinateur, espérant retrouver assez de confiance en moi pour faire avancer le texte de Fennimore.

Peine perdue.

Je me reconnectai à Internet et ouvris la page à la mémoire de Marina.

Elle attirait une procession numérique d'inconnus friands de macabre qui me rappela les défilés au lendemain de la mort de Lady Di, Elton John réchauffant son hymne à Marilyn, comme si l'émotion était un plat qu'on pouvait resservir. D'un autre côté, ces chiffres au compteur des visites, tous ces gens de différents horizons venus rendre un dernier hommage à la disparue, c'était aussi une forme de veillée funèbre silencieuse.

J'allais me déconnecter quand j'eus soudain l'idée de faire une recherche avec le mot clé *Glen Watson*. Cela ne donna rien.

Puis avec *Herm-aphrodite*. J'avais tapé dans le mille.

J'ouvris le lien et téléchargeai lentement une vidéo grande comme un timbre-poste où Glen en robe de mariée et porte-jarretelles se branlait, révélant une bite incroyablement grosse, même pour un homme !

Les liens externes portaient le nom de *Fetish, Dominatrix, Fouet, Cravache, Fisting, Sado-Maso, Bondage*.

En dépit d'un début de filtrage avec l'émergence des blogs d'étudiants, Internet demeurait une jungle sauvage, la frange pionnière que tentait de repousser avec une muette obstination le désir mâle qui tolérait le porno à la demande et proliférait dans les marges du vide. Cette insatisfaction générée par la pulsion exploratrice des hommes ne différait peut-être pas tant que cela de celle qui avait de tout temps présidé à la conquête de nouveaux territoires.

Quelqu'un avait-il jamais interrogé les véritables motivations de Christophe Colomb, car qui s'arracherait au confort du foyer et de la famille s'il n'avait pas été rejeté la société ? Qui oserait se lancer dans des lieux inexplorés plutôt que de rester en pays connu ?

La pornographie sur Internet était la conséquence logique de ce désir vieux comme le monde, un voyage dans des eaux sauvages, dans un désert pixelisé postmoderne, une zone de non-droit mesurable en bits et en bytes ! Les hommes, depuis toujours, succombaient aux enchantements du sexe, ils écoutaient le chant des sirènes.

Je fus redirigé vers le site de Glen à travers une série de liens intitulés *Shemales* ou *Chicks with Dicks* qui s'étaient ouverts sur des anatomies aux bustes d'une féminité sidérante. C'était donc ça le corps mystique du troisième sexe, ce dont parlait Platon dans son

Banquet à propos de l'origine de l'Amour. Selon lui, la vraie nature des hommes était androgyne, les humains ayant possédé au départ des organes sexuels tout à la fois masculin et féminin. Cette androgynie les rendait deux fois plus vigoureux. Comme ils jetaient un certain désordre dans l'Olympe, Zeus décida, pour les affaiblir, de les couper en deux, mais à sa grande surprise, il s'aperçut que chaque homme regrettant sa moitié passait son temps à l'étreindre afin de fusionner avec elle.

Platon maintenait que c'était de ce moment que datait l'amour des hommes les uns pour les autres : ils étaient nostalgiques de leur antique complétude.

Glen semblait incarner cette idée.

Un peu plus bas, je vis qu'en dépit des apparences, le site n'était en fait pas gratuit. En effet, en dépit de la poignée de photos de magazine visibles gratuitement, il était hébergé sur un serveur multimédia payant, où pour la modeste somme de soixante-neuf dollars par mois, vous étiez invités à franchir le seuil d'un autre monde.

Les plis mouvants d'un rideau de velours vous invitaient à y pénétrer en quelques clics.

Je m'enregistrai.

Apparut alors une image vidéo saccadée qui s'arrêtait toutes les secondes en affichant *buffering !* et finalement tout ce que j'obtins fut le panorama pivotant sans grand contenu sexuel d'un antre spartiate.

Et bien entendu, je ne fus pas remboursé.

Aux petites heures du matin, alors que je continuais vaille que vaille à plancher sur mes textes de Fennimore, je ne pouvais m'empêcher de me reconnecter au site de Glen, fasciné par le champ de la caméra animé d'un mouvement de pendule grisâtre. C'était le genre d'omniscience que devait subir Dieu, me dis-je, en contemplant ces fragments d'existence fantomatiques.

*

À un moment donné du temps égrené par le compte sans fin des heures, je m'endormis à mon ordinateur, pour me réveiller au bruit du fax.

Le message tenait en une ligne : « J'étais malade. Puis-je vous parler ? »

J'écrivis à la main sur une feuille : OUI.

Comme toujours, Fennimore monopolisa la parole, et cette voix sous mon crâne me soulagea temporairement de mes problèmes.

Ce qui transparaissait encore une fois dans ses propos était son souci de passer à la postérité, la « transmission » de son œuvre et, par voie de conséquence, sa propre mortalité.

Je sympathisais avec lui mais n'éprouvais aucune véritable émotion autre que celle de pressentir que c'était là peut-être son unique pérennité d'écrivain, ce solipsisme frustré qui allait grandissant et ce qui pourrait bien se révéler, même pour quelqu'un comme lui, ses dernières paroles.

« Je n'ai pas beaucoup de temps, Karl. Avez-vous avancé ? Avez-vous trouvé la victime ? »

J'hésitai.

« Je savais bien que de vous donner de l'argent était mal avisé. J'aurais dû me fier à mon instinct. »

Je posai ma main sur mon front.

« Je fais de mon mieux, je vous jure devant Dieu !

— Alors qu'est-ce qui ne va pas ? »

Je livrai en mon for intérieur une bataille avec les mots, avant d'énoncer d'une voix calme : « J'ai perdu le contexte de ce pourquoi j'écris. »

Fennimore ne dit rien, puis, tranquillement, insista : « On a déjà fait un bout de chemin ensemble, Karl, vous et moi. On ne va pas flancher maintenant ?

— Loin de moi l'envie de vous laisser tomber, Perry, répondis-je comme un pénitent.

— Tous les écrivains sont passés par là, Karl. Le truc, c'est de ne pas renoncer. »

Ma main toujours sur mon front. J'avais les yeux qui me piquaient horriblement. « Si seulement je pouvais être ce que vous voulez que je sois.

— Ce qui vous arrive, Karl, c'est que vous ne savez plus mettre les choses en perspective. Il vous manque un repère pour voir les choses avec du recul. Tout ce qui est *vous* se trouve toujours en vous. »

À mesure qu'il parlait, je sentis remuer au fond de moi, des idées, des souvenirs. C'était bon d'entendre de nouveau cette voix.

Je voulus lui répondre, mais il me devança. Il était reparti dans un de ses monologues.

« Vous savez ce qui m'a plu d'abord chez vous, c'est la façon dont vous vous situez en tant qu'artiste, entre l'engagement politique à la Steinbeck et l'irrévérence de Salinger… Combien d'écrivains sont capables de coexister dans deux histoires, dans deux réalités ? Mais vous, vous l'avez fait. Je me rappelle avoir lu la description de paysages et des mœurs rurales dans vos deux premiers romans, en me disant que vous aviez *vécu* tout cela, que dans le fond vous étiez attaché à la terre et à la sécurité qu'elle représente. Cela suffit déjà comme histoire, car c'est poignant en soi, mais d'emblée j'ai vu où vous vouliez aller... le regard du fils croisant celui de son père dans le rétroviseur, son père qui le met au défi de parler. « Qui veut que son père soit autre chose qu'un père, quelqu'un à qui on peut parler sans détour ? » Voilà de quoi était faite la lamentation du fils... »

Il citait mot pour mot une phrase de mon premier roman. Jamais personne n'avait abordé ce sujet avec moi de façon aussi candide.

Fennimore ajouta doucement : « Vous voyez, Karl, je vous connais mieux que vous ne vous connaissez vous-même... C'est une de vos plus belles phrases, écrites du fond du cœur, sans aucun doute... Je ne m'attends pas à une explication. Écoutez-moi, c'est tout ce que je demande. Ce que votre agent m'a donné à ce premier déjeuner m'a terrifié ; ce petit texte sur le *snuff movie*... brillant ! Mais il a fallu que je lise vos travaux antérieurs pour que tout se mette en place... pour que je mesure la distance parcourue entre alors et maintenant, pendant toutes ces années intermédiaires. J'y ai décelé un chagrin secret, et en filigrane ce doute de soi qui est un poison lent.

« J'ai lu votre premier roman seulement après avoir lu votre texte sur la vidéo, cette scène où « le garçon » arrive au domicile de la maîtresse de son père, s'en rapproche en catimini, pour finalement trouver ce dernier et cette femme tout bonnement assis dans le séjour... un tableau d'une telle banalité. Il y avait entre cet homme et cette femme quelque chose de pitoyable. Ils jouaient aux cartes. C'est ainsi que le garçon les trouva.

« Et c'est ce qui le fit flipper, bien sûr, il était déçu de ne rien découvrir d'autre que la vie la plus ordinaire.

Cela à lui seul justifia son geste quand il chargea le pistolet dehors, devant la maison.

« De son point de vue, c'était la faute de la femme. C'est clair. Il pensait que tout s'arrangerait si seulement elle disparaissait de la vie de son père. Logiquement, et vu le thème, cela aurait dû marcher. Après tout, avec l'effroyable obstination de la jeunesse qui croit pouvoir faire plier un monde qu'elle ne comprend pas à un code de l'honneur de son propre cru, il pensait obliger son père à devenir son complice, car n'allait-il pas chercher à couvrir le meurtre ? Un sacré piège qu'il avait posé là. Quel père jetterait son fils aux lions ?

« Je vis la scène se dérouler comme si je l'avais sous les yeux, la maîtresse esquisser un geste vers le garçon, cherchant à lui expliquer, ou tout simplement à sauver sa peau… et le père la prenant à bras le corps, la plaquant au sol, sa main sur sa bouche, afin d'étouffer ses cris alors que le garçon tirait un second coup. À cette seconde, la femme ne crut plus en le père. Il n'y avait plus rien entre eux, le père ne pensait plus qu'à son fils. Le lecteur sait alors que c'était fichu pour elle. C'est l'histoire d'un homme qui ne veut pas perdre son fils. Et les choses ont été trop loin pour envisager une réconciliation. Quelque chose doit être fait.

« La vie vous ménage ces moments de révélation, Karl. À l'époque je me suis dit : l'indécision va maintenant pétrifier la main du garçon, il va suspendre son geste, il va laisser la suite à notre imagination… Le truc, quand on écrit un roman, c'est de savoir où finir une histoire, où s'arrêter, pour que l'esprit du lecteur continue à explorer tout seul la foule des possibilités. Tous mes signaux d'alerte étaient au rouge : c'était là que la scène devait être coupée ! Mais vous ne l'avez pas fait ! Alors j'ai su que c'était sans doute ainsi que cela s'était passé dans la vraie vie. L'art avait été supplanté.

« Je me rappelle votre description du garçon après avoir tué la femme, comment il tend tristement le pistolet à son père, "avec l'expression d'un garçon qui vient d'abattre un oiseau avec une fronde, et qui demande à son père de prendre le relais" et la façon dont son père lui parle, en acceptant le pistolet, en acceptant de soulager l'enfant du fardeau futur, en feignant avoir tout arrangé d'avance, et poussant le garçon dehors, hors de la maison, sur son vélo… Le garçon se met à pédaler en direction du halo lumineux au loin devant lui, et quelques instants plus tard, il entend la détonation, une seule. C'est ainsi que cela s'est passé, n'est-ce pas ? »

J'hésitai à répondre aussi directement, à lui avouer que j'avais tué la maîtresse de mon père.

Fennimore le devina. « Je me fiche de la maîtresse, Karl. Je vous parle d'autre chose, de quelque chose de plus essentiel pour vous. Le suicide était le seul moyen qu'a trouvé votre père de vous échapper, n'est-ce pas ? »

Ma langue refusait de m'obéir. Je tremblais. « Qu'est-ce que vous voulez de moi ?

— Vouloir ? Vous avez toutes les raisons de vous réjouir, Karl, et aucune de désespérer. Ne craignez rien, je n'ai aucune intention de mêler la police à ça. Nous sommes sur un autre plan. Elle est un personnage mineur dans la grande histoire, la vôtre, Karl. » Il ne cessait de chercher à me libérer de ma crainte initiale ; il me suppliait presque. « Je tiens à ce que nous soyons égaux. N'est-ce pas le rêve de tout écrivain d'être non seulement lu mais aussi, et surtout, compris ? Votre écriture ressoude les deux bords de la cassure qui sépare la foi aveugle d'un garçon naïf, nostalgique de ce qui aurait pu être, et la quête psychotique de l'agnostique telle que vous la décrivez dans les petits textes que votre agent m'a fait parvenir, où le garçon devenu un homme tue ses victimes dans le seul but apparent de cueillir leurs sensations dans le combat qu'ils livrent contre la mort.

« Vous décrivez ce que cela fait de perdre la foi, comment on finit par avoir l'âme qui se vide comme une outre crevée. Vous savez, quand j'étais au Vietnam, je pensais à la vie de Jésus et aux quarante jours et quarante nuits qu'il a passés seul à être tenté par le diable. Je me disais, et si tout cela n'était que du vent, si la grâce n'existait pas ? C'est tout à fait possible. Cela expliquerait mieux notre monde que ne le font les Évangiles. Et si son sacrifice contribuait simplement à nous cacher la vérité ? Peut-être est-ce ainsi que la banalité agit sur nous. Elle nous empêche de voir la *Vérité*. Elle nous distrait avec des tas d'autres choses… »

Je voulus intervenir, mais Fennimore insista : « Laissez-moi terminer… s'il vous plaît… C'est ce à quoi je veux que Harry se confronte, Karl : l'impasse de la déloyauté en la personne du jeune garçon, de ce qu'il est devenu plus tard dans la vie. Je sais combien ardemment vous avez souhaité réussir. Je me doute de ce qui a pu ou non transpirer à l'époque sous l'effet du stress, Karl. Chacun de nous doit trouver le chemin de sa destinée. Parfois nous sommes obligés de recourir à des artifices pour faire jaillir l'inspiration. Ce n'est pas tous les jours qu'on débarque dans la jungle du Vietnam et qu'on tue une femme et un enfant. Parfois, pour parvenir à cette intensité, il faut savoir inventer ou récréer…

— Je ne crois pas que j'ai envie de continuer cette conversation, l'interrompis-je.

— Nous ne faisons qu'un, vous et moi, tout au fond de nous. Nous partageons la même vision. Nous avons été inspirés par la tragédie, par des circonstances hors de notre volonté. L'art n'est pas un choix, c'est un remords. C'est une maladie de l'âme…

— Laissez-moi tranquille ! m'écriai-je. Merde ! Arrêtez ! »

Cela riva son clou à Fennimore. Pas longtemps. Il reprit : « C'est vous qui m'avez contacté, Karl.

— C'est fini !

— Bon, si c'est pour une bonne raison, à moins que vous ne soyez seulement dans une impasse ? Car c'est ce que c'est, Karl, une impasse.

— Que voulez-vous que je fasse ?

— Je vous l'ai déjà dit : trouvez-nous une victime, quelqu'un qui mérite d'être sauvé. »

23

Une lueur se montrait à l'est quand je raccrochai. Je me sentais aussi proche de la dépression nerveuse qu'on puisse l'être, puis je songeais à la nature inextricable de la situation, et en arrivais à cette conclusion : quand on est fou on ne le sait pas forcément.

Était-ce un signe de santé mental ou bien encore une illusion ? Pas facile de trancher.

N'empêche, j'étais soulagé d'avoir finalement réussi à obtenir une relation d'égal à égal avec Fennimore.

Ses paroles avaient produit en moi un effroi… D'un autre côté, il approuvait ce que je lui avais fourni. Il me priait de continuer.

Je me préparai un café serré dont l'arôme parfuma aussitôt l'appartement.

De l'autre côté de la cour, je regardai l'appartement de Glen, nous étions si proches les uns des autres. J'étais de plus en plus acclimaté à ce lieu. Je commençais à m'y sentir complètement chez moi.

En me versant une tasse de café noir, je ruminais le lien profond qui me rattachait à Fennimore. S'il avait saisi le contexte autobiographique de mon écriture, de mon côté, je l'avais lu et entendu. Nos sources prenaient naissance dans le même vertige.

En lisant son premier roman, *La Sentinelle*, j'avais déduit d'une allusion autobiographique que sa femme l'avait quitté dans la vraie vie ; son héros, Harry, allait rôder en voiture la nuit autour du nouveau domicile de son ex dans le seul but d'apercevoir son fils unique.

Il décrivait des sensations qui sonnaient vrai, comme si c'était de lui-même qu'il parlait à la troisième personne, sous l'identité de la « Sentinelle ».

Il s'agissait d'une scène inutile vis-à-vis de l'action, mais elle m'avait mis la puce à l'oreille : tout ce qui était relatif au guet puisait dans son expérience personnelle. Il y avait un passage émouvant vers le milieu du roman, où Harry est là, dans sa voiture, tout seul en train d'épier sa femme, et il se remémore ses premiers temps au Vietnam. À dix-neuf ans, sentinelle en faction, raide défoncé à l'herbe, il relate à un camarade un événement qui à peine six mois plus tôt lui avait paru le clou de son existence – le soir où la fin du lycée se clôturait par le grand bal rituel de la *Prom Night*, à l'arrière du break de son vieux, il avait réussi à sauter une fille qu'il connaissait depuis le CP : n'était-ce pas ce que la société attendait de lui ?

Le récit de la sentinelle, dit par une voix d'homme mûr, laissait transparaître que des choses terribles s'étaient produites entre-temps, que l'innocence était une chose que l'on pouvait perdre en route – dans ce cas précis, la route avait été tracée par un pays qui, en s'engageant dans une guerre, avait envoyé aux confins du globe des âmes qui autrement auraient été normales.

La voix résonnait d'une colère subtile qui d'un bout à l'autre du roman maintenait le lecteur en haleine parce qu'il ne savait pas ce dont était capable Harry

– surtout compte tenu de ce qu'il avait déjà fait à cette jeune femme qui courait avec son môme attaché dans son dos.

Je pressentais que sans cette suite d'événements, il ne serait jamais devenu « la sentinelle » et serait resté un simple inspecteur de la criminelle.

De bien des manières, sa vie n'était pas si différente que celle de Lori, ou de n'importe qui d'autre, dans la mesure où nous pourrions tous, poussés dans nos retranchements, nous définir à partir d'un seul incident ou période de notre existence. Et à mon avis le choc engendré par cette prise de conscience, à condition d'être canalisé comme il faut, est apte à accoucher d'œuvres de génie. C'était arrivé à Fennimore avec son premier roman, à l'issue de sa cogitation, alors qu'il épiait sa femme dans le noir. Ce point de référence lui avait permis de se situer, aussi bien dans l'avant que dans l'après-guerre du Vietnam.

Il y avait un exercice que je donnais à mes élèves, où au début de leur texte, j'ajoutais la proposition, « au cours des quelques jours qui ont précédé ma mort ». Une simple référence temporelle pouvait en effet bouleverser un récit, en lui prêtant une urgence, une nouvelle tension dramatique, traduisant ce qui se déroulait dans les replis de l'inconscient lorsque la totalité d'une vie se trouvait examinée à l'instant de la révélation.

Le problème avait surgi au deuxième ou troisième roman, dans la froide réalité de l'auto-analyse, la rétroaction de plus en plus affaiblie de ce qui n'était plus que l'exploitation d'un filon ancien, car à la vérité, notre champ de compréhension intellectuel se réduisait peut-être à une seule note frêle, un unique chant. Dans le silence de mon échec professionnel, j'avais eu à affronter ce problème. En tentant de m'élancer au-delà de mon deuxième roman, je me suis retrouvé embourbé dans *L'Opus*, faisant de mon mieux pour dépasser les limites de mon expérience personnelle.

Dégrisé dans le petit matin blême je pris mentalement note des idées qui me venaient dans l'intention d'en faire part un jour prochain à Fennimore, de lui parler d'égal à égal. Nous avions besoin de nous épauler l'un l'autre.

Nos relations perdureraient le temps d'un dernier roman. Car si c'était sans aucun doute le chant du cygne de Fennimore, ce serait aussi le mien. Pour moi il s'agissait moins d'une réussite inespérée que d'une dernière chance de faire entendre ma voix, mon timbre, dans un constat d'échec commun. Cela me permettrait de me ménager une sortie honorable, d'écrire mon propre éloge funèbre.

En dépit de l'inspiration que je tirais de ses encouragements, je n'étais toujours pas convaincu que cette compréhension mutuelle, et biaisée, de nos intentions d'auteur n'était pas un maigre substitut de l'authenticité de l'inconscient, de ce qui jaillissait de la spontanéité.

Allait-il nous être possible de redémarrer une collaboration fructueuse après ça ?

Nous nous efforcions de recréer ce quelque chose qui avait circulé entre nous au niveau des tripes. De ce fait, le passé, à cause de ce que nous attendions de lui, nous était devenu fardeau. Il nous faudrait répéter le tour de force de Fennimore, quand il avait changé *knight* en *night*. Jamais nous ne pourrions oublier ce succès initial, ni la facilité avec laquelle notre relation s'était épanouie compte tenu que nous ne nous étions jamais parlé.

J'avais conscience que, quel que soit ce que nous parvenions à écrire à quatre mains, il y aurait toujours un décalage avec ce que nous étions en tant qu'artistes, de sorte que l'artifice de l'intrigue et des personnages sauterait aux yeux de tout lecteur attentif, mais de nos jours, n'est-ce pas, qui prend la peine de lire en profondeur, qui va chercher des réponses dans des livres ?

Laissant ces questions en suspens, et comme Lori ne donnait toujours pas signe de vie, je m'assis de nouveau à mon ordinateur, afin de réfléchir à celle, d'un ordre plus prosaïque, posée par Fennimore : Qui assassiner ?

Une demi-heure plus tard, je descendais au sous-sol en direction de la laverie payante. En passant devant une pièce qui servait de salle de gym, j'aperçus le matinal Vladimir qui faisait ses exercices : couché sur un banc, il soulevait des haltères aussi gros que des roues de locomotive au son, tout à fait insolite, d'une cassette de musique traditionnelle russe.

J'aurais plutôt imaginé « The Eye of the Tiger », un trip égocentrique à la *Rocky*.

Et aussitôt, une scène se mit en place dans ma tête, une scène du roman : Charles Morton tombant sur Vladimir, une première puis une deuxième fois, descendant au sous-sol revêtu de son masque de Clinton, l'observant en train de compter fastidieusement ses poussées, entrant dans la pièce alors que Vladimir articule en soufflant péniblement mettons huit ou neuf, et voilà que Morton appuie, oh, à peine, sur la barre, et Vladimir trop fatigué pour lutter, le larynx écrasé, meurt en fixant Morton dans le blanc des yeux.

De retour à l'appartement, je confiais à Word ma vision encore toute fraîche, alors qu'autre chose encore prenait forme dans les replis de mon cerveau, semblable à un film muet qui se cherche une voix, ou à un assortiment d'éléments hétéroclites qui aspire à s'assembler dans les circonvolutions d'une intrigue.

C'était là, à portée de ma main mais pas tout à fait, car il n'était pas évident de savoir pour quelle raison exactement Vladimir devait mourir.

Je fermais et rouvrais alternativement les yeux, regardant vers l'intérieur puis vers l'extérieur, mes doigts courant sur les touches, ne saisissant que des détails.

*

Un peu plus tard, je fus distrait par le bruit de l'aspirateur dans le hall de l'immeuble – Elena.

Je regrettais que les choses aient mal tourné entre nous.

Je passais un moment à écouter. L'aspirateur se tut d'un seul coup. J'entendis le soupir d'une serpillière que l'on plongeait dans un seau, puis je respirais une odeur de pin.

Je ramassai le paquet de chewing-gum sur mon bureau et jetai un coup d'œil dans le judas. Après avoir glissé un chewing-gum sous la porte, j'attendis.

Quelques instants plus tard, elle s'arrêta et prit le chewing-gum. « Monsieur Karl, vous savez, il faut un deuxième pour Serguei. »

J'éprouvai un relatif sentiment de triomphe à la pensée d'avoir réussi si facilement à obtenir son pardon.

Je glissai un deuxième chewing-gum. Elle le prit. « Vous savez, ça me fait mal, ce que vous dites, que j'ai pas de rêves. »

Je la voyais déformée par le verre du judas. Je répliquai d'un ton penaud : « Je ne voulais pas être méchant. Pardonne-moi.

— Ma mère dit que vous êtes aux crochets de votre femme. Vous faites rien dans la vie. »

J'émis un rire dédaigneux. Je ne voulais pas qu'elle décroche. « Qu'est-ce que cette paysanne connaît à l'Amérique ? Tu sais, je suis étonné qu'ils l'aient laissée entrer.

— Ils laissent entrer n'importe qui.

— Peut-être, mais une fois entrés, les gens doivent respecter nos lois. Je devrais la dénoncer pour ce qu'elle te fait à toi. En Amérique, les enfants ont plus de droits que les adultes. Elle pourrait être arrêtée pour t'avoir maltraitée. »

Cette idée fit glousser Elena.

« Et tu devrais exiger d'être payée pour le travail que tu fournis dans cet immeuble. »

Je l'entendis faire claquer le chewing-gum dans sa bouche. « Monsieur Karl, allez, vous êtes ridicule.

— Oui, je suis ridicule. »

J'avais l'œil collé au judas. Comme je voyais qu'elle voulait ajouter quelque chose, je lançai : « Il y a autre chose ?

— Vous avez une télé ?

— Cela signifie-t-il que nous sommes de nouveau des amis, Elena ? »

Je vis ses yeux se lever vers le judas : elle essayait de me voir. « Vous pouvez enregistrer pour moi *Hôpital central* sur ABC 7 ?

— *Hôpital central ?* » Un sourire s'épanouit sur mon visage. Ne me dis pas que tu veux devenir docteur ? »

Elle répondit avec un sérieux cinglant : « Non ! Je veux apprendre comment on se marie avec un docteur. »

Mon cœur se serra. « Tu sais, en Amérique, tu pourrais devenir docteur. Tout est possible pour tout le monde, même pour toi.

— Oui, mais je préfère pas travailler, comme toi, monsieur Karl. »

Sa candeur me piqua au vif. J'ignorais si je devais le prendre comme un compliment.

Serguei se fit soudain entendre. Elena l'appela d'un ton allègre. « Regarde, Serguei, j'ai trouvé un chewing-gum. » Puis, à mon intention, dans un chuchotis, elle ajouta : « *Hôpital central* sur ABC 7, c'est très gentil, monsieur Karl. Je suis très contente avec vous. »

*

Terré dans ma petite chambre, j'écrivis jusqu'à la tombée de la nuit, repoussant dans un coin de mon esprit le silence persistant de Lori. Je supposais que cette fois, c'était fini pour de bon. Je me servais de la dure réalité de ce qui m'arrivait pour aiguillonner mon inspiration. En début d'après-midi, avec déjà sept heures de travail derrière moi, je sentis pour la première fois les choses se cristalliser et prendre la direction que je recherchais. J'effectuais un montage avec les narrations disparates d'Ivan, Elena, Serguei, Marina, Lori et Glen pour créer un univers sexuel dystopique, toutes ces vies multiples se retrouvant liées les unes aux autres par le truchement d'une chasse au meurtrier en série.

Ma belle énergie me quittant, je finis par fermer Word, prêt à aller me coucher, mais pas avant d'avoir revisité le site de Brandt. Je voulais voir s'il avait mis en ligne mon panégyrique, où je comparais Marina à Lady Godiva. Je ne le vis nulle part.

Sous l'image animée des deux personæ de Marina qui s'alternaient en fondu enchaîné, un lien clignotait : c'était un article sur les deux suspects écroués pour le meurtre.

La biographie du plus jeune, quinze ans, DeShawn R. Tate, pour horrible et déshumanisante qu'elle semblait, n'en était pas moins prévisible. Nous étions désormais accoutumés à ce genre de cauchemar ambulant. Il avait souffert à la naissance du syndrome d'alcoolisation fœtale et avait été exposé au crack et à la cocaïne pendant la grossesse de sa mère qui avait en outre le sida. Cadet de huit enfants, il avait très tôt été confié aux services de l'enfance, ballotté d'un foyer d'accueil à l'autre. À l'âge de neuf ans, diagnostiqué hyperactif, il avait été traité à la Ritaline. À onze, il avait fugué de son centre d'hébergement et n'avait plus vécu que dans la rue, survivant comme coursier du célèbre gang de Chicago, les Gangster Disciples. Avant son douzième anniversaire, il avait fait trois enfants à trois mineures de moins de quatorze ans. Les mères et les petits étaient à la charge de l'assistance publique.

Son complice, Antonio Jones, âgé de dix-sept ans, n'affichait pas un meilleur palmarès, quoique sa vie ait été moins tragique, simplement grevée de petits délits, trafic de stupéfiant et détention d'arme. Sept arrestations et deux incarcérations. Lors de la dernière, on l'avait trouvé avec un .44 magnum non enregistré, ainsi que deux grammes de cocaïne. Il était le père de six enfants !

Il avait reconnu sa culpabilité auprès du procureur, pour complicité d'agression, viol et enlèvement, déclarant que Tate et lui avaient trouvé la victime, perdue et soûle dans le ghetto, où ils l'avaient tous les deux violée dans une ruelle, la laissant là pendant deux heures, au cours desquelles ils volèrent une voiture, se défoncèrent, puis retournèrent la violer, cette fois en réunion avec quatre potes. Finalement, Tate avait tranché la gorge de Marina et ils avaient traîné son cadavre jusqu'à la voiture volée, et y avaient mis le feu.

Un résumé de ses dernières heures qui donnait froid dans le dos.

Alors que j'allais me déconnecter, une bande défilante intitulée « Dernière nouvelle ! » annonça la venue de Brandt à Chicago pour filmer une séquence sur Cabrini Green en vue de l'inclure dans son documentaire. Il lançait un appel aux bonnes volontés pour le tournage de la veillée silencieuse organisée par *L'Étranger* afin d'appeler l'attention sur les problèmes de la cité. Il y avait un lien pour le site du magazine.

Une claque de plus – cette alliance entre Brandt et *L'Étranger*. J'avais été présent aux derniers moments de sa vie. Elle m'avait téléphoné dans les heures qui avaient précédé sa mort. L'angoisse m'étreignit soudain. J'avais tort, bien sûr, de continuer à m'intéresser à cette enquête, mais c'était plus fort que moi. Pourtant c'était typiquement le genre de distraction qui pouvait faire dérailler mon travail pour Fennimore, en m'empêchant de m'y investir totalement.

Je retournai sur le site à la mémoire de Marina.

Ses parents avaient posté des scans de Polaroïd : la vie de rêve d'une jeune collégienne, des vacances en Europe, des promenades à poney... Je les regardais attentivement, m'arrêtant surtout à l'image où on la voyait avec son père devant le palais de Buckingham, au moment de la relève de la garde. En ciré et bottes de caoutchouc, elle tirait la langue à un garde imperturbable – une image innocente qui augurait de ses tendances anarchistes, et de ce qu'elle deviendrait moins d'une décennie plus tard.

24

Lori téléphona pile avant sept heures du soir. Elle ne fit allusion ni à Marina ni à *L'Étranger*. Elle « se planquait » chez Deb, me dit-elle d'une voix si chuchotante que je me demandai si je n'étais pas en train de devenir fou.

Je ne fis pas non plus allusion à ce qui s'était passé entre nous.

D'après ce que je compris, sa sœur et elle avaient toutes les deux dîné la veille dans le restaurant préféré de Deb, Au Homard Rouge, qui proposait ce soir-là une « offre spéciale ».

Histoire de trouver une entrée en matière, je hasardai : « Tu sais ce que j'en pense, ce restau est bon si on ne sait pas ce que c'est que les fruits de mer. »

La voix de Lori était toute chose. « Tu ne veux plus de moi, c'est ça ? » Puis elle soupira. Sa fragilité était presque palpable.

Mais je n'avais aucune intention de céder. « Ça craint vraiment tant que ça chez Deb pour que tu te résignes à m'appeler ?

— C'est jamais pareil sans toi.

— Tu as trouvé ça sur une des cartes de vœux de ta sœur ?

— Je te parle du fond du cœur. »

Je fermai les yeux. Moi qui croyais que j'avais dépassé le stade où j'avais besoin de lui parler. « J'ai l'impression que tu es dans une relation fusionnelle avec moi, Lori. J'ai lu des trucs là-dessus. C'est dangereux. C'est très mauvais de vivre à travers l'autre. Dans le temps, il y avait un mot pour ça : Amour.

— Arrête ! Pas maintenant. C'est ma faute… pas la tienne. Je te l'accorde. C'est moi qui t'ai entraîné dans cette histoire.

— Pour moi, c'est fini. » C'était la première fois que j'arrivais à prendre le dessus. Bien entendu, je le regrettai aussitôt. « Qu'est-ce qui ne va pas, en fait ? »

J'avais ouvert une brèche. Elle s'y rua avec sa volubilité coutumière. « Je pense à l'âge que nous aurons. Je ne sais pas si, à quarante-cinq ans, j'ai le courage de courir après un bébé. Hier soir, Deb n'a pas fermé l'œil en attendant Misty. Ray et moi, on est restés avec elle. Pour la calmer, Ray a sorti les albums de Misty quand elle était petite. La mèche de sa première coupe de cheveux, les rognures d'ongle de la première fois qu'on lui a coupé les ongles, sa première dent… Ray est génial pour ça, il garde la tête froide. Il complète bien Deb.

« Pendant ce temps-là, je préparais un chocolat chaud à Deb. Tout ce qu'elle savait faire, c'est pleurer et crier et taper du poing sur la table. Il était deux heures du matin passées. Dingue ! Elle a téléphoné aux copines de Misty. La honte, quoi, mais on ne pouvait pas l'arrêter. Elle ordonnait à ces gamines de lui dire où se trouvait Misty.

— Sa première erreur : quelle idée d'appeler sa fille Misty ! l'interrompis-je. Misty, c'est un nom pour danseuse nue. »

Mais Lori, une fois lancée, devenait un véritable rouleau compresseur. « J'ai essayé de la raisonner, mais elle ne voulait rien entendre. Misty est comme sa mère. C'est ce que j'ai dit à Deb. Plus on l'attrape, plus elle se braque et plus ça dégénère. Deb ne fait que récolter ce qu'elle a fait subir à Papa autrefois, mais elle n'a pas voulu m'écouter. Elle ne veut plus entendre parler du passé. J'ai essayé de lui expliquer. Elle m'a dit de débarrasser le plancher.

« Ray a fini par m'attirer dans un coin. Je dépensais ma salive pour rien. Du coup, je me suis mise à regarder les albums. Deb était toujours au téléphone. Quelqu'un lui a raccroché au nez à cause de l'heure. Alors elle est montée en hurlant dans la chambre de Misty et a vidé son armoire. Elle a flanqué toutes ses affaires en bas de l'escalier. Moi, je suis restée avec Ray dans la cuisine. Il y avait une photo de Misty le jour de ses neuf ans, au Chuck E. Cheese. Elle a fini par rentrer, à trois heures du matin passées, soûle. Son petit copain l'avait ramenée en voiture mais n'avait même pas attendu qu'elle soit à l'intérieur pour repartir.

« Deb lui a sauté dessus et l'a flanquée par terre. Elle lui tenait les mains plaquées au sol, comme dans cette émission policière, COPS. Elle s'est mise à hurler : "C'est terminé maintenant !"

— Et comment ça s'est terminé ? m'enquis-je.

— Deb va l'envoyer dans une cellule d'intervention de crise dirigée par un ancien sous-off de la guerre du Golfe. »

En l'entendant prononcer les mots « intervention de crise », je levai les yeux au ciel. Le jargon pseudo-psy était bel et bien passé dans la langue de tous les jours. N'empêche, les frasques de cette petite conne me fournissaient une trêve appréciable après les séances de solipsisme des derniers soirs. Rien que d'écouter le récit abracadabrant de ce mélodrame banlieusard, je me sentais réconcilié avec ma propre vie, ou du moins en phase avec quelque chose de plus vaste et au bout du compte inconséquent.

J'allais au WC, le combiné sans fil bien calé entre mon oreille et mon épaule.

Tandis que Lori continuait à parler, je songeais à Schwartzy. Le *golfe*... Le mot ne venait-il pas étymologiquement de « gouffre » ? J'imaginais le gros titre d'un tabloïd : *La guerre du Gouffre – Stratégies en provenance du front parents-ados*. Je pris note sur un bout de papier.

Lori ajoutait qu'il y avait pire, Misty s'était fait faire un tatouage, et l'été dernier, elle avait attrapé une maladie sexuellement transmissible, qui avait été soignée discrètement. Deb s'arrachait les cheveux.

« Tu sais, dis-je, de quoi a vraiment besoin Misty ? Que Ray la conduise du côté du ghetto et la plante là, à la merci d'un viol en réunion ! Voilà l'idée que je me fais d'une intervention de crise efficace ! »

Je regrettai aussitôt ces paroles, puisqu'elles nous firent aussitôt penser à Marina.

Un silence s'installa.

Je tentai un pardon, mais Lori me coupa : « Je m'en fiche... D'accord ? J'ai réagi trop fort. À cause du stress. Deb m'a apporté l'article au bureau. »

Et moi de me dire : Très bien, pour une fois Deb est le « méchant ».

Puis elle changea de sujet. Entre autres, elle aborda celui de soldes de chaussettes Windsor Gold Toe à des prix imbattables, dans un centre commercial qui se trouvait au milieu de nulle part, à cent bornes de Chicago. Elle envisageait d'y aller aujourd'hui même avec Deb. Misty les accompagnerait peut-être, si Lori arrivait à la convaincre.

Tout cela, elle m'en fit part comme si cette information ne s'adressait pas à moi. Elle rentrerait dans la soirée, si cela me convenait… ce qui me convenait tout à fait.

Puis j'entendis la voix de Deb derrière. Elle prononça mon nom.

Je hurlai : « Tu récoltes ce que tu sèmes, Deb ! »

Lori raccrocha.

Je restai ainsi un moment sans rien faire, à lézarder voluptueusement dans les rayons du soleil.

C'était le milieu de la matinée du Sabbat, un jour de repos, et j'en profitais.

25

Je dormis jusqu'à l'après-midi, réveillé par une pluie douce qui atténuait les aspérités du monde. La lumière brillait dans la plupart des appartements, la rue luisante était déserte, le centre-ville au loin posait un halo sur l'horizon.

La veillée silencieuse organisée par *L'Étranger* se trouvait à deux heures d'ici. Comme j'hésitais à y aller, je restai sous la douche plus d'une demi-heure et l'appartement se remplit de vapeur d'eau, à se croire dans un hammam.

J'avais repoussé trop longtemps l'inévitable. Je pris mon téléphone et appelai l'EHPAD, déterminé à venir à bout des réticences bureaucratiques que je rencontrais dès que je téléphonais en dehors des heures prescrites.

Une aide-soignante me répondit.

J'appris que l'état de ma mère s'était aggravé. Atteinte de pneumonie, elle avait été hospitalisée. L'aide-soignante me fit savoir qu'ils avaient essayé de me joindre à de nombreuses reprises, et laissé des messages sur mon répondeur. Je n'avais reçu aucun message. C'est alors que Jane Cantwell prit l'appareil et précisa qu'elle m'avait laissé cinq messages au cours de la semaine précédente. Elle en était d'autant plus certaine, qu'elle en avait la preuve : elle faisait payer un supplément pour tout ce qui concernait le rapport avec les familles. Elle me lut la liste des dates et des heures.

« Je vais vérifier, Jane. Je suis nul avec toute cette technologie. » Je me montrais toujours extrêmement reconnaissant quand j'avais affaire à cette femme. « Vous faites un travail extraordinaire, Jane. Que Dieu vous bénisse pour tout ça. »

Jane répliqua d'un ton sec. Elle voulait savoir quand je comptais rendre visite à ma mère et me communiqua ses coordonnées avec une efficacité… bon… *efficace*. Elle me fit aussi comprendre à demi-mot que ma mère étant à présent hors les murs de l'EHPAD, il n'était pas certain qu'elle puisse y retourner. L'EHPAD n'était pas équipé pour assurer les soins médicaux dont elle aurait sans doute besoin. Ma mère n'était manifestement pour eux qu'une cliente comme une autre, sans aucune référence à ce qu'elle pouvait être en tant que personne. Ma mère était pensionnaire chez eux depuis plus de dix ans.

« Jane, dis-je, puis-je vous poser une question ? Quelle est la couleur des yeux de ma mère ? »

Elle me raccrocha au nez.

*

Je décidai de ne pas m'aventurer sur le terrain miné de la santé défaillante de ma mère. Je ne pouvais pas grand-chose pour elle. Pendant l'année et demie qui me séparait de ma dernière visite, je m'étais fabriqué une image d'elle tout autre que celle qu'elle offrait aujourd'hui, plus proche en fait de cette photo prise au bord de la route après le suicide de mon père, où elle se tient debout dans sa robe en vichy. C'était ainsi que je voulais me la rappeler, très jolie, les cheveux tirés en arrière sauf une mèche rebelle qui caressait sa joue. Je la trouvais séduisante, comme elle avait dû l'être dans le regard des hommes, dans le regard de mon père.

À mon sens, la naissance et la mort ne sont pas les seuls moments importants qui nous définissent. Nous nous réalisons sous la pression des circonstances, sous l'effet de causes naturelles, mais aussi nous grandissons de l'intérieur. Je souhaitais me souvenir de ma mère telle qu'elle avait été des années auparavant, pas comme elle était maintenant. Ce n'était pas ainsi que je la voyais.

Le passé de ma mère possédait un double fond. Il y avait un avant mon père, il y avait un avant ma naissance.

Je l'avais appris grâce à la cousine germaine de ma mère, Louise, une bas-bleu qui suivait ma carrière. Plus vieille que ma mère d'une demi-décennie, Louise nous avait toujours adressé de loin en loin des cartes postales humoristiques avec de brèves nouvelles de ce qu'elle devenait. Et chaque année, elle n'oubliait jamais de m'envoyer pour mon anniversaire une carte accompagnée d'un billet de dix dollars flambant neuf.

Par la suite, Louise m'avait fait parvenir une coupure de presse, une critique de mon roman parue dans le *Milwaukee Journal Sentinel*. Un jour, alors que j'étais en tournée pour faire la promo de mon roman, elle voulut qu'on aille ensemble rendre visite à ma mère. Dans sa lettre, elle me faisait comprendre que même si nous étions des parents éloignés, la famille se sentait solidaire de mon succès. Je louai donc une voiture et pris la route du nord afin de cueillir Louise au passage.

Elle sortit de chez elle, engoncée dans une étole en fourrure de renard avec au bout du bras un sac à mains qui ressemblait à une enclume. Elle n'avait pas souvent l'occasion de voyager. Je souris, appréciant soudain le luxe de l'automobile. Elle sentait la naphtaline.

C'était à l'automne 1985, nous avons passé la journée ensemble, une des rares fois où j'ai sorti ma mère de l'EHPAD. Elle avait eu plusieurs attaques bénignes. À soixante ans, elle était une des plus jeunes pensionnaires, encore belle du côté droit de son visage. La paralysie amollissait le gauche, avec un œil qui larmoyait en permanence.

Déjà à l'époque, ma mère oscillait entre lucidité et confusion mentale. Et dire que c'était la femme qui m'avait communiqué l'envie de réussir dans la vie ! Je tenais à lui réserver un traitement à la hauteur de son mérite. À l'époque cet EHPAD avait paru la solution la plus humaine, vu le site champêtre et les vastes pelouses. La célébrité était alors mon avenir.

Alors que nous buvions du porto dans le cadre Arts déco du Milwaukee Astoria, Louise ne cessait d'agiter mes romans sous le nez des serveurs comme des clients. Le grand hôtel, dont la gloire se conjuguait désormais au passé, avait été repris par la chaîne Best Western. Je me sentais un peu gêné.

Louise s'enivra comme seuls les vieux savent le faire : elle devint sentimentale et nostalgique, et fut prise d'un hoquet qu'elle dissimula derrière une main gantée piquée d'un bouton de nacre. Elle nous régala d'histoires datant de la Seconde Guerre mondiale, ces années captivantes où ma mère et elle avaient pris leur indépendance, ma mère quittant son trou perdu pour travailler dans une usine de munitions, à Sauk Prairie, Wisconsin.

Le frère jumeau de ma mère, prénommé Karl – comme moi – était mort dans le Pacifique deux mois plus tôt.

Ce n'était pas quelque chose que ma mère avait envie d'entendre, mais elle ne pouvait décemment pas faire taire Louise, et de mon côté je n'eus pas la compassion de l'interrompre. Je voulais savoir.

Le bon côté du visage de ma mère manifestait bien une émotion, mais il était difficile d'en identifier la nature. Le lendemain, à travers les vapeurs d'une gueule de bois, je repensais à ce qu'avait raconté Louise en visitant l'endroit dont elle avait parlé, ses mots résonnant à mes oreilles alors que je me tenais là où ma mère avait jadis vécu.

Déjà, à l'aller, sur la route, j'avais eu une sorte de vision. Une voiture surgissait au fond du paysage et roulait sur la petite route de campagne qui serpentait à flanc de coteau sous un ciel où filaient les nuages. Je vis la peau rose et plissée de ses mains de lingère ; je la vis les lever et enfouir son visage dedans. Elle pressentait la venue de quelque chose de terrible. D'instinct, elle se tournait vers la maison tandis que le bruit de moteur se rapprochait, et elle voyait son père encadré dans la porte de la grange, l'haleine de ses chevaux fumant derrière ses épaules.

Toute sa vie, jusqu'à cet instant précis, elle avait vécu suivant les saisons, champignons et pain de maïs en automne, accompagnant le gibier à poil et à plume ; l'hiver, c'étaient les mois de la viande fumée, la citrouille et le rutabaga. En dix-neuf ans sur terre, elle ne s'était jamais écartée de plus de quinze kilomètres de la ferme natale.

Moins de deux mois après la mort de Karl, elle quitta sa maison, tenaillée par l'angoisse et la tête farcie de chagrin, de sens du devoir et de patriotisme. On l'avait prise en photo le jour de son départ. Louise avait été invitée pour l'occasion.

Louise m'avait montré la photo la veille à l'Astoria, ce qui avait beaucoup dérangé ma mère. C'était un de ces portraits stylisés sépia, avec 1944 écrit au dos dans une encre bleue bien baveuse. Ma mère y paraissait plus que son âge, c'était la mode à l'époque, au temps où les stars de cinéma étaient plus vieilles, au temps où maturité et sécurité comptaient par-dessus tout.

Mais il y avait autre chose dans cette photographie que Louise tenait à nous montrer. Derrière la figure de ma mère se profilait une forme floue, telle une silhouette humaine bougeant trop vite pour être fixée sur la pellicule, un visage tourné vers l'objectif. Aux yeux de Louise, il n'y avait pas de doute, c'était le frère de ma mère, Karl. Elle croyait dans la transmigration des âmes.

Un peu plus tard ce même jour, ma mère est partie pour de bon. L'usine lui avait avancé un peu d'argent pour le voyage jusqu'à Sauk Prairie, qu'elle avait été toucher à la poste. Une semaine avant son départ, elle avait répondu à une petite annonce de deux femmes à la recherche d'une colocataire. Ma mère disait que c'était la deuxième fois qu'elle téléphonait.

Ces femmes lui avaient parlé à tour de rôle. Elles travaillaient toutes les deux à l'usine de munitions. Si elle les avait trouvées chez elles à cette heure, c'était parce qu'elles avaient été en service de nuit toute la semaine, le travail de nuit étant mieux rémunéré. Elles s'arrangeraient. Helen, la plus affable, lui dit qu'elle avait passé un accord avec un des patrons. Elles s'exprimaient toutes les deux avec cette hystérie légère des innocentes qui commencent à s'initier aux mœurs de la société, mais ne sont pas encore perverties : tant de jeunes gens mouraient en terres étrangères. Elles se contentaient de regards langoureux.

Avec son avance, ma mère avait fait l'emplette d'un manteau et d'un chapeau. Elle se fit faire une mise en plis. Elle évoquait ces souvenirs dans le silence de l'Astoria, se rappelant Helen, une belle blonde qui avait un faible pour les hommes mariés.

Elle se rappelait aussi avoir acheté une revue pour jeunes filles, *Calling all Girls*, dont la position était plutôt indéterminée sur le chapitre du féminisme. Par la suite, j'en exhumai quelques exemplaires à la bibliothèque. On trouvait dans ces articles un mélange de patriotisme, d'esprit pratique et de misogynie sublimée, décelable dans les titres : « Quand le devoir vous appelle », « Miss toujours prête », « Comment se trouver un mari », « Pas de demande de mariage au clair de lune » et « Soyez maligne, faites l'idiote ».

Ma mère mangea pour la première fois toute seule au restaurant : un *diner*.

Louise possédait une pile de cartes postales que ma mère lui avait envoyées au fil des ans, et elle me permit de les photocopier. Elle me les présenta sur la table de l'Astoria comme on retourne une quinte flush. À en croire cette correspondance, ma mère choisit le plat du jour : foie et oignons.

J'imaginais ma mère contemplant le monde avec un effroi forcément grandissant.

La voilà qui suit des yeux un petit épicier râblé qui est en train de rouler deux barriques de pommes au milieu de la circulation automobile. En face du restaurant, il y a un magasin qui a fait faillite… Je m'installai là où je pensais qu'elle s'était mise, à l'écart des autres clients.

Pendant ce repas elle remarque un garçon attifé d'un costume trois pièces qui a vu des jours meilleurs. Il s'emploie à nettoyer son bol de ragoût avec un morceau de pain. Il croise le regard de ma mère et sourit, il lui lance un mot gentil d'un bout à l'autre du restaurant. Ils ont à peu près le même âge. Ma mère baisse les yeux et rougit… et remarque sa vieille valise en cuir. Sans doute est-il comme elle : un petit campagnard réquisitionné pour travailler à l'usine.

J'imagine qu'elle pensait à son frère, son deuil encore tout à vif, profond.

Quand elle le regarde à nouveau, il ne fait plus attention à elle, trop occupé à montrer à la serveuse une tarte à la crème derrière une vitrine. La serveuse se baisse, le garçon lui assène une grande claque sur les fesses, et les hommes présents rient. La serveuse reste impassible, comme si elle ne comprenait pas ; le garçon insiste pour voir la tarte. Même ma mère sourit.

Dans un monde en guerre, il est nécessaire de maintenir l'ordre chez soi.

Et c'est ainsi que s'écoule cette heure de déjeuner, scandée par le bing de la clochette au-dessus de la porte, tandis que des hommes entrent et vont appuyer leur bedaine au long comptoir du *diner*, boivent du café, fument des cigarettes, écoutent la radio. Une voix aux intonations nasillardes de l'époque évoque les incertitudes du marché des porcs, du blé, du maïs. Puis viennent les nouvelles du front, une offensive majeure sur une île nippone se heurte à une résistance féroce, le nombre de morts augmente sans cesse. Ma mère parlait de tout cela dans ses cartes postales.

Je me figure le garçon se calmant, ma mère fermant les paupières. Sans la guerre, elle serait chez elle à cette heure, dans la lueur vacillante de la lampe à kérosène, dans la grange, assise à côté d'une vache, sa joue pressée contre son flanc chaud. C'était cela son monde, elle ne connaissait rien d'autre.

Elle ouvre de nouveau les yeux, bat des paupières, éblouie par le soleil qui se déverse de la fenêtre, et elle fait de son mieux.

Sur Main Street, le soldat du monument aux morts de la guerre de Sécession empalait de la pointe de sa baïonnette les rayons obliques du soleil d'hiver. Un soldat qui aurait pu être son frère, ou le garçon du restaurant. Frappée par la ressemblance, elle se retourna, mais le garçon avait disparu.

*

Comme c'est la guerre et qu'il n'y a pas de bas nylon dans les magasins, elle se fait tracer pour quelques cents un trait d'eye-liner à l'arrière des jambes, en ne songeant qu'à ses futures colocataires, à la question qu'elles lui ont posée au téléphone : a-t-elle un amoureux ? Elle est tellement excitée qu'elle a du mal à respirer : elle entre dans le monde des adultes, dans un vaste monde où elle ne connaît personne. C'est la faute à la guerre. Elle se rapproche inexorablement de mon père, de cet homme qui dans quelques années va se retourner sur elle pour mieux la regarder, parce qu'elle a soutenu son regard sans ciller – un fragment de seconde, cela a suffi.

*

Tout cela pouvait se lire là-dedans, comme dans un jeu de tarot, dans ce paquet de cartes postales que Louise avait conservé toutes ces années. Il suffisait de les déchiffrer en gardant à l'esprit quel genre de personne était ma mère.

Le bus a une heure de retard. Comme ma mère n'a pas envie d'attendre dans le froid, elle retourne au restaurant commander une tranche de tarte à la crème. Quelqu'un passe la tête dans la porte et annonce que la neige arrive.

Il se fait noir. La neige tombe. Ma mère attend. Elle boit du café, ce qu'ils appellent « une tasse de café sans fond » : elle a le trac.

*

Elle quitte le restaurant et prend le chemin de la gare routière. Fermée. Une simple pancarte avec écrit à la main : *Service annulé*.

De la neige fondue lui coule dans le cou. Elle a froid, elle ne sent plus ses pieds. L'eye-liner sur ses mollets a coulé. Elle a gâché du bon argent, par pure vanité. Elle a honte, elle est stupide.

Que font les gens quand ils n'ont pas le sou, où vont-ils ? Elle est déterminée à ne pas dépenser son avance, pourtant elle se dirige vers l'inévitable, autrement dit vers un hôtel, et cet hôtel-ci pratique des tarifs pour représentants de commerce, soit aux frais de sociétés qui les emploient, donc trop chers pour les gens ordinaires. Elle tente d'attendrir le concierge, mais les affaires sont les affaires… Peu importe qu'elle soit là pour servir la patrie, ou que son frère soit mort pour la défendre.

Quelque chose se durcit en son for intérieur.

Assise au bord de son lit d'hôtel, elle compte ce qui lui reste après avoir payé la chambre meilleur marché, avec le WC dans le couloir. Elle se retient de pleurer.

J'ai dormi dans cette même chambre. L'hôtel a gardé tous ses registres, et j'ai retrouvé le nom de ma mère, la dernière cliente ce soir-là. Il y avait une trace d'eau sur la page, sa signature était tremblée.

Elle suspend ses vêtements neufs au pied du lit et s'allonge dans sa combinaison qui lui arrive aux genoux. Dans le couloir, il y a des bruits. L'escalier crie. Des portes s'ouvrent et se ferment. Elle attend que les sons s'épuisent, puis elle enfile son manteau et sort pour aller aux toilettes.

Minuit arrive et s'en va. Ma mère ne dort toujours pas, elle écoute la fenêtre vibrer. Elle lit un moment la Bible des Gédéons, puis la pose, se lève et regarde dans la rue. Il ne neige plus.

Elle ne sait pas pourquoi elle est bouleversée à la vue du ciel bleu ardoise au clair de lune.

La ville a l'air de n'avoir que deux dimensions. Elle appuie son visage contre le carreau. Elle aperçoit le monument aux Morts de la guerre de Sécession, la noire silhouette de la sentinelle dans son manteau de glace. Elle se détourne, et ce faisant remarque un point rouge mobile en bas sur le trottoir.

En mettant ses mains en coupe contre la vitre, elle distingue quelqu'un debout dans le renfoncement d'une porte. La silhouette danse d'un pied sur l'autre. Elle reconnaît la valise en loques. Le garçon du restaurant.

Lui aussi attendait le bus.

Ma mère enfile son manteau directement sur sa combinaison, traverse la clarté ambrée du hall de l'hôtel, puis hésite. Une pendule fait tic-tac. Son cœur se met à battre à tout rompre tandis qu'elle ouvre la porte. Elle traverse la rue en direction du garçon. Il est frigorifié ; le visage enfoui dans le col de son mince paletot.

Elle prend ses mains dans les siennes.

*

Trois semaines plus tard, alors qu'elle se rend à son travail à l'usine de munitions, elle est prise d'un étrange vertige accompagné de nausées, sans avoir encore conscience du fardeau qu'elle porte, de cet enfant qui s'est logé contre la paroi de son utérus ; enceinte d'un garçon qui va crever dans le Pacifique.

*

J'appris tout cela par Louise, qui pleurait parce qu'elle était soûle et triste et désolée de voir ma mère dans cet état. Je ne lui demandai pas ce qui s'était passé ensuite. Ma mère était enceinte, puis elle ne l'était plus. Il n'en avait plus jamais été question.

La présentation de mon roman m'ayant donné accès à la pension de famille, je montais dans les chambres sous les combles où ma mère avait vécu la guerre. De la fenêtre, je contemplais les ruines de l'usine où avait travaillé ma mère. En se penchant comme elle avait dû se pencher, je retrouvai le même champ de vision : la vue sur le lieu le plus improbable qui soit pour construire des bombes. Il y avait des vaches au loin.

Dans les archives de la mairie, son nom était inscrit noir sur blanc parmi ceux qui avaient servi la patrie.

Je me figurais ma mère avec ses jambes peintes. Ce garçon avait dû croire qu'il était mort et monté au paradis. Avait-il raconté cette histoire à ses camarades GIs dans leurs tranchées sur la plage de je ne sais quelle île nippone ?

Ce garçon était-il d'ailleurs vraiment mort dans le Pacifique ? Tant mieux s'il était mort en se remémorant cette nuit.

Nous avons besoin de cette sorte de saints aux portes du paradis, d'âmes non perverties. Sinon, quelle alternative ? la vie de l'ex-amoureux de Lori, Donny, un pauvre mec coincé dans un pavillon d'un quartier vétuste de Green Bay avec une pension alimentaire à payer ?

De l'autre côté de la vie, il y aura, je l'espère, plus de raisons de se réjouir. Je vois une nuit perpétuelle dans cette chambre avec le garçon, ou bien je me repasse en boucle le moment où mon père s'est arrêté et a pris toute la mesure de la beauté de ma mère. De la voir autrement reviendrait à dévaluer ce qu'elle a été. S'il y a un Dieu, et un Ciel, ce sont là des dons que nous recevrons en partage.

*

C'est ainsi que, dans le silence de l'appartement, je débranchai le répondeur et le téléphone, coupant tout lien de communication avec elle ici-bas.

26

En me baladant dans une enclave du quartier où les boutiques étaient nombreuses, je tombai sur Elena et Serguei qui mangeaient des glaces au comptoir d'un *diner* rétro. Ils me tournaient tous les deux le dos, perchés sur des tabourets, face à une rangée de sirops aromatisés et de mixers chromés. Je n'étais pas assez idiot pour les aborder, me méfiant surtout du sale caractère de Serguei. Il avait l'air grotesque en pantalon court et costume de marin bleu roi.

Comme je m'étais arrêté pour les regarder, Elena dut apercevoir mon reflet au dos de la vitrine des gâteaux. Elle était vêtue d'une robe chasuble toute simple, comme celle d'Alice au pays des Merveilles. Toujours est-il qu'elle se retourna et m'adressa un clin d'œil complice : on avait un secret tous les deux – l'enregistrement de sa série.

Je lui rendis un sourire qui venait du fond du cœur, un de ces sourires que seul un enfant peut provoquer chez un autre être humain. Elle ajoutait un zeste d'humanité à la vie, notre accord tacite comblant un gouffre aussi bien générationnel que culturel. J'avais de nouveau d'elle la vision d'une Marina en herbe, curieuse et impulsive, assoiffée de reconnaissance, aspirant à être prise au sérieux au même titre qu'une adulte.

Je repris ma marche, espérant que le grand air me changerait les idées, mais il n'y avait pas d'échappatoire. Une librairie indépendante exposait en devanture une pyramide de livres : l'ouvrage de Mitch Albom, ce qui montrait bien la portée de ce qu'il écrivait, et accentuait mon propre sentiment d'échec.

Cette pyramide, il me démangeait de la flanquer par terre.

Je n'arrivais pas à savoir si mon cynisme était une attitude d'autodéfense face à ce que je ressentais comme un échec personnel, une inaptitude à saisir et à exploiter les occasions quand il s'en présentait. Je me battais toujours avec la voix de Fennimore que j'entendais encore dans ma tête, cherchant à lui faire dire quelque chose, à prêter à ce que nous avions tous les deux à offrir une plus grande profondeur. C'était ma dernière chance.

Planté devant cette pyramide, je repensais à mon premier réflexe qui avait été d'essayer de tirer profit de cette histoire d'infertilité, et combien il s'était vite avéré que mon projet avec Schwartzy n'allait nulle part.

Il était déjà assez fou de parvenir à comprendre quelque chose, mais de réussir à le traduire, voilà qui tenait du génie.

Qu'y avait-il chez moi qui n'allait pas ? Difficile à dire.

Rétrospectivement, je voyais où le bât blessait, ou plus précisément, je mesurais le phénomène culturel représenté par un Mitch Albom, par ce type de succès. Le coup de maître d'Albom tenait à l'intitulé de son bouquin, un résumé à lui tout seul de son contenu, une mini-narration conçue pour accrocher l'œil de journalistes blasés et fatigués parcourant l'énorme liste d'écrivains susceptibles de passer à la radio ou à la télé. Le truc, c'était qu'on n'avait pas besoin de lire le bouquin pour savoir de quoi il parlait, le titre étant en soi descriptif et rédempteur, et répondant à la question qu'il posait, soit, dans le cas particulier de Mitch Albom : la vie a-t-elle un sens ?

Cette formule publicitaire aurait fonctionné avec n'importe quoi, gérer son argent, se mettre au régime, faire des rencontres, se libérer de la drogue, éviter la délinquance, bref, tous les problèmes relevant du domaine de la responsabilité susceptibles d'être résolus grâce à un effort de volonté ou à l'amour brut. Elle se coulait parfaitement au format d'une émission de télévision en journée. En première partie, on présentait la crise en présence d'un arbitre en la personne d'un « coach de vie », puis, après une page de pubs, on emballait le dénouement qui ne pouvait que se révéler instructif... Et le tout donnait ce que Warhol avait qualifié malicieusement de quart d'heure de célébrité.

J'étais revenu à la case départ, à savoir mon sentiment d'échec. Si j'étais capable de déconstruire, ne devais-je pas pouvoir tout aussi bien reconstruire, et réussir aussi bien que lui ? C'était d'ailleurs ce que me reprochait Deb. « Fais quelque chose ! » m'avait-elle crié.

Bien sûr, j'avais fait quelque chose, mais ce quelque chose ne correspondait pas à ce que voulait Schwartzy. Je contemplais mon visage qui se reflétait dans la vitrine de la librairie. Pour quelle raison n'avais-je pas réussi à lui complaire en lui livrant suivant ses instructions un texte sur les nouvelles possibilités offertes par la science aux couples infertiles ? Pourquoi n'étais-je même pas parvenu à garder le contact avec lui ?

Bien entendu, je connaissais la réponse, puisque quoi que je lui propose, il ne saisirait jamais sa portée sociologique, l'unique contribution de cet homme à la culture des Temps modernes se cantonnant au Graal de l'exercice miracle qui vous ferait des abdominaux d'acier.

À la pensée de l'humiliation qu'il m'avait infligée en ne répondant pas à mes messages, j'étais écœuré. C'était une injustice criante qu'un enculé de son espèce ne croupisse pas sous les ponts avec les autres SDF crevant de faim et de syphilis, mais baigne dans le milieu VIP de l'Upper East Side new-yorkais où il se posait en figure centrale de la mode et de la culture de son époque.

Un vendeur de magazines, voilà ce qu'il était. Il se contentait de gagner sa croûte, avec un talent indéniable pour dissimuler la vérité aux gens. Il décidait ce qu'il ne fallait pas publier tout autant que ce qu'il fallait publier. Il savait ce que voulaient les lecteurs, ou ne voulaient pas. Me revinrent alors les propos véhéments de Fennimore au téléphone : dans nos soi-disant grandes démocraties, où toutes les idées peuvent s'exprimer, en définitive, personne ne vous écoute !

Cette vérité s'imposa à moi alors que je me remémorais la curieuse réaction de Lori confrontée à Glen Watson, quand elle avait vu que Glen donnait en spectacle une féminité plus convaincante et plus belle que la sienne. Cela avait précipité Lori dans des confessions plutôt longuettes sur sa jeunesse, Deb et leurs relations avec leur père. Elle avait préféré révéler des secrets de famille, parler de son avortement et du passé plutôt que d'exposer ses véritables sentiments. Ah, ça, elle pouvait donner le change aux Marina de ce monde, à ces petites *allumeuses*, ces jeunes lycéennes effrontées, mais que faire devant les charmes de ce troisième sexe, cette possibilité de vie alternative, cette captation du deuxième sexe par le premier ?

La réponse, je le crains, était à chercher du côté de la banque de sperme prophétisée par Deb, dont l'insulte n'avait pas donné cher de ma valeur intrinsèque – celle d'être un partenaire névrosé et insatisfait – comparée au don anonyme de sperme. Une menace subtile qui planait non seulement sur ma vie, mais sur la vie du mâle en général.

En reprenant ma promenade, je me demandais combien parmi ces hommes étaient vraiment gays.

N'étions-nous pas, quelque part, au beau milieu d'un mouvement de protestation mâle, ou d'une mobilisation par la peur ?

Dès lors, si Glen représentait l'avant-garde d'une nouvelle virilité pomponnée, entre épilation totale et implants mammaires, ce n'était au fond que de la frime, puisque dans le « meilleur des mondes » que nous concoctait la science, les femmes, elles, avaient accès à une vraie solution de remplacement. L'option banque de sperme était en train de transformer la balance des pouvoirs entre les sexes.

Inutile désormais pour une femme d'être féminine jusqu'au bout des ongles, puisqu'elle n'avait pas besoin d'attirer un partenaire, d'où l'émergence de l'*Hermaphrodite* en tant que vile métaphore d'une virilité obsolète, d'un renversement des rôles masculin/féminin susceptible de faire d'un mec une version contemporaine de Madame Bovary se consumant d'un amour non payé de retour.

Je me félicitais d'avoir eu cette idée, qui valait bien celles de Mitch Albom. Depuis mon antre solitaire d'écrivain, j'assistais aux bouleversements du siècle et entendais les incantations des talk-shows télévisés qui acculturaient une génération de femmes en lui inculquant les préceptes de la monoparenté, délivrant des « procurations » à celles qui se trouvaient prises au piège d'un mariage sans amour ou brisé. Sur les plateaux étaient traînées des brutes épaisses que des experts en psychologie poussaient dans leurs retranchements sur le principe « ça vous passe ou ça casse ». Une nouvelle vague de libération pour les femmes que l'on amenait subtilement, ou pas si subtilement, à renoncer à l'amour hétérosexuel en faveur de leur carrière et de leur indépendance.

Dans ces conditions, pourquoi ne pas adopter l'alternative banque de sperme, ce mantra de la toute-puissance féminine se dépouillant du carcan du mariage ? Pourquoi pas des inséminations anonymes à partir d'une liste génétiquement fiable, une progéniture obtenue sans les affres des relations amoureuses, ni risque de peine de cœur ?

*

Comme un imbécile, alors que je voulais arriver sobre à la veillée silencieuse de Cabrini Green, j'entrai dans le bar de lesbiennes où Ivan avait ses quartiers.

Je frissonnai. Il faisait froid après l'averse chaude qui avait dilaté tous les pores de mon corps. Je commandai un whisky chaud avec une rondelle de citron.

Repoussant toute culpabilité à l'égard de ma mère au chevet de laquelle je n'avais aucune intention d'aller, je me transportai en pensée dans le no man's land sur la frontière Illinois/Wisconsin, me figurant Lori et Deb traînant la malheureuse Misty dans le centre commercial discount. Je les entendais d'ici échangeant des souvenirs doux-amers sur leur enfance et leur adolescence, se remémorant l'histoire tumultueuse qui est le dénominateur commun de toutes les vies de famille, ce qui n'empêche pas la majorité des gens d'essayer de faire mieux la prochaine fois. Et en effet, elles avaient dégusté !

Misty pouvait peut-être être sauvée d'elle-même.

Je levai la tête à un bruit fracassant. Ivan et Vladimir venaient d'entrer dans le bar, sur leur trente et un. Dacha les suivait.

Je regardai Ivan qui approchait en titubant, les yeux sondant l'obscurité du bar, la main posée sur le bras de Vladimir afin de ne pas perdre l'équilibre. Vladimir, qui faisait une tête de plus, en chemise blanche et pantalon noir, le cheveu tondu, ressemblait à un membre de l'église mormone.

Je me fis le plus petit possible sur mon tabouret, détournant mon visage de la lueur orangée de l'enseigne de bière Old Milwaukee.

Dacha, qui avait à la main un sac de *quarters*[1] de la laverie, marcha tout droit vers la machine à sous Poker plaquée contre le mur d'un étroit couloir aboutissant au petit coin. Elle me reconnut et marmonna quelque chose à Ivan.

1. Pièce de vingt-cinq cents.

Fixant l'autre extrémité du bar, Ivan haussa la voix. « Ah… Monsieur Karl ! Et dimanche… où qu'elle est votre dame, monsieur Karl ?

— Elle travaille », répondis-je d'un ton assez cassant.

Ivan rit. « Elle travaille ? Voilà quelque chose que nous devons comprendre ! »

Il vint vers moi et, avec une familiarité d'ivrogne, me prit par le coude. « Vous être formidable de faire travailler madame dimanche. Nous chercher femme comme ça pour Vladimir. »

Il leva la main, et répéta ce qu'il venait de dire en russe à l'intention de Vladimir. Puis il posa son doigt sur ses lèvres et, louchant du côté de Dacha, me serra le bras avec des airs de conspirateur. « Faudrait pas qu'elle entende secret. »

À l'autre bout de la salle, Dacha fronça les sourcils tandis qu'Ivan tapait du pied par terre comme pour faire avancer un bovin récalcitrant. C'est alors que Serguei entra dans le bar. Avisant Dacha, il courut vers elle. Lui aussi tapa du pied : il lui réclamait des sous. Un tyran en miniature. Cette fois c'était décidé : il serait assassiné dans les premières pages du roman.

Elena surgit quelques instants plus tard. Elle se rangea du côté de Vladimir, s'installa sur le tabouret à côté de lui et lui rendit la monnaie des glaces, du moins c'est ce que je supposais. Vladimir posa la main sur la tête d'Elena avec beaucoup de tendresse.

Ivan héla Vladimir en s'appuyant contre moi tout en me tirant par le bras. « Il apprend dans livres de classe de Serguei.

— On ne fait pas plus candide, prononçai-je avec le sourire. Vladimir va parler comme un innocent. Croyez-moi, il fera un parti formidable. »

Elena prit la main de Vladimir dans la sienne et lui dit quelques mots en russe. Il hocha la tête puis se tourna vers moi.

Et là, tout d'un coup, il me parut un homme diminué, avec sa grande main dans celle de la jeune fille. Voilà ma solution ! J'avais trouvé à Fennimore sa victime !

J'allais tuer non pas Serguei, ni Vladimir, mais la douce Elena. Elle me regarda avec une insistance muette, car elle prenait la défense de Vladimir. De tous les membres de cette famille, elle était la plus cosmopolite. À ce moment, comme une bouffée de bonheur me monta au cerveau : j'avais trouvé un fil narratif plausible ! J'allais tresser les rêves compliqués d'Elena à mes observations antérieures sur son entourage, sa vie et sa mort fusionnant en une série de plans cinématographiques, les VHS enregistrées pour elle servant de prétexte à Charles Morton pour l'approcher.

Je réorganisai les différentes parties de l'intrigue, me recentrant sur la souffrance existentielle engendrée par la perte d'un être cher, le meurtre devant se produire parce que Morton avait par mégarde laissé le *snuff movie* dans le magnétoscope au lieu de la cassette vierge sur laquelle il devait enregistrer *Hôpital central*.

J'imaginais Elena ne sachant plus que penser après avoir vu le *snuff movie*, Charles Morton l'épiant par l'entrebâillement de la porte, entrant doucement, essayant de la rassurer, de lui faire comprendre. Il l'attrapait pour l'empêcher de partir, il voulait seulement lui *expliquer*.

Il lui jurait qu'il détruirait la cassette si seulement elle se calmait. Et c'est ainsi que se précipitait la spirale criminelle de l'intrigue. La douce Elena, Morton l'aimait avec une intensité toute paternelle. Il n'avait jamais voulu ça ! Il se criait cette phrase en son for intérieur alors même qu'il l'étouffait, s'efforçant de la faire taire. Ses jambes tressautaient, son corps devenait tout raide, puis tout mou ; si elle avait perdu la vie, c'était parce qu'elle n'avait pas eu foi en lui, tout comme la maîtresse de mon père avait perdu foi en celui-ci.

*

C'était une victoire. J'avais en plus un faire-valoir valable en Vladimir, le serviteur, l'homme à tout faire soumis aux curieuses mœurs de la famille. Son alliance avec Elena était reconnue par tous.

Tout le monde le savait.

Je songeais même, pour introduire encore plus de tension dramatique, à permettre à Elena d'avoir un petit ami secret.

Je revins sur terre alors que la pogne d'Ivan s'abattait dans mon dos. Quand il souriait, il découvrait des dents noires qui se chevauchaient.

Le barman servit une tournée de vodka dans de petits verres, la première.

J'imaginais Vladimir estomaqué de se trouver soupçonné par la police pour la simple raison qu'il partageait un logement avec la famille. Je le voyais se défendre par des gestes et des monosyllabes, a priori considéré comme coupable aux yeux de la loi, devenant violent, clamant son innocence, ses veines saillant sous la peau tendue de son cou.

Les jours qui suivraient son interrogatoire, Vladimir, tout tremblant, parlerait tout seul, se battant en vain contre l'ombre du soupçon. Je voyais aussi Dacha la troll qui marchait vers lui en levant son ballot de linge sale ; peut-être quelque vague pensée se mouvait-elle dans l'esprit de cette femme primitive à la face de vieille pomme fripée.

J'avais hâte de me mettre à l'ouvrage.

Je me contentai de fermer les yeux.

Puis je décidai de revenir à mon idée de départ. Ce serait Morton et non Dacha qui tomberait sur Vladimir dans les sous-sols de l'immeuble. Cela semblait si naturel, la nasse du système judiciaire se resserrant autour de cet homme perdu en pays étranger. Morton se glisserait derrière le banc de musculation. Vladimir se débattrait, puis succomberait inévitablement, le poids de la barre des haltères lui écrasant le larynx. C'était du Morton du meilleur cru, c'est-à-dire à son plus abominable. Un chef d'orchestre du concours de circonstance, qu'il manipulait pour lancer la police sur une fausse piste.

Je tenais là mon élément déclencheur, l'émotion qui nourrirait le suspense de mon roman noir et pousserait le lecteur à tourner les pages, au bénéfice tout à la fois de Fennimore et de moi, puisque le héros de Fennimore, Harry, y puiserait sa détermination obsessionnelle à traquer la vérité dans une enquête que la police, se fiant aux apparences qui associaient Vladimir au meurtre d'Elena, aurait trop vite rangé aux affaires classées.

Harry prouverait qu'ils avaient tort.

Je continuai à dérouler le fil de mon histoire tandis que nos verres se remplissaient pour une tournée de plus, tournées dont je réglai la note dans sa totalité, puisque tel en était l'usage dans la Sainte mère Russie.

J'imaginais un Serguei en costume marin pleurnichant, ce freluquet, jour après jour devant les caméras, s'exprimant avec la sincérité d'un enfant sur les frêles épaules de qui s'abattent de lourdes responsabilités, car il est de facto le porte-parole de la famille, étant le seul à maîtriser la langue. Ce serait son parcours initiatique américain. Une mignardise offerte à l'enchantement d'un public gay. Il connaîtrait son quart d'heure de célébrité.

Au bord d'une ébriété qui me transportait dans un monde flottant, je me figurais un pitoyable Ivan descendant dans les sous-sols après le prétendu suicide de Vladimir, tripotant au fond de sa poche ses pièces de jeu d'échec, appuyant sur le bouton Play du radiocassette et fondant en larmes en entendant les notes plaintives de la musique de son pays natal.

*

De retour à l'appartement, j'écrivis un bref synopsis de ce que j'avais conçu en une demi-heure et faxai le tout à Fennimore avant de prendre, avec quelque retard, le chemin de la veillée silencieuse organisée par *L'Étranger*.

27

Je perdis de mon audace en dessoûlant dans le métro aérien qui m'emportait vers le centre-ville. Sous un ciel nuageux, le quadrillage délabré des immeubles noirâtres de Cabrini Green avait des allures post-apocalyptiques, avec ses petites silhouettes qui, au milieu des décombres, poussaient des caddies ou se rassemblaient autour de bidons d'huile servant de réchauds de fortune.

Élevé par une nacelle télescopique au-dessus d'une mosaïque de terrains de basket-ball, je reconnus Brandt en doudoune de réalisateur à capuche bordée de fourrure qui levait un porte-voix et criait des ins-tructions à des gens en contrebas. Un peu plus loin, il y avait un camion de pompier et un spécialiste de la pyrotechnique s'employait à gréer une voiture que Brandt voulait installer sur un des terrains afin d'effec-tuer, une fois la nuit tombée, une reconstitution du meurtre de Marina.

Sur le côté, une table sur tréteaux était coiffée d'une bâche à laquelle était suspendue une bannière *L'Étran-ger*. On y voyait aussi des affiches à l'effigie des deux suspects, ainsi que le magazine avec en couverture ma photo de Marina.

À part une poignée de gothiques, il n'y avait pas grand monde sur le stand, la mobilisation pour la réconciliation sociale et la lutte contre le racisme n'intéressait manifestement pas les lecteurs de *L'Étranger*. Ils préféraient patauger dans ce morne ennui de banlieusards blancs qui a trouvé son expression dans les paroles rudimentaires des chansons de Trent Reznor pour Nine Inch Nails que j'imaginais écrites dans le huis clos cauchemardesque d'une salle de lycée, ou à l'arrière d'un monospace Dodge.

En me rapprochant du stand, une gothique aux yeux rougis par la mauvaise coke me tendit une planche sur un des suspects du meurtre.

J'y jetai seulement un coup d'œil avant de la lui rendre. Elle en avait une deuxième sur les statistiques démographiques du couloir de la mort, qui montraient que la majorité de ceux qui s'asseyaient sur la chaise électrique était des jeunes Noirs. La gothique me demanda si j'étais contre la peine de mort.

Bien sûr que oui.

Elle avait une pétition à me faire signer.

En la lui rendant, j'observai : « Je ne sais pas pourquoi, je vous vois à quarante-cinq ans en train de faire des cookies en pantalon de jogging.

— Va te faire foutre ! » s'exclama-t-elle, exclamation qui attira l'attention dans le stand où je repérai la crête iroquoise vert fluo de Chastity.

Elle me fixa méchamment. Nate était là aussi, tout à fait le sosie d'Elvis Costello, avec ses grosses lunettes cerclées de noir et son blazer BCBG, un look plus approprié à Londres qu'à Chicago. Il portait aussi un T-shirt sérigraphié représentant le plus jeune des deux suspects, DeShawn Tate.

Nate était en train de parler aux membres de la troupe déguisés en asticots et en police militaire, matraque au côté. Ils répétaient une scène. Lorsqu'il eut terminé, il vint à ma rencontre, plongea la main dans la poche intérieure de son blazer et en tira une enveloppe. C'était mon chèque. Il énonça d'un air très pro : « Nous n'avions pas ton adresse exacte. Nous pensions que tu te pointerais ici tôt ou tard. »

Je ne comprenais pas très bien ce qu'il voulait insinuer par là.

Il ne fit aucune allusion aux messages que j'avais laissés sur son répondeur, même s'il était évident qu'il les avait écoutés. Je laissai tomber : « Je pense que mon article a levé quelques lièvres sur les questions de racisme, d'économie, de féminisme et de nationalisme.

— Ton papier ne correspond pas à notre ligne éditoriale. J'espère qu'il trouvera sa place quelque part. »

Je me sentis rougir. Ce n'était même pas la peine que j'essaie de plaider ma cause. En montrant du doigt son T-shirt, je dis très fort, en espérant qu'il morde à l'hameçon : « Tu cherches à te foutre de la gueule de la pub Air Jordan, Nate ? Quand le basket bascule dans le film d'horreur ! Un black le couteau entre les dents, tu vois, un truc plus réaliste pour une fois sur la fracture raciale… »

Nate commença à se détourner, mais je le retins par le bras.

Il se dégagea avec des petits hochements de tête.

Je remarquai alors Chastity qui bavardait avec quelques gothiques.

« Tu les vois, Nate ? m'exclamai-je. Tous ces gens dont tu t'entoures, cette bande de tarés ! Mon papier aurait pu relever un peu le niveau de ton torchon, lui donner un peu de classe. Tu colles des pubs pour des cockrings dans tes pages de merde, et c'est moi que tu accuses d'être un pervers ! C'est mon reportage, tu comprends ! Tu me l'as volé ! Si tu étais un tant soit peu correct, tu l'admettrais au moins ! »

Chastity tenta d'intervenir, mais Nate l'en empêcha en lui disant : « Je m'en charge. » Puis il s'avança vers moi d'un air agressif. « Je t'ai traité avec respect, et toi tout ce que tu sais faire c'est de la provoc'. En tant qu'éditeur, j'ai le devoir de réparer les pots cassés ! Tu avais déjà une dent contre Jordan, avant même cette affaire. Bon sang ! Michael Jordan est un homme de son temps. Il se considère comme un champion de basket, pas un champion de basket *noir* ! Et c'est ça qu'il va laisser à la postérité ! Soit il est une exception historique soit il représente l'avenir de notre démocratie. Il personnifie la capacité qu'a l'Amérique de se ressourcer, d'aller de l'avant.

— Ah, t'es génial, Nate ! ris-je. Tu fais le sociologue maintenant ? Retourne donc à tes cockrings, Nate. Tu crois que Jordan a les moyens de réécrire l'histoire de l'esclavage, peut-être ? Le salaire moyen maximum de NBA tient lieu de quoi ? De réparations pour ce qu'on a fait à son peuple ? Tant que Jordan est content, tout le monde est content, alors ? C'est à ça que ça revient ! »

Une voix venait de s'élever derrière moi. Je me retournai. C'était Brandt. Descendu de sa girafe, il me lança d'un air sardonique : « Comment se fait-il que nos champions sportifs soient mieux immunisés contre la critique que nos présidents ? C'est une des meilleures trouvailles de votre article, n'est-ce pas ? »

L'intervention brutale de Brand me prit de court. Au bénéfice de la caméra qui suivait chacun de ses faits et gestes, il ajouta : « Voici la dernière personne à avoir vu Emily en vie.

— Je suis la dernière personne à lui avoir *parlé*, rectifiai-je.

Brandt opina et désigna de l'index l'interstice entre deux bâtiments, précisant de nouveau davantage pour la caméra que pour moi : « Emily a d'abord été violée dans cette allée. »

Et soudain, je me sentis visé par l'œil de l'appareil. Brandt m'avait pris par le bras et me conduisait vers l'allée en question.

Le cameraman tournait en plan fixe. L'allée n'était plus barrée par les rubans jaunes de la police, dont un bout déchiré faseyait dans la brise.

Brandt désigna le paysage au-delà du ghetto, le néon d'un bar jetant ses lueurs incertaines sur les boutiques de spiritueux et de prêteurs sur gage.

« Elle a passé son dernier appel téléphonique d'un bar à deux rues d'ici. »

Il s'appliquait à faire pour la caméra le récit méticuleux des événements.

Je me débarrassai de sa main et reculai de quelques pas.

J'entendais la moitié de ce qu'il disait, plongé que j'étais dans la contemplation silencieuse de l'horreur – une femme que j'avais à peine connue, mais dont j'étais peut-être tombé amoureux, avait été violée et tuée à cet endroit.

J'étais soudain fou de chagrin.

Lorsque Brandt haussa le ton, je tressaillis. Il m'avait apparemment posé une question. « Il existe un bien curieux phénomène que les psychologues de la police observent souvent : un meurtrier retourne sur le lieu de son crime afin de reprendre contact avec sa victime… » Il se tourna vers moi et me regarda droit dans les yeux. « Vous avez déjà entendu parler de ce phénomène ?

— Je suis venu ici parce que Nate me devait du fric, Brandt. » Je levai l'enveloppe devant la caméra comme s'il s'agissait d'une pièce à conviction.

« Et vos visites sur le site d'Emily ? »

Il cherchait à me coincer. Je fis mine de m'éloigner, mais la troupe convergea vers moi. J'étais fichu. Je me ressaisis et dis à Brandt : « Marina était mon reportage.

— Son meurtre aussi, rétorqua-t-il en me provoquant cette fois directement.

— Si vous avez des questions à me poser, ne vous gênez pas.

— Je trouve significatif que vous continuiez à l'appeler Marina. Dites-moi une chose, a-t-elle jamais trahi sa véritable identité ?

— Non.

— Et qu'en pensez-vous ?

— Je pense qu'elle croyait à sa mission. Elle souhaitait que la société change. Là-dessus on était d'accord.

— Qu'est-ce que ça vous a fait qu'elle vous téléphone chez vous ?

— C'était du boulot », énonçai-je d'un ton neutre.

Brandt prit un air faussement étonné : « Du boulot ! Vous vous fichez de la gueule de qui exactement ? » Il avait soudain l'air très énervé. « Une femme pareille vous téléphone et vous dites, tiens, voilà du boulot ? » Il se tourna vers la caméra, puis de nouveau vers moi. « Vous lui avez dit ça alors ? Quand ? Allez, dites-nous.

Ou vous voulez que je vous dise ? Vous lui avez parlé quatorze minutes et sept secondes. Je suppose que ça vous a flatté, qu'elle vous téléphone ?

— Nous avions les mêmes opinions politiques. Elle tenait à être prise au sérieux.

— Les mêmes opinions politiques ! ricana Brandt. Vous vous faites des illusions. Vous savez ce qu'elle pensait vraiment de vous ? Elle vous trouvait ridicule avec votre carte de visite.

— Dans ce cas, pourquoi m'a-t-elle téléphoné ? » arguai-je, mon sang ne faisant soudain qu'un tour. Je me mis à crier. « Vous n'êtes qu'un imposteur, Brandt, et Marina le savait ! Tout le monde le sait ! Il y a des témoignages postés partout sur le site sur vos relations. Elle m'a appelé de l'United Center et m'a dit qu'elle vous quittait ! Vous vous étiez finalement dégonflé pour la manif prévue pendant le match ! Vous aviez la trouille de vous faire arrêter et de récolter un casier judiciaire ! Elle vous a dit que votre lâcheté la décevait ! »

Brandt se tourna alors vers Nate. « Nate me soutiendra. Vous êtes arrivé à *L'Étranger* le lendemain du meurtre d'Emily avec la figure toute griffée. » Il se tourna de nouveau vers moi. « Vous pouvez vous expliquer là-dessus ? Vous lui avez donné rendez-vous. Un des suspects en garde à vue a déclaré qu'Emily était déjà blessée et désorientée quand ils l'ont trouvée. Elle est partie après vous avoir parlé au téléphone. Elle vous a retrouvé quelqu…

— Je ne vous ai pas entendu dire que Marina me trouvait ridicule ? le coupai-je. Pourquoi me donnerait-elle rendez-vous dans ce cas ? Il faudrait savoir de quoi vous causez, Brandt. C'est la première règle éthique du journalisme. La *véracité*.

— Et ces marques de griffures sur votre visage, vous les expliquez comment ? J'ai deux témoins, Nate et Chastity. »

J'étais de plus en plus sûr de moi, sûr de mon fait. Ses accusations contradictoires avaient coûté à Brandt sa crédibilité. De toute évidence, il avait une dent contre moi. Même Nate jetait à la caméra des coups d'œil inquiets. On pouvait se demander s'il voulait vraiment s'associer au docu*menteur* de Brandt...

« Pour que ce soit bien clair entre nous, Brandt, et par égard pour la famille de Marina, afin qu'elle puisse faire son deuil et trouver un apaisement, l'après-midi où je vous ai interviewés, vous et vos comédiens, ma femme a fait une fausse couche ! Elle suivait un traitement pour une FIV. Quelques instants avant l'interview, elle m'a bipé. Je ne suis pas rentré chez moi. J'ai préféré faire mon travail. Je ne voulais pas décevoir Nate. Quand je suis retourné auprès d'elle, elle a voulu savoir où j'étais passé, pourquoi je n'avais pas téléphoné. On s'est disputés... » Je marquai une pause. « Le gynéco de ma femme est le Dr Louis Goldfarb. J'ai toutes les preuves. C'est vous qui êtes responsable de la mort de Marina, et personne d'autre. Elle avait cessé de croire en vous. C'est la réalité. Vous n'étiez pas ce que vous prétendiez être ! Elle vous a plaqué à l'United Center, et vous l'avez laissée partir ! »

En m'éloignant, je vis un groupe de femmes avec au bout des bras des pancartes qui disaient toutes : *Je n'ai rien à vous vendre !*

De pâles copies, comme un souvenir qui s'efface.

*

De retour à l'appartement, je me préparai du poulet avec du pain de maïs puis allumai une bougie au milieu de la table pour fêter nos retrouvailles.

Lori rentra après dix heures du soir, ployant sous des sacs de vêtements dégriffés.

J'eus droit à un défilé de mode : elle pivota avec grâce au bout d'un podium imaginaire en faisant tourner élégamment un gobelet de Coca Light.

Elle en jetait en stiletto.

Je levai mon verre à sa santé. J'étais prêt à toutes les aventures. Je souris et ne pipai mot sur ce qui s'était passé avec Brandt à la veillée de Cabrini Green. Pas plus que je ne la mis au courant de l'état de ma mère… pas ce soir, pas encore. Lori ne fit pas non plus allusion ni à Deb ni à Misty.

Le téléphone était toujours débranché.

J'avais la sensation que nous étions à l'abri des ondes extérieures, qu'elles soient issues de la Cantwell, de Brandt, de Nate ou même d'Emily Hampton – c'était la première fois que je la visualisais autrement qu'en Marina.

Elle était une étudiante de Yale. Cela n'aurait jamais marché entre nous.

J'applaudis aux annonces faites par Lori du prix qu'elle avait payé pour chaque article. Elle me présenta une série d'étiquettes décorées de gommettes rouges, jaunes ou bleues, en me berçant d'un recensement : « Soixante pour cent de moins sur une parure de lit en coton d'Égypte 600 fils avec cantonnière assortie » ;

« Petite robe de cocktail en soie véritable à moins quatre-vingt-cinq pour cent, merci beaucoup, DKNY ! » ; « un sweat à capuche en cachemire Ralph Lauren avec gants assortis à moins soixante pour-cent ! »

Elle terminait à chaque fois par un « *Ka-ching !*[1] » sonore, tout en abaissant le bras comme si elle actionnait une vieille caisse enregistreuse.

Je lui donnai la réplique pour lui montrer combien j'étais de bonne volonté : « *Ka-ching !* » C'était ma destinée. Je souriais à en avoir mal. Je ne retins aucun prix d'aucun article, mais chacun était, me fut-il assuré, « une affaire incroyable ! », « un prix à tomber ! ».

Elle avait laissé derrière elle ce je-ne-sais-quoi qui la troublait. En d'autres temps, sans doute, elle se serait recueillie et aurait prié une instance supérieure en égrenant un chapelet. Aujourd'hui, elle avait voyagé aux confins de la banlieue profonde pour plonger les mains dans le satin et la soie d'innombrables robes, jupes et manteaux.

Elle me sortit une paire de « chaussettes Gold Toe mi-mollet à moins soixante-dix pour-cent » et je m'exclamai « *Ka-ching !* » de conserve avec elle. *Ka-ching.*

Je sentis la sonnerie d'une caisse enregistreuse vibrer dans ma poitrine, au centre de mon être, là où, paraît-il, siège l'âme.

---

1. *Ka-ching !* est l'équivalent de notre « *bing !* ». Sur l'emploi de *Ka-Ching*, voir la chanson de Shania Twain.

28

Ma mère s'éteignit cinq jours plus tard, paisible-
ment, dans son sommeil. Je reçus l'appel de bonne
heure, alors que Lori se préparait à partir au bureau. Je
ne lui avais même pas dit que ma mère avait été hospitalisée.

Lori n'avait jamais rencontré ma mère, mais elle
s'assit à côté de moi sur le lit et me serra dans ses bras et
pleura jusqu'à ce que je sente mes propres yeux s'humi-
difier.

Il y avait le rendez-vous lundi avec Goldfarb auquel
elle devait se préparer. Lori avait en plus un audit de
productivité au bureau : elle devait filer !

Elle déposa un baiser sur le haut de ma tête, s'habilla
et sortit avec une étiquette pendue à sa jupe.

*

J'organisai les funérailles sur Internet. Les pompes
funèbres Lake-of-the-Woods se révélèrent incroyablement high-tech, puisqu'ils avaient un site Web proposant cercueils, urnes et couronnes.

Je leur envoyai un mail, en leur indiquant que j'étais
le seul membre de sa famille encore de ce monde. Le

directeur me répondit quelques minutes plus tard, en me suggérant quelque chose de discret et de digne, une cérémonie de crémation à trois mille huit cents dollars, avec arrangement floral et trois avis de décès à trois journaux de mon choix. C'était une des quatre formules au menu.

Je cliquai sur *Ajouter au panier* et reçus une confirmation de mon achat.

C'était la première fois que j'achetais quoi que ce soit en ligne – expéditif, froid et d'une modernité effrayante. Quand ma mère était jeune, aurait-elle pu imaginer une réalité telle que celle-ci ?

*

À mon retour des funérailles à la fin du dimanche après-midi dans les dernières lueurs du couchant, je fus un peu gêné de croiser dans la cour Glen Watson qui sortait de chez lui.

Il était en costume de tous les jours, chaussures plates et sweat-shirt, ses cheveux rabattus en arrière.

Même lui célébrait le Sabbat.

Je fis semblant de ne pas le reconnaître. C'était embarrassant.

Il avait à la main une petite boîte trouée qui sentait la luzerne.

Glen me lança : « Je n'ai pas encore trouvé le bouquin dont tu tirais des citations au Portail. J'aimais bien ce que tu disais. »

Il n'y avait pas de réplique à un compliment pareil, du moins pas de réplique à la hauteur de ce que pouvait éprouver un artiste en son for intérieur.

Je lui répliquai : « Il est encore sur le métier. »

*

Lori me téléphona juste après sept heures du soir. Elle était en retard. Elle devait terminer un dossier, d'autant plus que nous allions à la clinique de Gold-farb le lendemain après-midi, et que la clinique était au diable.

Pas un mot sur les funérailles de ma mère, je n'en parlai pas non plus. Bref, une conversation sans inté-rêt.

Je raccrochai. De l'autre côté de la cour, une lampe s'alluma dans l'appartement de Glen.

Je me planquai derrière mes stores pour regarder.

Il était debout en soutien-gorge et petite culotte devant la fenêtre ouverte et fumait une cigarette dont l'extrémité rougeoyait dans l'obscurité grise.

Je crus qu'il m'avait vu, et me déplaçai.

Sur mon ordinateur, je me connectai à son site.

Il s'afficha dans une lente et tremblotante agréga-tion des flux rss. On pouvait activer les icônes des web-cams disposées dans les différentes pièces.

Je cliquai sur plusieurs vues silencieuses, ce qui me permit de voir Glen simultanément sur l'écran et de l'autre côté de la cour. Une impression dérangeante.

Au bout de quelques minutes, Glen ferma la fenêtre. Il se vernit les ongles des pieds assis sur une chaise avec les pieds sur la table devant lui.

Je remarquai qu'il avait la boîte trouée à côté de lui. Une fois qu'il eut fini de s'occuper de ses orteils, il prit la boîte et entra dans sa chambre. Il mit la lumière au-dessus de ce qui se révéla être un grand vivarium où dormait un boa constrictor lové sous une lampe chauffante.

Je cliquai sur une icône de webcam, l'image apparut.

Glen pianotait sur le verre, le visage à la hauteur du reptile. Le boa se déroula au ralenti.

La boîte contenait deux souris blanches.

Il les prit à tour de rôle par la queue.

Il ne fallut que quelques secondes à la souris pour se ruer dans la gueule ouverte du serpent qui se referma, laissant sa sœur renifler la paroi de la cage.

Quinze minutes plus tard, Glen ramassa son courrier dans l'étroit vestibule puis retourna à la cuisine. Il s'employa alors à le trier, à payer ses factures, à faire ses comptes, tant et si bien que je finis par me lever pour regarder par la fenêtre. Sa silhouette se découpait dans la clarté jaunâtre d'une ampoule basse puissance.

C'était comme si, ayant trouvé une brèche dans le temps, j'habitais deux dimensions à la fois.

De là où je me tenais, soit un étage au-dessus de lui, je distinguais un poste de télévision dans le fond, branché sur une émission de télé-évangélisme.

M'emparant de ma télécommande, je zappai jusqu'à ce que je trouve la chaîne. J'avais soudain une bande-son, en l'occurrence religieuse : la voix du prédicateur invitait les téléspectateurs à penser à la gloire à venir, lisait le nom des gens qui avaient déposé des demandes de prière et les poussait à vivre l'amour du Christ en touchant l'écran de leur téléviseur.

Un numéro de téléphone vert défilait en bas de l'écran.

Je le composai.

Un quart d'heure après, le prédicateur prononça le nom de ma mère et le nom de Glen Watson.

Je le vis se tourner vers le poste tandis que le prédicateur, suivant la demande de prière que je lui avais transmise par téléphone, implorait le Seigneur d'aider Glen à trouver qui il était.

Un lien invisible m'attachait à cette scène, comme en écho au voyeurisme que j'avais déjà exercé à l'endroit de Frank Klein, et, dans un passé plus lointain, de mon père. Mes tentatives d'influencer le destin des autres.

À un moment donné, Glen brisa la quatrième dimension. Il ouvrit grand sa fenêtre et cria à travers la cour : « Désolé pour ta mère ! »

Mon cœur fit un bond dans ma poitrine, mais je continuais à fixer l'écran. Je ne me levai pas pour aller à la fenêtre.

Glen referma doucement sa fenêtre. Peut-être se disait-il qu'il s'était trompé.

Sa situation n'avait rien à voir avec la mienne. Son site n'était pas seulement pornographique. C'était plutôt une niche d'empathie, vouée à ce que pourrait bien être notre objectif à tous : car tous nous voulons nous savoir observés, et non pas invisibles à ceux qui vivent autour de nous.

J'allais me déconnecter, quand la caméra tourna doucement sur elle-même pour s'arrêter sur le lit.

Je le regardai se saisir de sa verge et commencer à se masturber, quoique, étant donné la piètre qualité de la vidéo en streaming, on aurait moins dit un spectacle qu'un épisode morne de plus de la vie ordinaire.

Avant d'éjaculer, il tourna le dos à la caméra, se couchant sur le côté en position fœtale, laissant paraître une solitude que je qualifierais de pure et sans mélange, une solitude que tant d'hommes ont fui, et dont Lori avait pressenti intuitivement l'horreur.

*

Lori rentra un peu après dix heures.
Je fis semblant de dormir.
Elle s'avança sur le pas de la porte, me contempla comme si elle était ma mère, puis s'installa dans la cuisine pour s'occuper de je ne sais quelle paperasserie pendant que je glissais doucement dans le sommeil.

29

Pas un mot ne fut prononcé sur les funérailles pendant le trajet en train qui nous mena jusqu'en grande banlieue, dans la ville de Highland Park, pour notre rendez-vous du vendredi avec Goldfarb. Le train nous déposa au bord des belles pelouses au milieu des bois de Ravinia Park. Au début de notre mariage, nous avions l'habitude d'y venir l'été assister aux concerts en plein air avec notre panier à pique-nique, notre couverture et notre bouteille de vin au frais.

Saisie par le même souvenir, Lori me prit par la main. Nous avons contemplé les grilles du parc désert en silence.

Elle appuya son pouce au creux de ma paume et prononça calmement : « On va être en retard. »

*

Il nous restait encore cinq kilomètres à parcourir pour arriver à la clinique de Goldfarb. La secrétaire nous avait conseillé cet itinéraire, afin, disait-elle, de nous déstresser. Un parcours de santé jalonné d'une série d'activités sportives longeait un escarpement boisé.

Sur le côté nous regardaient les fenêtres à croisillons

de splendides demeures accessibles seulement dans nos rêves, même si à une époque de ma vie, j'avais vraiment caressé le projet d'en posséder une.

En essayant de mesurer ma vie à l'aune de ce confort matériel, de cette richesse, de cette réussite, j'observai Lori du coin de l'œil. Elle semblait curieusement indifférente. Nous n'étions pas sur la même planète.

Soudain, je crus entendre une clochette de lépreux. Levant les yeux, j'évitai de justesse d'être renversé par un couple de retraités monté sur un tandem. Avec leurs survêtements assortis, ils avaient l'air d'une pub pour des vitamines anti-âge.

Après cet incident, je prononçai mes premières paroles depuis notre descente de train, pour déclarer d'un ton sarcastique : « Je parie qu'il a bu son bourbon et fumé son paquet jusqu'à son quadruple pontage. Maintenant il ne lui reste plus que les lavements et le jus de pruneaux. »

Lori sourit et me serra plus fort la main.

À travers les branchages dépouillés des arbres, une autre vie défilait comme sur le tapis roulant d'un jeu télévisé cruel. Une girouette design tournant sur le toit d'un gigantesque garage privé dont la porte s'ornait d'un panier de basket ; un court de tennis à côté d'une piscine couverte en forme de rein. Un peu plus loin, mon regard accrocha les éclats de cristal de ce qui devait être un lustre de chez Tiffany, que j'apercevais par la fenêtre ronde d'un vestibule carrelé de marbre. Et enfin, le comble du cliché : la Jaguar dans une allée de garage circulaire.

Tout cela avait basculé hors de ma portée en l'espace d'une décennie, alors que d'autres gravissaient les échelons de leur entreprise et avec un peu de chance, se retrouvaient à occuper des espaces aussi somptueux que ceux qui s'étalaient sous mes yeux.

Je me revis de nouveau à l'époque du succès de mon premier roman, alors que je venais tout juste de terminer mes études, et que mes petits camarades trouvaient leurs premiers postes. C'était facile pour moi de railler la servitude volontaire du cadre, l'enfer des soixante-dix heures dans ces sociétés financières où avaler des couleuvres vous forgeait soi-disant un caractère, et en tout cas vous construisait une carrière.

Je compris soudain qu'en trouvant sur le tard une compagne en Lori, alors que, retombé dans l'ombre, je me targuais de profiter à fond de la liberté que me permettait une vie de bohème et me gargarisais de l'immortalité de l'art, j'avais caché, non seulement à Lori mais aussi à moi-même, la véritable nature de mon ambition : la gloire et l'argent.

Ce qui m'avait autant attiré dans la personnalité d'Emily Hampton, c'était son rejet catégorique de tout ce à quoi mon snobisme se cramponnait. J'aurais voulu épouser ses convictions, l'intégrité artistique qui s'attache au génie, hors de la sphère des désirs ordinaires, puisant sa consolation en soi-même.

Lori perçut mon trouble.

Malgré mes meilleures intentions, je m'entendis prononcer : « Tu les envies ? »

Elle ralentit le pas, en répondant par une remarque raisonnable et banale au possible : « Ce qui est fait est fait, et penser que tu peux y remédier ne fera que te démolir.

— Tu as raison », dis-je en abaissant mon regard sur le gravier du parcours de santé, rendant les armes.

Quinze minutes plus tard, le couple sur le tandem reparut devant nous, ayant fait demi-tour au bout du chemin. En croisant un fragment de seconde le regard du mec qui nous saluait de la main, j'eus la vision de ce à quoi ressemblait son vrai moi : un combat grimaçant contre la mortalité. C'était une de ces images fugaces qu'à une époque j'aurais été tenté d'extrapoler dans une analyse de notre conscience collective, l'associant au désespoir de mon père. À présent, ce n'était qu'une image, ni plus ni moins.

Je songeais alors à Fennimore qui restait toujours quelque part dans mes pensées et sus qu'aucun roman ne sortirait de moi, ne sortirait plus de moi, du moins pas sous la forme qu'il réclamait. Nous cherchions à développer le meurtre d'Elena. Or, en la rencontrant dans le hall de l'immeuble, la semaine où elle était venue regarder *Hôpital central*, je m'étais aperçu que je ne parvenais pas à évoquer sa mise à mort. Cela semblait tellement superficiel dans un monde meurtri par tant de douleur. Je ne lui voulais que du bien.

Il se profilait à l'horizon des temps abominables. Je redoutais ce que j'aurais à lui infliger.

J'avais l'impression d'avoir dérapé sur le terrain de l'écriture comme un footballeur qui chute près du but. Ce que je déplorais, c'était l'indétermination de ce qui signifiait la fin de quelque chose, l'absence de choc physique, ce qui expliquait sans doute pourquoi tant de gens de lettres comme moi optaient pour la balle dans la tête.

*

Un silence maussade domina les derniers kilomètres du parcours. Lori évoqua vaguement la maladie de

Lyme en rapport avec la démographie galopante des cerfs dans cette partie de la banlieue. L'Amérique était, semblait-il, amoureuse de Bambi, déclara-t-elle d'un ton où perçait en fait peu de sympathie pour cet animal.

Étonné par ce mépris venant d'elle, je lui demandai à brûle-pourpoint : « Tu as déjà été à la chasse ? »

Une question en l'air qui frappa dans le mille de quelque chose que je n'aurais su anticiper.

L'illustre Donny avait été chasseur.

Je ne compris pas tout ce qu'elle me dit, mais j'en eus les jambes coupées, non pas parce qu'elle avait prononcé le nom de Don, mais parce qu'elle l'appelait toujours *Donny* ! Il habitait un temps et un lieu dans sa vie que je n'avais aucune chance de jamais occuper. Il avait été son premier amour.

Dans la famille de Donny, la traque au grand gibier constituait un rituel d'automne, où l'on tuait, éviscérait et écorchait quelque malheureux Bambi. Lori me désigna les différentes pièces de coupe avec l'autorité de quelqu'un qui savait de quoi elle parlait.

À part l'histoire de l'avortement, c'était tout ce qu'elle voulut bien me raconter de son histoire avec Donny. Sauf qu'en fin de compte elle revint à l'avortement, Lori répondant de façon détournée à la question que je lui avais posée un peu plus tôt : enviait-elle l'aisance qui transpirait de l'architecture des maisons autour de nous ?

À Milwaukee, m'expliqua-t-elle, il y avait au bord du lac, un quartier exactement comme celui-ci. Tous les dimanches, Donny et ses parents s'y promenaient en voiture et jouaient à un petit jeu, Donny pointant vers telle ou telle maison, en interrogeant sa mère : « Et celle-ci, ou celle-là ? » puis faisant un clin d'œil à son père, en

disant : « Et si on s'arrêtait, si on leur faisait une offre ? »
Ce à quoi sa mère ripostait invariablement, et là Lori
imitait un accent étranger : « Je trouve que ce que j'ai est
très *chouette*… J'ai un chauffeur et le champion du Wisconsin. »

Cette ronde dominicale était un rituel chez les
parents de Donny depuis qu'ils avaient débarqué en
Amérique, avant la naissance de leur fils : un rêve
presque à portée de main, mais pas tout à fait.

J'écoutais Lori me raconter que Donny l'avait emme-
née faire la même promenade, une fois qu'elle avait été
enceinte de lui, montrant du doigt telle ou telle maison,
alors que prenait lentement forme la subtile décision qui
aboutirait à l'extinction d'une vie.

Une fois de plus, ce qu'elle disait m'importait moins
que la façon dont elle le disait. Je la laissai parler.

À la fin de son histoire, elle se tut et se tourna vers
moi. Son visage était obscurci par le contre-jour. « Je ne
pense pas qu'il ait jamais été question que je vive *ici*…
c'était seulement un jeu auquel je jouais il y a longtemps. »

Je me dis que je n'aurais sans doute jamais plus l'occasion d'approcher de si près qui elle était vraiment, de
comprendre ce qu'elle avait à m'offrir.

Je m'étais trompé sur le sens de sa remarque, « Ce qui
est fait est fait, et penser que tu peux y remédier ne fera
que te démolir », en la qualifiant à part moi de banal cliché, alors qu'elle avait été en réalité dictée par son instinct de survie.

30

Le bureau de Goldfarb était situé dans un bâtiment professionnel datant des années soixante, vieillot jusqu'au papier peint à pois. Plus rien à voir avec son somptueux cabinet en ville. Je fis part de cette réflexion à Lori.

« C'est la banlieue, qu'est-ce que tu crois ? » me répliqua-t-elle.

J'avais espéré mieux.

Bizarrement, sur le carton était indiqué : *La Promesse de Gabriel*.

Le cabinet était au premier étage au bout d'un long couloir qui sentait l'ammoniaque. Même la réceptionniste, une femme d'une soixantaine d'années en col roulé piqué d'une broche représentant le trèfle irlandais, semblait, avec son chignon serré, étrangement captive du temps.

Elle nous sourit en nous voyant entrer. Sur son bureau était dressé un petit porte-nom : *Joyce Hartley*.

Une fois que j'eus présenté ma carte d'assurance maladie, je reçus une liasse de paperasse préliminaire des mains de Trina, une assistante médicale de vingt ans et des poussières. Elle était enceinte. Elle croisa mon regard avec plus de courtoisie qu'il n'est de rigueur dans la vie professionnelle. Je fus aussi épaté par son aplomb que par son teint éclatant de femme enceinte.

La paperasse concernant surtout Lori, je la laissai remplir les cases.

Il s'avérait que *La Promesse de Gabriel* n'était pas la propriété de Goldfarb, d'où le contraste entre le Hancock Building et cet endroit-ci. Lori avait compris de travers : nous étions en réalité dans une des nombreuses officines de Goldfarb.

J'ouvris une brochure détaillant la mission et les services de l'agence. Un fourre-tout de services de placement et de conseils en « fertilité contemporaine », avec des listes à puces proposant l'adoption ouverte et fermée, l'accueil, la gestation pour autrui, ainsi que l'organisation de rencontres entre couples infertiles et candidats potentiels pour des dons d'ovocyte ou de sperme.

Je demandai à Joyce si Goldfarb proposait une gestation pour autrui en interne. La réponse fut : Non.

De là à nous dire que nous n'étions pas à la hauteur, il n'y avait qu'un pas. Sans doute gênée par le silence, Joyce crut intelligent, après avoir parcouru les réponses de Lori, de s'exclamer avec enthousiasme : « Ah ! Mais c'est merveilleux, vous êtes écrivain ? Je dévore les livres ! ». Et en guise de preuve, elle brandit *Entretien avec un vampire* d'Anne Rice, dans un exemplaire de poche tout écorné.

J'aurais pu étrangler Lori. Nous nous étions pourtant accordés au préalable que dans tous les formulaires, je devais figurer sous le titre d'*Enseignant*.

Pour ne pas être de reste sur le sujet d'Anne Rice, je lançais : « Saviez-vous qu'Anne a eu l'idée d'écrire sur les vampires après avoir rendu visite à une parente atteinte de leucémie qui avait subi une série de transfusions ? »

Ça lui coupa le sifflet, et me permit de poser à l'homme de lettres.

Trina me lança un de ces regards que je n'espérais susciter que chez mes futures étudiantes, le même que Lori des années plus tôt.

*

Dans une salle de conférence, on nous présenta finalement notre conseillère particulière en fertilité, Mercedes Conrad, trentenaire et dégageant un parfum de Porto Rico et de vacances à la plage.

Mercedes nous fit le récit émouvant de son périple avant d'être engagée par l'infirmière chef Joanne : elle était barmaid dans un hôtel près de Hilton Head quand elle avait fait son premier don d'ovocyte et était finalement devenue mère porteuse au bénéfice de sa propre sœur à Chicago.

Elle ne nous offrit aucune référence ni lettre de recommandation, seulement l'assurance autoproclamée de sa générosité, de sa sensibilité et de son amour. Elle était toujours donneuse d'ovocytes à l'agence, ne tarissait pas d'éloges à l'égard de l'infirmière chef Joanne, et insistait sur la solidarité au sein de l'équipe de *La Promesse de Gabriel*. Il s'avéra que la *ravissante* réceptionniste, Trina, était aussi donneuse d'ovocytes, et qu'elle portait en ce moment un faux ventre de grossesse.

Trina fut convoquée par l'interphone dans la salle de conférence, où elle nous fit une démonstration de ce qu'elles appelaient « la bosse » – un ventre gonflable aussi malléable que de la pâte à pain. Si nous étions intéressés, il y en avait un disponible à la location. Et puis, tout d'un coup, Lori se leva et sortit en trombe, me laissant avec les brochures et Mercedes.

M'efforçant de prendre les choses du bon côté, je fis remarquer qu'à sept cent quatre-vingt-dix-neuf dollars, le prix avait de quoi vous rendre aussi nauséeux qu'une femme en début de grossesse.

Mercedes esquissa un sourire condescendant qui me surprit de la part d'une Portoricaine et me tendit un classeur intitulé *Le secret de Gabriel* : la liste des donneuses et mères porteuses proposées par l'agence.

Comme Mercedes n'en attendait pas moins, je me sentis obligé de parcourir le texte en introduction. Je m'arrêtai à l'expression *facteur d'incidence génétique* (FIG), un système d'évaluation des candidats postulant aux dons d'ovocyte ou de sperme, tenant compte des capacités intellectuelles et physiques, dont le test d'aptitude SAT[1], les diplômes obtenus, le palmarès sportif… et la religion. Pour la petite histoire, les étudiantes de Yale, sous la rubrique des donneuses d'ovocyte de l'Ivy League (DOIL), valaient six fois plus cher que les donneuses traditionnelles (DT) et huit fois plus que les donneuses anonymes (DA).

Lori et moi tombions dans la catégorie des clients de la gestation pour autrui, les ovocytes de Lori ayant été recueillis et mon sperme stocké dans une banque ! Tout ce que nous demandions à cette clinique/agence, c'était de nous fournir une mère porteuse in vitro… un

1. Test d'aptitude scolaire.

ventre à louer. Car c'était notre « facteur d'incidence génétique » qu'elle allait porter en son sein.

En attendant le retour de Lori, je laissai mes pensées retourner à Fennimore.

J'avais là de quoi alimenter l'intrigue de notre roman. Charles Morton suivrait Harry et sa fille jusqu'à cet endroit, trouverait le moyen de gagner la confiance de Mercedes, par exemple en lui changeant le pneu qu'il avait pris soin de crever au préalable dans le parking de la clinique : il passerait comme par hasard en voiture, et s'arrêterait pour lui donner un coup de main. Ils se mettraient à bavarder, et Charles Morton finirait par proposer de donner son sperme.

Je savais d'avance que Morton passerait sur le corps de Mercedes pour consulter les dossiers médicaux.

Dans la deuxième partie du roman, j'imaginais Harry dans une série de scènes qui le plongeraient dans les rouages complexes de l'industrie cryogénique. Je le voyais attiré jusqu'à un laboratoire au milieu d'un parc paysager pour une dernière confrontation avec Morton ; il traversait d'abord une installation de surgélation luminescente abritant des corps dans des espèces de cosses suspendus à des tubes en verre givrés et des citernes de gaz liquide, puis une banque de sperme pleine de cylindres exhalant de la fumée blanche.

L'idée était encore en germe, mais j'avais en tête une course-poursuite, élément essentiel à toute œuvre de fiction contemporaine si on souhaite vendre plus de dix exemplaires. Une course-poursuite high-tech, le frisson glacé de la modernité. Peut-être la chute de Charles Morton dans une cuve cryogénique, sa réduction à une macabre immobilité de glace sur laquelle le temps n'a pas de prise.

Il ne fallait jamais tuer un adversaire quand on arrêtait une série. En tout cas, c'était une devise du métier.

Je sentis se glisser une ambiance « meilleur des mondes » dans les dernières pages de cette série commencée il y a si longtemps par la scène autobiographique d'un gamin au Vietnam.

À présent, un quart de siècle plus tard, je reconsidérais une fin qui m'était apparue à l'époque où je m'étais fait jeter par Schwartzy : un Harry vieillissant qui, en contemplant une rangée de nouveau-nés joliment emmaillotés, envisageait l'éventualité fort probable que sa fille, dans l'anonymat d'une grossesse médicalement assistée, ait enfanté sans le vouloir la progéniture de son ennemi mortel.

Il y avait encore à résoudre quelques petits problèmes liés à l'intrigue et au temps de la narration, mais Fennimore était un maître en la matière. Ce que j'avais conçu était une sous-intrigue, mais de mon point de vue, elle pouvait fonctionner tellement bien qu'elle occulterait l'implication d'Elena, et la sauverait.

*

Mercedes mentionna la somme de trois mille deux cents dollars pour frais de dossier non remboursables. Je revins sur terre. À l'entendre, il valait mieux que je m'en acquitte sans mettre Lori au courant, pour des raisons psychologiques évidentes.

Je suivis des yeux ses faux ongles vernis se mouvant sur la liste de ce qui était inclus dans le prix – entre autres un examen gynécologique, un frottis, un test de grossesse urinaire, une analyse de sang, un dépôt de garantie et la coordination avec le cabinet Goldfarb.

La somme totale était manifestement calculée au pifomètre. Rien, bien entendu, ne permettait d'établir la facture totale de la procédure. À l'écouter débiter sa salade dans une langue de bois apprise dans un MBA, j'eus la désagréable sensation de me retrouver aux prises avec l'EHPAD, d'autant plus que le souvenir des funérailles de ma mère était encore très présent à mon esprit.

En lui tendant le chèque, j'entendis des bruits dans le couloir.

Lori rentra dans la salle de conférence. Un sourire pudique aux lèvres, vêtue d'un sweat pour future maman, et bel et bien enceinte… grâce au ventre gonflable.

Elle avait choisi le modèle de luxe, avec battements de cœur et coups de pied incorporés, que l'on pouvait faire grossir à mesure, et qui comprenait une ceinture spéciale ajustable de manière à provoquer des douleurs lombaires, des troubles urinaires, des essoufflements et une sensation de fatigue.

Cette fois, nous avions atteint un au-delà de la réflexion rationnelle. J'étais soufflé devant l'irréalité de la réalité de ce que j'avais sous les yeux : Lori tout à la fois enceinte et pas enceinte. Je n'oubliais pas non plus le souvenir, certes de plus en plus pâle, de Marina tout à la fois russe et américaine. Lori était-elle vraiment si différente que ça de Marina, ou de Glen Watson, lequel se prenait, en dépit de son pénis, pour autre chose qu'un homme ?

Le réel pouvait, en fin de compte, se définir par nos besoins et nos désirs, par la façon dont nous nous voyons de l'intérieur. Tandis que la voix de Mercedes paraissait s'éloigner, je m'imprégnais de cette vérité.

Je me tournai vers Lori, fasciné de la voir se prendre de plus en plus pour une femme enceinte, ses mains se posant d'instinct sur son ventre dans la pose du contentement maternel, ses hanches s'avançant imperceptiblement, déplaçant le centre de gravité de son corps, comme seule une future mère sait le faire, alors qu'à point nommé, à l'instant même où elle se mettait à y croire vraiment, l'infirmière chef Joanne fit son entrée et entonna d'un ton exalté : « Ma sœur, ne priez pas pour que votre fardeau pèse moins lourd, priez pour avoir un dos plus solide. »

Son intervention brisa l'enchantement ; Lori s'effondra et, secouée de sanglots, s'accroupit par terre.

Elle se tenait l'abdomen comme je ne l'avais vue faire qu'une seule fois, la nuit de sa fausse couche, la nuit de ce qu'elle considérait comme sa dernière tentative de procréation.

31

Dans le train qui nous ramenait, je m'assis dans le sens contraire de la marche et regardai le paysage défiler à l'envers. Lori était assise en face de moi.

Nous étions seuls dans le compartiment, étant donné que nous allions dans le sens inverse de la migration pendulaire, qui ramenait la population vers la banlieue à la fin de la journée.

Je l'observais en train de feuilleter le classeur des candidates mères porteuses (CCMP), une compilation de notices biographiques. Elle était de nouveau la Lori qui quelques mois plus tôt avait dévoré si avidement les magazines ciblés sur les futurs parents. Avec le classeur était fournie une « carte d'évaluation » qui lui permettrait de donner un classement aux candidates. Elle ne faisait pas attention à moi. Elle s'était remise de la crise qu'elle avait eue à la clinique, la Bosse bien sage à côté d'elle dans son étui en plastique dur.

La journée semblait avoir déjà glissé vers un passé lointain tandis que le ciel s'obscurcissait et que l'intérieur du train devenait de plus en plus lumineux. Par la fenêtre, je vis le sentier parallèle à la voie ferrée où nous avions croisé le tandem gériatrique en survêtement. Je baissai le front.

Aucune dignité n'est plus attendue de la vieillesse, ce point d'orgue naturel qui permettait à nos ancêtres de réfléchir. Autrefois, guidé par la religion et la promesse d'un au-delà, un homme avait le droit, ou plutôt l'obligation de marquer une halte et de passer en revue sa vie, d'essayer vers la fin de trouver un sens à ses actions, et il devait puiser réconfort et enseignements dans la compagnie de la femme qui lui avait donné tout son amour, des enfants et un foyer.

Ce n'était pas ainsi que cela s'était passé pour mon père. Il avait vécu à la plus terrible des époques, où entre un père et son fils n'existait plus de lien de continuité : pas de négoce à transmettre ; pas de terre. Je n'avais été pour lui qu'un terrible boulet.

Je le comprenais à présent.

Il s'était détourné de ma mère et de moi, non pas parce qu'il ne nous aimait pas, mais tout simplement pour arriver à survivre, trouvant un apaisement auprès de cette autre femme douillettement installée dans sa maisonnette.

Je voyais mon reflet dans le double vitrage de la fenêtre. Je respirai, et mon haleine embua le verre.

Je me tournai de nouveau vers Lori.

Je nous aurais souhaités autrement, acceptant certaines vérités, crevant l'abcès de nos peurs et de nos manques. Je voulais que nous nous engagions à ne plus essayer de nous améliorer après un certain âge, que nous acceptions de succomber à l'inévitable déclin avec la conscience que ce que nous faisions sur Terre comptait.

Peut-être serions-nous récompensés dans l'Autre Monde ? Pourquoi exclure cet espoir ? Cela me rappela un passage des Évangiles, la vision prophétique d'un âge sans Dieu, *Que servira-t-il donc à l'homme de gagner le monde entier, s'il ruine sa propre vie ? Ou que pourra donner l'homme en échange de sa propre vie ?*

Je finis par m'arracher à ces pensées pour lancer : « Tu préférerais un garçon ou une fille ? »

*

Pendant le reste du trajet, nous avons consulté une deuxième puis une troisième fois le classeur, rejetant a priori – ou, plus exactement, Lori rejetant a priori les célibataires et les jeunes filles comme « à hauts risques », attendu que seuls de graves problèmes financiers et une situation désespérée avaient pu les réduire à recourir à une solution pareille. Il y avait quelque chose d'immoral, du moins perturbant, dans cette exclusion de tant de vies, sans parler du fait qu'existait un aussi vaste vivier de candidates mères porteuses disposées à vendre au plus offrant leurs ovules ou leur ventre.

En parcourant ces profils, j'imaginais l'infirmière chef Joanne, la fondatrice de l'agence, dans une maison d'accueil et de réinsertion, courtisant de jeunes fugueuses afin de leur soustraire ce que la jeunesse possédait en général en abondance – la fécondité – et mettant ainsi sa vocation d'amour et de charité chrétienne au service d'une entreprise commerciale. J'imaginais aussi un curé affable, une sorte de sosie du père Flanagan, faisant circuler parmi ses pensionnaires délinquants un bocal à remplir de facteur d'incidence génétique (FIG).

La mère porteuse la plus prometteuse nous parut dans un premier temps l'étudiante en troisième année de médecine qui proposait ses services contre le gîte et le couvert – mais à la réflexion, Lori décida que c'était trop risqué, son avenir s'annonçant comme trop brillant. Si jamais elle changeait d'avis et voulait avoir la garde de notre enfant, elle aurait les moyens de nous traduire en justice.

Le profil de loin le plus troublant était celui de la femme d'un vétéran de la guerre du Golfe dont le mari souffrait d'une maladie résultant d'une exposition à des neurotoxines au Koweït. D'après sa fiche, elle ne fumait pas, elle ne buvait pas et n'avait que trois amours : sa famille, le drapeau américain et le Seigneur Tout-Puissant.

Pour ma part, je l'aurais volontiers choisie pour des raisons morales et affectives, tant je me sentais humble devant le malheur qui avait poussé cette femme à mettre son ventre sur le marché, mais Lori ne voulut rien entendre. Son désespoir ne se soumettait pas à la compassion.

La laissant continuer sa lecture, je collais de nouveau mon visage à la vitre. Nous étions sortis de la banlieue cossue avec ses SUV et ses résidences privées caméras/digicodes/piscine, et traversions la ville d'Evanston où l'on ne parlait plus d'immobilier mais de taudis, et où les gens enduraient leur sort avec résignation.

Le train s'arrêta dans une gare envahie par les barbelés, les graffitis et des loubards violeurs, parkas trop larges et casquettes de basket-ball.

Lori, le nez dans son classeur, ne se rendit compte de rien.

Une peur sourde me saisit ; je me dis que seul le pouvoir de l'argent nous épargnait cette détresse, ces vies-là. Alors que le train se remplissait, j'eus la vision éclair de ce à quoi avait dû ressembler le fanatisme de ceux qui, au Moyen Âge, sous prétexte de religion mais en fait pour se retirer de la réalité des choses d'ici-bas, avaient cherché en s'astreignant à la continence à mettre un terme à une lignée qui remontait au jardin d'Éden et à la Chute de l'homme.

À l'encontre de cette peur, je sentis que Lori attirait mon attention : du bout de son index, elle traçait un cercle autour du nom de l'heureuse élue.

Je me contentai d'acquiescer.

Avec l'attitude strictement utilitaire d'un maquignon qui achète ou vend du bétail, elle avait choisi une femme impécunieuse mais d'une haute moralité, épouse d'un ouvrier agricole victime de la crise agraire du nord du Wisconsin et qui avait fait ses preuves de pondeuse, puisqu'elle avait déjà trois enfants à elle.

32

Se faire détrousser proprement, voilà vers quoi, le week-end suivant, nous nous pressions en toute connaissance de cause sur la route du nord à la rencontre de notre mère porteuse, Lorraine Ehrlichmann, roulant à travers ce no man's land où j'avais pour la première fois entendu parler du prince ukrainien et de l'avortement. Un si petit monde, me disais-je : ces intersections temporelles de nos vies sur lesquelles nous repassons indéfiniment.

Des années et des années après, Lori cheminait vers l'accomplissement de ce qui lui avait été si aisé alors.

Il était entendu que nous retrouvions brièvement ses parents dans un restoroute. Deb avait eu la délicatesse de les informer de notre décision. Une manière de se venger du sale tour que lui avait joué Lori en se remettant avec moi. J'éprouvais par anticipation la gêne qui allait présider aux retrouvailles avec son père. D'une certaine manière, Deb nous avait rendu service. Cela nous empêchait de trop penser à la famille Ehrlichmann.

Lori, comme toujours quand elle était anxieuse, n'arrêtait pas de parler pour ne rien dire. Elle finit quand même par me raconter que sa mère avait souffert d'endométriose et me décrivit avec force détails comment, par une bizarre pudibonderie catholique, elle avait caché sa maladie gynécologique, inventant une histoire compliquée de tante vieille fille à Minneapolis qui avait besoin de son aide, alors qu'elle se faisait hospitaliser en ville pour se faire « tout enlever ».

Complice de cette supercherie, le père de Lori avait plusieurs fois pendant la semaine téléphoné prétendument à Minneapolis, afin de prendre des nouvelles de la vieille tante.

Comme, ne voyant pas où elle voulait en venir, j'avais du mal à la suivre, je préférais ne pas l'interrompre. C'était plus facile comme ça.

Je me mis à écouter avec attention au moment où elle dit : « J'avais douze ans quand c'est arrivé… Je n'avais pas du tout compris ce qui se passait. Deb a trouvé les pilules d'œstrogène de maman quand elle est rentrée de l'hôpital. Elle m'a montré le flacon… Quand les relations entre elle et les parents se sont dégradés à l'adolescence, rien que pour emmerder maman, elle s'est mise à dire qu'elle avait « besoin de s'occuper de tata Flo » quand elle avait ses règles. »

Je décrochai un moment jusqu'à ce qu'elle m'explique que Deb avait été enfermée dans le grenier, lors de ce qui fut le dernier affrontement père/fille. La voix de Lori avait des trémolos au souvenir des coups de boucle de ceinture que s'était pris sa sœur. D'après elle, Deb avait alors dix-sept ans, un 95C et un tableau de chasse amoureux qui rendait une scène pareille inconvenante, sinon qualifiable de crime sexuel. Cela s'était déroulé sous les yeux de la mère, qui, les bras croisés debout sur l'escalier dépliant qui montait au grenier, réclamait que Deb paie le prix de tout ce qu'elle leur faisait subir. Une semaine plus tard, Deb avait quitté le lycée, fugué et épousé son premier mari devant un juge de paix à Daytona Beach, en Floride.

Lori contempla le paysage gris, et d'une voix distante, perdue dans ses réminiscences, conclut : « Un mois après ça, j'ai perdu ma virginité avec un garçon que je n'aimais même pas… »

*

Son récit nous tint jusqu'à la sortie du restoroute, nous plongeant dans une humeur mélancolique que je sentais peu propice à une réunion familiale. Dans quelques minutes, nous allions devoir faire face à la triste implosion de leur vie.

Tout en sachant trop de choses sur leur compte pour leur porter la moindre admiration, j'avais envie d'avoir au moins pitié de son père.

« On peut ne pas s'arrêter, si tu veux », suggérai-je.

Lori fit non de la tête.

Nous avions vingt minutes d'avance. Nous avons commandé un café et attendu.

Vingt minutes plus tard, ils étaient là. Le père de Lori ne sortit pas de la voiture, et tendit une enveloppe à sa femme, insistant pour qu'elle la prît.

Sachant ce que je savais sur lui, je préférais qu'il ne vienne pas avec nous. Même de loin, il avait l'air terriblement vieilli. Je ne l'avais vu qu'une seule fois, lors du dîner où j'avais été présenté par Lori comme son prétendant, et je me rappelais ma gêne à être assis en face du père de la femme que je baisais. Il n'avait pas eu l'air très intéressé par ma personne, surtout quand il avait appris que j'étais écrivain. Il s'était alors levé en s'excusant pour aller regarder le match de football que disputaient les Packers sur le petit poste de télévision au sous-sol de la maison.

Là, incontinent, diminué, il vivait dans la terreur de se mouiller. Cancer de la prostate, murmurait-on. Tout cela, je le supputais à partir de bribes glanées de-ci de-là au fil des ans, des fragments de sa vie, de la vie de ce beau-père.

J'estimais que Deb avait été une ordure de les avoir avertis, d'avoir précipité les choses et de leur avoir tendu l'embuscade de ce rendez-vous sur l'autoroute alors qu'ils étaient si affaiblis.

Je vis le père de Lori soutenir le regard de sa fille avant de se détourner, les mains sur le volant de la voiture dont le moteur continuait à tourner. Voilà l'homme responsable de la gabegie, responsable des erreurs de jeunesse de sa fille. Devant son obstination, qui se perpétuait même aujourd'hui, si longtemps après les faits, j'imaginais aisément son air buté le jour où il avait déclaré mort le prince ukrainien.

En dépit de mes craintes, l'entrevue fut brève, quelques minutes d'étreintes larmoyantes quoique peu chaleureuses – sa mère appartenait à une génération peu encline aux démonstrations d'affection.

Je demeurai à l'écart, les fesses sur le vinyle déchiré de mon siège, le regard tourné vers le père de Lori.

Il les regardait toutes les deux à travers l'espace du parking.

Le *quelque chose* qu'il avait tendu à sa femme se révéla être un chèque de la valeur du rachat d'une assurance-vie… afin d'aider sa fille dans son projet de procréation par autrui.

Lori ouvrit l'enveloppe une fois sa mère réinstallée dans la voiture, tandis que tous deux sortaient de notre vie et reprenaient la route.

*

Lori tint le chèque dans son enveloppe posée sur ses genoux pendant les deux heures qu'il nous fallut pour arriver à destination. Elle pleurait, se calmait, pleurait de nouveau, se calmait.

Jamais elle n'avait laissé passer autant de temps sans parler.

Pendant qu'elle appelait ses parents d'un téléphone public, je contemplais, songeur, la décrépitude urbaine d'Oshkosh avec ses modestes maisonnettes carrées datant du début des années cinquante que personne ne se donnerait plus la peine de construire de nos jours.

Pendant cette phase intermédiaire de la guerre froide, nous avons au propre comme au figuré dépassé les limites du minimalisme efficace en amenuisant les dimensions de l'espace domestique. C'était l'époque de la salle de bains unique, et du retour des soldats rescapés des horreurs de la guerre, prêts à troquer celles-ci contre le confort débilitant de la télé noir et blanc et le « privilège » de se mettre sur le dos un crédit immobilier sur trente ans et de se coltiner un boulot qui ne menait à rien.

Ostentatoire ne faisait pas partie de leur vocabulaire.

Je ne pouvais m'empêcher de me demander à quel moment le rêve américain était devenu répugnant et nombriliste.

Lori revint quinze minutes après, regonflée à bloc. Elle rangea le chèque dans la boîte à gant, ouvrit le classeur et se mit à potasser la fiche de notre mère porteuse, comme si elle révisait un examen.

Je fis semblant de consulter la carte routière, en attendant ce qu'elle allait me dire.

Elle déclara quelques minutes plus tard : « Nous allons être en retard ». Sans aucune allusion au coup de fil.

Je démarrai la voiture.

Je roulais plus lentement que je ne l'aurais fait normalement, étant donné que nous étions en réalité en avance. Ce quartier avait décidément quelque chose de tout à la fois triste et anoblissant, c'était le genre d'endroit où mon père aurait voulu habiter, un rêve rendu accessible aux ouvriers syndiqués par la politique compatissante de FDR[1]. Pourtant, même à cette grande époque, en somme notre âge d'or, mon père n'avait même pas réussi à atteindre ce niveau de médiocrité. Il avait visé trop haut, et mal calculé son coup. Ici, autrefois, les gens s'en sortaient en se soumettant à la monotonie abêtissante de l'usine, sachant parfaitement qu'ils n'iraient nulle part mais tireraient quand même des satisfactions de cette vie.

*

La maison de plain-pied avec à l'arrière, quintessence de l'urbanisme moderne, les allées de garage et les jardinets où les gosses faisaient des cabanes et bricolaient des frondes, et où l'été, les vers grillaient sous des loupes, et les abeilles étaient retenues en otage dans de

1. Franklin Delano Roosevelt.

vieux pots de beurre de cacahouète – l'enfance que je n'avais pas eue.

Je ne savais plus trop quoi penser de tout cela, du passé, du présent. Et si j'étais capable d'échanger ma vie contre celle-là ? Naturellement, la question ne se posait plus, non seulement pour moi, mais pour la nation tout entière. L'industrie lourde avait été délocalisée en Chine. Ceci n'était que le rêve fané d'une existence protégée auquel avaient cru les cols bleus syndiqués de l'après-guerre.

Des vélos et des trottinettes agrémentaient la pelouse de notre future mère porteuse. Alors que nous passions lentement en voiture devant la maison, je comptai trois enfants, trois garçons, bizarrement endimanchés – on était un samedi.

Notre mère porteuse en personne, Lorraine Ehrlichmann se tenait à la fenêtre, guettant manifestement notre arrivée. Mais Lori me souffla : « Non, continue ! ». Lors de notre deuxième passage, la future mère nous épiait de derrière un rideau : elle nous avait vus, bien sûr.

J'avais un peu honte pour elle. Elle s'était soumise à une batterie d'analyses, aussi bien physiques que psychologiques, ainsi qu'à des tests de drogue en général réservés aux champions sportifs, tout cela dans le seul but de prouver qu'elle était digne de nous.

Je trouvai un peu troublant de ne voir de mari nulle part.

Je m'arrêtai un peu plus loin devant une supérette qui avait connu des jours meilleurs, réduite à la vente de cigarettes et d'alcool, et à faire la réclame d'une marque de lait bon marché et du pain de mie Wonder.

Nous pouvions encore changer d'avis. C'était notre dernière chance.

Lori relut la lettre de motivation, révisant les noms, les âges et les goûts des garçons, qu'elle répétait à mi-voix.

Nous prétendions les avoir choisis parce qu'ils étaient de bons chrétiens et formaient une famille unie, alors qu'en fait nous jugions qu'au cas où l'affaire tournait mal, ils ne feraient pas le poids face à nous – ni financièrement ni socialement.

D'après ses références, Gustav (dit Gus) Ehrlich-mann, de douze ans plus vieux que son épouse, était un ouvrier sans qualification condamné au chômage à long terme depuis qu'il avait été débauché d'une mino-terie deux années auparavant. À quarante-sept ans, c'était un homme brisé.

Nous voilà garés dans le parking de la supérette.

« L'enfer selon Kellogg's, la vie pour de vrai », prononçai-je rien que pour voir jusqu'où allait le déses-poir de Lori. Nous étions au milieu d'une ville agoni-sante, dans la *rust belt*[1] de l'Amérique, et nous étions en quête d'un enfant, à la poursuite de la vie.

Elle se tourna vers moi et dit d'une voix calme : « J'ai la trouille ! » Elle prit ma main et la posa sur son cœur.

Je savais que c'était le genre d'endroit qu'habitait son Donny, encore plus au nord, à Green Bay, cette même décrépitude glaciale, un cauchemar que ses avortements avaient épargné à Lori : et pourtant elle y était quand même venue, à l'orée de la ménopause, à la

1. La *rust belt*, « ceinture de la rouille », était autrefois la *manufacturing belt*, ceinture des industries lourdes.

recherche de la médiocrité abjecte qui porte le nom de vie normale : elle en revisitait les paysages.

Notre présence dans ce parking au milieu des ruines du Midwest m'apparut en fin de compte comme un paradoxe existentiel. À cet instant, je me dis qu'en effet il n'y avait pas de Dieu, que personne ne nous aimait ni ne pouvait nous sauver.

*

Lorraine portait une robe en vichy dont la coupe dissimulait les plis de son ventre et accentuait en revanche la largeur de ses hanches. De dessous la jupe mi-mollet dépassaient des chevilles épaisses et des chaussures noires. À en croire sa fiche, elle avait accouché de trois garçons de quatre kilos cinq chacun, à terme et sans complications, et elle était à chaque fois sortie de la maternité au bout de moins de vingt-quatre heures.

Ils se tenaient alignés devant nous comme trois petits soldats, témoignant des aptitudes de leur mère à la procréation et au maternage, tous les trois sages comme des images, le plus jeune ayant l'air de se demander qui nous pouvions bien être. L'aîné, Gus Junior, treize ans, nous toisa tour à tour, Lori et moi, avec une fierté où perçait la conscience qu'il était en train de se produire une catastrophe.

Je ne connaissais que trop bien cette expression ombrageuse qui masquait une douleur profonde, lourde de menace. La vie obligeait ce garçon à grandir trop vite. Il me rappelait ce que j'avais été enfant, cette vulnérabilité, quand, la nuit, dans les motels, mon père partait boire, tenant notre avenir entre ses mains.

Je me demandais si Gus Junior était au courant.

J'espérais que notre situation lui avait été dépeinte comme l'histoire navrante d'un couple sans enfant qui espérait fonder une famille, le genre de fable qu'avait l'art de raconter ma mère par pure bonté d'âme – ces mensonges qui nous permettent à tous de tenir.

La glace fut rompue par le cadet, à qui la mégalomanie de ses six ans inspira un : « Vous nous avez apporté des cadeaux ? » ce dont, bien entendu, suivant les conseils appuyés de *La Promesse de Gabriel*, nous avions pris le soin de nous munir.

Cela amena naturellement les enfants à se séparer des adultes qui se retirèrent à la cuisine, où, pour la première et l'*unique* fois, j'aperçus Gus Senior, au fond du jardin, séquestré dans une remise à outils.

Je suppose qu'il nous aperçut aussi. L'ampoule solitaire, éteinte de surcroît, donnait une impression d'abandon, de désaffection croissante à l'égard des autres. Il me faisait penser à un personnage en perdition que la NRA[1] aurait autorisé à porter une Kalachnikov.

Lorraine croisa mon regard à l'instant où je me détournais de la remise à outils.

Elle dit : « S'il vous plaît… asseyez-vous… »

Il faisait très chaud dans cette cuisine, et la pâtisserie qui cuisait dans le four sentait fort. Le frigo était un autel élevé à l'art enfantin, semé d'une pluie d'étoiles dorées, pluie d'éloges issue de cet amour débordant que suscite toujours la petite enfance.

Lori était émerveillée. Elle me sourit et, me prenant par la main, s'assit à la table.

---

1. NRA : *National Rifle Association*, lobby en faveur des armes à feu.

Lorraine s'assit en face de nous avec une expression déterminée qui signalait, pour le meilleur et pour le pire, que Gus Senior ne s'approcherait pas de la maison. Je supposais que ça avait dû chauffer entre eux avant notre arrivée.

Lorraine avait un tic : elle lissait les plis de sa jupe en parlant. Elle était encore jolie. « Je ne leur ai rien caché, dit-elle en indiquant d'un coup d'œil la salle de séjour. Je pense que c'est la meilleure politique. » Elle disait cela davantage pour son aîné, Gus Junior, que pour nous, car il s'était avancé jusqu'au seuil de la cuisine avec l'enfant du milieu, Pete.

Pete, que son frère poussait du coude, réclama : « J'ai faim, je veux des céréales. »

Je vis Gus Junior propulser dans la cuisine Pete, qui avec l'inattention de son jeune âge s'enquit : « Où est Papa ? » Il nous regarda Lori et moi, puis se tourna vers Gus Junior, lequel avait pris un air frondeur.

Lorraine laissa Pete grimper sur une chaise pour attraper la boîte de céréales. Au lieu de lui répondre, elle aiguillonna la conversation ailleurs : « Ils grandissent tellement vite.

— Vous saviez que trois pour cent de ce qu'il y a dans ces boîtes sont des squelettes d'insectes », lui dis-je en souriant.

Lori émit un rire nerveux. « Il invente, bien sûr…

— Mais pas du tout, protestai-je. C'est ce qui leur donne ce croustillant ! »

Pete était un enfant malléable. Il me rendit mon sourire et fourra des céréales dans sa bouche en faisant : « Miam ».

Il avait dix ans, et pas beaucoup de jugeote. Quand ils seraient grands, Gus Junior et lui, ils ne raconteraient pas la même version de leur enfance.

Puis Lori sortit un truc stupide. Elle regarda Pete droit dans les yeux et lui demanda : « Tu sais pourquoi nous sommes ici ? »

Pete laissa sa cuillère en suspens au-dessus de son bol. D'un regard, il appela à la rescousse Gus Junior, qui se tenait debout à son côté, les bras croisés.

« Lori, dis-je, laisse cet enfant tranquille… Tu vois bien qu'il mange. »

Alors Pete entonna d'une petite voix flûtée : « Vous avez des problèmes de tuyauterie. »

Lorraine devint livide, Gus Junior esquissa un sourire de triomphe et Pete prit une cuillerée de céréales en murmurant : « Ça a un goût d'insectes… mmm. »

Gus Junior avait réussi son coup.

Il fallait peut-être un enfant pour mettre les points sur les i.

*

La visite dura encore trois quarts d'heure. Lorraine réussit à persuader Gus Junior d'aller dans la pièce télé en compagnie du docile Pete, à qui j'avais glissé un billet de vingt.

Nous avons discuté des médecins locaux et du programme de ses check-up en vue de son insémination à Chicago, pour la simple raison que de parler de l'aspect médical de notre affaire nous permettait de nous exprimer avec davantage d'autorité et de conviction : nous étions de nouveau à notre affaire.

Lorraine avait une sœur cadette dans les environs de Wheeling dont le mari était architecte. Ils allaient profiter du voyage à Chicago pour tenir une petite réunion de famille. Elle ne nous facturerait que le kilométrage. Nous ferions l'économie de l'hôtel.

Tout bien considéré, l'arrangement paraissait idéal, sauf qu'au moment de partir, je vis par la fenêtre du séjour Gus Junior qui me faisait un doigt d'honneur.

33

Nous sommes rentrés chez nous bien après minuit. Lori avait dormi pendant presque tout le trajet de retour. Tout allait bien de son point de vue. Les choses avançaient. Cela devenait soudain « vrai ».

Sur le répondeur, il y avait deux messages. Le premier de Deb. Misty avait fugué. Deb pleurait à chaudes larmes.

Je ne le dis pas tout de suite à Lori : j'avais envie qu'on soit encore un peu seuls tous les deux.

Le deuxième message était d'un enquêteur qui suivait la piste que Brandt avait orientée dans ma direction en affirmant que j'avais eu un rendez-vous avec Marina la nuit de sa mort. L'enquêteur souhaitait nous voir, Lori et moi. Mais d'après ses intonations, on ne le sentait ni pressé ni convaincu.

Plus d'une semaine s'était écoulée depuis que Brandt m'avait alpagué. L'incident me semblait lointain, comme si en fait rien ne s'était passé.

Je posai le téléphone. Mon cœur battait un peu plus vite.

Il allait me falloir faire preuve de force de caractère pour affronter ce qui se profilait à l'horizon : Lori forcée de se replonger dans les détails de mon emploi du temps la nuit de la mort de Marina.

Lori ne se rappelait pas m'avoir griffé au visage. Interrogée sur cette question par le policier, l'admettrait-elle quand même ? Ou dirait-elle qu'à l'heure du meurtre, elle dormait comme un sonneur ? Démolirait-elle mon alibi, puisque j'avais juré que j'avais été avec elle toute la nuit ? S'ils approfondissaient l'enquête, ils pourraient, en visionnant les enregistrements des caméras de surveillance de la tour, voir que j'avais bien quitté l'appartement. Mais combien de temps gardaient-ils les bandes ?

Je regrettais d'avoir pris le cutter. Je l'avais emporté par pur réflexe de protection. Je savais quels dangers rôdaient dans le ghetto à cette heure…

Je n'avais à aucun moment tenté d'expliquer comment je m'étais coupé. Puis je m'aperçus que personne n'avait mentionné un cutter. Il n'était question que de mes griffures au visage.

C'était le genre de bourde dont il valait mieux s'abstenir : ne jamais trop expliquer, ne jamais donner trop de détails.

Après ce message, j'avais du mal à maintenir de la cohérence dans mes pensées.

Puis je me dis que j'avais peut-être tout intérêt à parler du cutter en précisant que je m'en étais servi pour ouvrir un carton dans la cuisine, court-circuitant ainsi la version de Lori, me permettant de m'aligner préalablement sur ce que Lori leur révélerait.

L'histoire le dirait.

Je gambergeais. Brandt n'avait rien contre moi. La police tenait les aveux d'Antonio Jones. Marina avait perdu la vie de la façon la plus brutale, violée, sodomisée par le jeune Tate, égorgée, son cadavre brûlé…

Cela, c'étaient les faits.

Je baissais la tête, me demandant ce qui se serait passé si elle avait vécu.

Serais-je ici ?

*

J'entendis soudain la voix de Lori prononcer mon nom. Je me retournai pour la trouver debout sur le pas de la porte qui séparait la chambre du séjour. Elle agita la télécommande de notre magnétoscope. « Depuis quand tu enregistres *Hôpital central* ? »

Je sentis tout s'écrouler autour de moi.

Elle désigna une canette de Coca vide et un papier bonbon par terre au milieu de la pièce. « Et depuis quand tu manges des Twizzlers ? »

Je demeurai coi. Tout d'un coup, elle se départit de son air sévère et secoua la tête. « Pourquoi les hommes ont-ils tellement peur de montrer ce qu'ils ressentent vraiment ? Tu as pris cette pauvre gamine en pitié, Elena, c'est bien ça… et tu lui as enregistré son soap préféré ? »

Je répondis d'une voix calme quoique raide : « Elle a douze ans, et elle est tout à fait perdue dans notre culture… Je me suis dit… »

Lori m'adressa un demi-sourire.

Sur le petit écran, un médecin à la mâchoire carrée était en train de secouer une femme par le bras, une femme que je pris pour la sienne, car elle n'avait rien d'une beauté et les héroïnes de ces mélos étaient toujours belles. La vérité sortait par bribes, au milieu des cris et des larmes.

Pointant avec la télécommande, Lori fit observer d'un ton faussement grondeur : « C'est *ça* son initiation à la vie en Amérique ?

— Peut-être, dis-je, le regard toujours rivé sur le petit écran. Comment comprendre notre pays sinon par la télévision ? Elle la perçoit à travers le filtre de l'inatteignable, ou du magique, cela dépend de ton point de vue. »

J'avais raconté un peu n'importe quoi, mais mes paroles avaient eu un effet extraordinaire sur Lori.

« Pourquoi tu peux jamais répondre simplement à mes questions ?

— Tu n'as jamais pensé que la vie était compliquée ? »

Elle me serra contre elle avec une intensité qui me coupa le souffle.

Elle appuya son poing contre mon cœur et chuchota : « Je m'en fiche si je suis obligée de continuer à bosser. Je sais que je ne peux pas laisser tomber. Ce n'est pas une solution envisageable. Tu pourras être le parent au foyer. Cela me conviendra très bien… Vraiment… » Suivit une série de louanges décousues où j'étais « le meilleur », « un homme qui comprenait les choses en profondeur », pourvu de « qualités qu'elle souhaitait que je transmette à *notre* enfant ».

C'était la première fois qu'elle me faisait part de sa vision de notre avenir. Dans sa nouvelle version du réel, sa vie continuerait comme avant, alors que la mienne en revanche, pas du tout ! La décision venait d'elle, c'était un cadeau qu'elle me faisait, du moins c'était ainsi qu'elle présentait la chose.

Dix minutes plus tard, elle sortit de la salle de bains, son corps se détachant en ombre chinoise : elle était nue hormis le coussin de grossesse, ses mains ayant retrouvé le geste qui lui était venu naturellement à la clinique/agence, où nous nous étions livrés à un premier essai de simulation.

Dans le silence du petit matin, poursuivi par le tableau que Lori avait brossé de ce qui m'attendait bientôt, je me glissai doucement hors des draps et tentai désespérément mais vaillamment d'écrire avec la même aisance qu'autrefois.

Même à cette heure noire, et sous d'aussi fâcheux auspices, je n'arrivais à rien.

Demain, peut-être, coucherai-je sur le papier la vision qui m'était venue dans les locaux de *La Promesse de Gabriel*, et en m'y attelant, je ressusciterai Fennimore.

Sa voix s'était faite lointaine à ce moment de défaillance ; tous ces appels téléphoniques dans le vide, toutes ces discussions sans fin avec moi-même, alors que je cherchais coûte que coûte à donner corps à quelque chose, que je lui envoyais fax sur fax au numéro que l'on m'avait donné à l'époque de notre première et fructueuse collaboration, l'implorant de me laisser une seconde chance.

Il n'avait jamais voulu. Je m'étais mis tout le monde à dos en l'espace de ce seul déjeuner à New York ; j'avais tué la poule aux œufs d'or.

J'étais un boulet.

Je fus pris de légers tremblements, comme si le poids des années devenait soudain trop lourd, trop dure la lutte pour continuer à écrire après le rejet de *L'Opus*, pour tirer tout cela de moi, dans le seul but d'être compris, d'être de nouveau pris au sérieux.

Mais cela n'avait plus d'importance, pas cette nuit en tout cas.

*

Une demi-heure plus tard, j'entendis un bruit métallique dans la cour et me levai de mon ordinateur.

Du haut de ma fenêtre, j'observai Glen qui entrait dans le bâtiment avec une autre victime.

Je m'attardai jusqu'à ce qu'une lumière apparaisse à sa fenêtre et, sous l'effet d'un intérêt tout passager, ressentis un fugace gonflement au niveau de mon scrotum.

J'étais tenté d'ouvrir son site Web afin de voir en détail comment les autres existaient, afin de me brancher indirectement sur une autre vie que la mienne, obéissant à une pulsion voyeuriste qui remontait à mon adolescence, à cette époque où je prenais mon père en filature, où je suivais ses feux arrière à travers les vastes espaces de l'Amérique rurale.

Quand j'y repense, mon désir de lui plaire était si pitoyable, si gênant, et son influence sur mon écriture si lamentablement freudienne. J'avais trop accordé d'importance à son abandon et à sa mort. Pour moi sa complainte – « Chacun démarre dans la vie avec de si grandes espérances » – transcendait le malheur de notre famille.

Je restai longtemps assis sans rien faire d'autre que de siroter le café noir de la veille au soir.

J'écoutai de nouveau le message de Deb. Je murmurai : « Cours, Misty, cours ! »

Par la fenêtre, je contemplai l'œil froid de la lune voguant dans l'échancrure des nuages. De mon vivant, l'espèce humaine y avait fait un aller-retour, et ce faisant l'avait si bien privée de ses mystères, qu'elle ne nous intéressait plus du tout.

Il en allait peut-être de même avec la vie, me dis-je, à la limite avec des époques entières ; on cherchait désespérément à comprendre, puis à la fin, on était déçu. C'était ce qui s'était produit lors de notre aventure sur la lune : nous en étions revenus pour nous atteler à des problèmes plus terre à terre – l'horreur des images macabres qui nous parvenaient du Vietnam. Nous avions provoqué la chute de Nixon et le retrait de nos troupes du théâtre des opérations dans le Sud-est asiatique, si bien que dans les années soixante-dix, notre conscience collective était préparée à gober cette ineptie cinématographique, *Les Dents de la mer*, où un grand requin blanc menace de mort des estivants, ô sacrilège, un 4 juillet, jour sacré de la fête nationale !

Alors que j'attendais l'aube, je posai ma tête sur mes bras croisés. Tout autour de moi me semblait ténébreux, indistinct, anesthésiant.

Il y avait eu un temps, songeais-je, où j'avais été capable de me soumettre à une rigueur et une discipline intellectuelles, aiguillonné par l'idée audacieuse que l'art du roman vous hissait à des niveaux de connaissance supérieurs à la vraie vie. Soutenu corps et âme par cette idée, je m'étais cloîtré à l'écart de cette réalité extérieure que je tenais pour inférieure, dégénérée et dépourvue de sens.

Jeune écrivain, j'étais demeuré indifférent aux horreurs du monde, ces tragédies dévoilées tous les soirs au journal télévisé : les massacres au Cambodge, les inondations au Bangladesh, la famine en Éthiopie. Je vivais uniquement dans ma tête, me détournant avec indifférence de tous ces appels à l'aide qui en fin de soirée quémandaient un geste de ma part, tous ces *Sauvez les enfants de…* entonnés par un bon Samaritain à la barbe de saint homme qui semblait traverser pour l'éternité un bidonville sud-américain infesté par le choléra, les plus photogéniques de ces petits aux yeux de faon posés au milieu des plus infâmes immondices afin de me soutirer ce que le bon samaritain estimait être mon écot de riche occidental, « le coût d'une tasse de café par jour » pour soulager la misère…

Pendant toutes ces années, pas une fois je n'avais composé le numéro qui s'inscrivait sur l'écran. Et puis maintenant, voilà que la seule conscience que d'autres vies se déroulaient en parallèle à la mienne au sein du même complexe d'immeubles suffisait à me distraire ! Comment l'expliquer ?

Je connaissais la réponse : ces vies s'inscrivaient dans *le réel*.

Et ce réel me sapait mon inspiration, ma propre histoire s'en trouvant reléguée au rang de voix solitaire : une fable que conte un idiot, une histoire pleine de bruit et de fureur, qui ne signifie rien, une lamentation shakespearienne à vous donner des frissons dans le dos.

Quelque chose était mort en moi, une synapse avait claqué dans les profondeurs de mon être moléculaire. J'allais continuer comme avant, car vu de l'extérieur je resterai le même. Il s'agissait d'une mort pour moi seul, dont la signification me paraissait à moi-même floue, cette nuit me renvoyant l'écho d'un requiem pour ma vie d'artiste.

Fennimore et moi avions peut-être encore des choses à nous dire. Il était là-bas, presque à la portée de ma conscience mais pas tout à fait. Il me téléphonerait peut-être à nouveau, quêtant ma compréhension, mais pour l'heure, rien de tout cela importait. Pour le ressusciter, c'était bien simple, la volonté me manquait.

Dans un avenir immédiat, j'avais un cap à franchir : l'enquête sur le meurtre de Marina. Je ne l'avais pas tuée. C'était la pure vérité. Toute révélation sur mes déplacements cette nuit-là n'aurait rien à voir avec l'affaire. En revanche, elle compromettrait mes relations avec Lori.

Je pouvais compter sur elle pour se tenir à mes côtés. Et sur son endurance. Cela, je le savais au plus profond de moi. Elle n'était pas du genre à chercher midi à quatorze heures. Elle ne voyait que ce qu'elle voulait bien voir.

Comme nous tous.

Ainsi, tournant le dos au monde extérieur, je me glissais de nouveau entre les draps et la prenait dans mes bras, étonné de sentir dans « la bosse » un coup de pied de fœtus. C'était surréaliste, mais curieusement réconfortant, cette pression d'un talon prétendument humain contre la paume de ma main.

Cela me rappela une expérience dont j'avais lu le compte rendu dans un manuel de psychologie, portant sur la nature de l'amour et de notre besoin d'amour ; un article illustré par le portrait du misérable sujet de l'expérience : un bébé singe aux grands yeux, séparé de sa mère biologique.

La petite bête se tenait cramponnée à une poupée de chiffon, preuve, d'après les expérimentateurs, que tout était possible : avec le temps, on arrive à aimer n'importe quoi.

RÉALISATION : NORD COMPO À VILLENEUVE-D'ASCQ
IMPRESSION : CPI BRODARD ET TAUPIN À LA FLÈCHE
DÉPÔT LÉGAL AVRIL 2012. N° 107819. (67157)
IMPRIMÉ EN FRANCE